Maïa Lazare

LA PART DU HASARD

À vous qui avez aidé à faire de mon rêve, une réalité.

À toi qui a fait de ma réalité, un rêve.

PROLOGUE

VIOLETTE

Mai 2008

———————————————8———————————

Six milliard neuf cent soixante-treize millions sept cent trente-huit mille quatre cent trente-trois humains sur terre. Cela fait sacrément peur. On se sent d'un coup tout petit face à la multitude de personnes que l'on ne connaitra jamais, parce qu'elles sont à l'autre bout de la planète, ou tout simplement parce qu'à l'instant où l'on y pense, des dizaines se sont éteintes, et d'autres sont nées. Comme des étoiles. J'ai toujours eu une peur bleue de l'espace, trop démesuré pour moi. Me dire que la terre n'est qu'un minuscule point perdu dans l'immensité d'une galaxie, elle-même perdue au milieu d'un univers dont les proportions sont affolantes, m'effraie plus que tout. Mais paradoxalement, si l'immense me terrorise, le trop petit m'étouffe. Rien ne me met plus mal à l'aise que lorsque deux personnes que je connais de deux endroits différents, se connaissent aussi, comme si les humains que l'on chiffrait par milliards ne se comptaient plus que par poignées ridiculement petites. Les gens rient de cette « coïncidence »,

7

comme ils disent, mais je n'y crois pas. Pour moi, tout a une raison d'être, une explication, et le hasard n'existe pas. On me dit que ma vie est d'une rationalité démoralisante et que je ferais mieux de croire à la magie tant que je suis encore jeune. Mais moi j'appelle cela de la naïveté pure et dure, et ça n'a rien de magique, c'est simplement une absurde crédulité. Alors le seul moyen de me sentir bien, est de m'isoler autant que je peux, de me créer mon propre univers dont les proportions me sont rassurantes. C'était exactement ce que je m'apprêtais à faire ce soir-là, retrouver ma bulle, loin de la foule bruyante et oppressante que je supportais toute la journée.

Je fis un dernier signe de la main à mes amies et je disparus à l'angle de la rue, les laissant discuter devant le lycée. Comme tous les soirs, je n'avais aucune raison de me dépêcher et pourtant je leur avais à nouveau dit que ma mère m'attendait et que je devais partir. C'était faux évidemment, mais je m'en fichais, j'avais juste besoin de calme. Sans que je m'en rende compte, mes pas m'entraînèrent devant ce square abandonné depuis des mois déjà, et je passai une fois encore devant les grilles sans prêter attention à cette vieille pancarte « Fermé au public pour travaux ». Je savais qu'elle était là, qu'elle ne tenait plus qu'à un clou et qu'elle grinçait lorsqu'une légère brise soufflait. Je savais qu'il y avait ces arbres plantés serrés sur une butte. Je savais qu'il y avait aussi ces parterres de fleurs arrachées, ces pavés fissurés laissant voir de la terre retournée et ce bassin à moitié plein, dont la surface était recouverte de lentilles d'eau. Je le connaissais par cœur, ce square.

Je me glissai sous la chaîne qui fermait l'entrée et m'assis comme tous les soirs sur le banc au bois un peu pourri. J'aimais y venir après les cours pour me reposer et pour rêvasser. J'aimais son calme, sa tranquillité comme si…

« Toi aussi tu aimes le calme ? »

Je me tournai dans tous les sens sans apercevoir la moindre personne qui aurait pu parler. Il n'y avait que moi, le square et le vent… Le vent ! Sans doute pour me rassurer, je me dis qu'il soufflait dans les arbres et que c'était lui qui avait dû siffler comme une voix ou bien ma tête me…

« C'est vraiment reposant, reprit cette même voix. »

Cette fois, j'étais certaine de reconnaître une voix masculine, mais il n'y avait toujours personne. Je ramassai mes affaires brusquement et me levai, affolée. *Là, une ombre !* Je relevai la tête mais ne vis qu'un arbre. Je me mis à marcher d'un pas rapide, me disant que la pluie qui avait commencé à tomber était une excuse à peu près plausible pour cette soudaine accélération. Tout à coup, on m'appela :

« Hé ! Attends ! »

Instinctivement je me retournai, mais le fis si précipitamment que toutes mes affaires tombèrent de mon sac sur le sol mouillé. Je me baissai pour les ramasser le plus vite possible, quand une main se posa sur un de mes cahiers :

- Ah ! Qui êtes-vous ?

- Pourquoi tu me vouvoies ? J'ai ton âge pourtant ! répondit-il, le plus calmement du monde.

Je me figeai. Devant mes yeux, il y avait un vieil homme d'une soixantaine d'années, me souriant.

EVA

Août 2005

∞

La vie fourmille de petits plaisirs. Marcher pieds nus sur une pelouse fraichement tondue pour sentir les brins d'herbes se faufiler entre ses orteils ; s'enfouir sous un édredon tellement profondément qu'on ne peut apercevoir le bout du lit et que l'on se sent dans un autre monde ; écouter le doux bruit du vent dans les branches d'un peuplier en étant persuadé qu'il pleut, feuilleter un de ces livres d'antiquaires pour le simple bonheur de cet arôme si particulier des pages longuement lues et relues il y a des années de cela ; goûter au plat qui sort du four, se brûler, mais garder la saveur sur le bout de la langue pendant de longues minutes, comme si l'on avait encore un morceau dans la bouche. Et recevoir une bonne nouvelle lorsque l'on s'y attend le moins. Ce petit plaisir, je l'ai rayé de ma liste, ce soir où ma vie en fourmillait encore et où je m'en contentais.

C'était pourtant une de ces soirées que l'on apprécie, où l'on se dit que si la vie continuait comme cela encore longtemps, ça n'en serait pas plus désagréable. J'étais seule à mon bureau, revoyant de vieux plans auxquels je prêtais finalement à peine attention, mais il fallait bien que je m'occupe les mains, alors je passais mes doigts sur les légers reliefs que formaient les irrégularités du papier des feuilles que je tenais. Quand on fait le travail qui est le mien, en cachette de sa propre famille, prétextant je ne sais quel métier pour remplacer la véritable profession exercée, il faut se créer des plaisirs artificiels. Et il faut en trouver même lorsqu'ils sont insignifiants comme celui-ci, car sinon, on se rend vite compte que l'existence est vaine.

L'étiquette épinglée à la poche de ma blouse dit : Spécialiste en technologies rares. Ce qu'il faut comprendre comme des technologies considérées comme potentiellement irréalisables ou inintéressantes. Archéologue pour les intimes, rien de plus. Personne d'autre que mes collègues et moi ne connaissions nos véritables professions. Alors je caresse des feuilles de papier, j'écoute le vent dans les arbres, et je sens les livres. Voilà. Je soupirai. Je n'en pouvais plus des secrets, et de ces faux sourires que je faisais en réponse à ce que demandait mon mari, cette question que je haïssais tant : « Alors vous avez trouvé des dinosaures aujourd'hui ? » et de ma fausse déclaration d'impôts avec un faux métier et un faux revenu, et de ma fausse vie privée, et…. On avait frappé à ma porte. Je m'interrompis dans mes tergiversations sans fin pour aller ouvrir, mais un des chercheurs du laboratoire entra, essoufflé, avant même que j'aie pu saisir la poignée.

- Puis-je savoir qui vous a donné la permission d'entrer ?
- Je pense que la nouvelle que je vous apporte, Eva, ne nécessite aucune permission, répliqua-t-il d'une voix malicieuse.

Je fronçai les sourcils : cette audace n'était pas habituelle chez lui. D'ordinaire réservé et discret, je m'étonnai qu'il se permette de me parler sur ce ton. Il affichait une expression étrange, les yeux pétillants d'émotion mais évitant mon regard, comme s'il craignait quelque chose.

- Je n'irai pas par quatre chemins, continua-t-il, fier de ce qu'il annonçait, elle marche !

Je faillis lui demander de répéter. Une bonne nouvelle quand on s'y attend le moins. Que dis-je, une excellente nouvelle ! Il nous avait fallu dix longues années de recherches pour mener à bien ce travail de Titan. Depuis quelques temps, tout le laboratoire était en ébullition autour de cette fameuse machine, sa construction touchant à sa fin. Je ne pouvais croire qu'elle marchait enfin pour de bon. Je souris, tout simplement, mais je vis qu'il peinait à afficher la même expression réjouie.

- Je… commença-t-il, anxieux, je suis désolé de vous décevoir, mais il y a tout de même une chose que je dois absolument vous dire…

Sa malice et sa confiance s'étaient métamorphosées en un instant. Je lui posai une main amicale sur l'épaule et il tenta de me sourire, affichant tout de même une mine dépitée.

- Voilà, en fait, personne ne veut la faire fonctionner, dit-il en un souffle, de peur de ne pas avoir la force de finir.

Je m'immobilisai. Le test n'était pas censé être problématique. Je ne comprenais pas la réticence qu'on pouvait avoir à l'essayer, et je m'étais toujours dit que j'aurais un plaisir immense à le faire moi-même. C'était un concept qui m'avait toujours séduite, et être à deux doigts de pouvoir réaliser mon rêve me rendait euphorique :

- Ce n'est pas si grave, je le ferai moi-même s'il le faut ! Allons, ne vous tourmentez plus…
- Non ! me coupa-t-il, une panique folle envahissant ses yeux. Pas vous, c'est impossible!

Sa peur soudaine m'inquiéta. Que pouvait-il y avoir de si grave pour qu'il s'affole à ce point ? J'esquissai un sourire malgré ma crainte, voulant ainsi le rassurer, mais il s'écria à nouveau:

- Ce n'est pas possible, vous ne pouvez pas prendre ce risque ! C'est bien trop dangereux pour vous !
- Voyons, il n'y a pas de quoi s'affoler ! Y a-t-il quelque chose que j'ignore ?
- … oui, prononça-t-il simplement, incapable d'en dire plus.

Il se rapprocha de moi et me chuchota à l'oreille la terrible nouvelle, de peur que quelqu'un d'autre l'entende. Je me raidis :

- Vous n'êtes pas sérieux ?

Il hocha la tête d'un air contrit, puis baissa les yeux, fuyant mon regard. Non, impossible… tous nos calculs étaient exacts pourtant… Mais non, visiblement nos dix ans de recherches avaient abouti à… ça. Il devait y avoir une solution, forcément, me dis-je pour me rassurer, même si cela ne faisait que m'effrayer davantage. Je ne voulais pas croire que nous avions fait tout cela pour rien, mais il fallait regarder la vérité en face : jamais elle ne serait utilisable, ni aujourd'hui ni avec dix ans de recherches supplémentaires. Ce problème était bien plus grave, bien plus atroce que tous ceux que nous avions résolus pendant ces années de dur labeur. Celui-là ne ferait pas partie de ce que nous réussirions à régler.

Non, la machine allait croupir, au fond du placard de la honte comme on l'appelait ici, avec tant de nos inventions que la communauté scientifique avait désignées comme « folles », « impensables », et même « manquant de respect à la science elle-même ». Personne n'aimait ce placard. Toutes nos déceptions, nos vaines recherches, notre vie entière, en fait s'y retrouvaient. Non, personne ne l'aimait, et c'était là qu'elle aussi allait se retrouver si l'on ne faisait rien. Si je ne faisais rien. Il fallait réfléchir, et vite, si je voulais sauver le projet. Personne ne pouvait ni ne voulait la tester, car elle présentait un danger mortel. La seule chose…et je souris intérieurement à cette pensée, était qu'à l'extérieur du laboratoire, pas la moindre personne ne savait qu'elle avait été inventée.

- Amenez-la-moi.
- Tout de suite ? s'étonna-t-il.

J'acquiesçai. Bien sûr, comment n'y avais-je pas pensé avant ! Elle serait donc là-bas dans le plus grand secret et même mes collègues l'ignoreraient. Et si une personne, une seule, la testait involontairement, nous aurions la réponse quant à son fonctionnement réel. Il toqua à la porte à nouveau, s'arrêtant cette fois dans l'embrasure de la porte, les bras encombrés par la machine.

- Vous avez une idée ? me demanda-t-il, intrigué et inquiet à la fois.
- Oui.
- Et en quoi consiste-t-elle ? m'interrogea-t-il, une curiosité insatiable au bord des lèvres.
- Vous verrez. Je ne peux pas vous en dire plus pour l'instant.
- Mais est-ce vraiment….
- C'est un risque à prendre, et je ne laisserai personne d'autre que moi l'assumer.
- J'espère que vous savez ce que vous faites professeur, rétorqua-t-il, une crainte grandissante dans la voix.

Je ne répondis pas. Je ne savais pas vraiment ce que je faisais. Le visage que je vis disparaitre derrière la porte avait les traits tirés par l'angoisse, et je me rendis compte de la folie dans laquelle je me lançais. Mon projet était insensé. « Ridicule », diraient plus tard les membres de la communauté. Et ils accentueraient chaque syllabe comme pour nous asséner le plus douloureusement possible leur jugement. Je m'affalai sur la chaise la plus proche, découragée à l'avance, mais réfléchissant encore à cette idée démente qui ne voulait pas quitter mon esprit. Insensée, mais réalisable. Je ne savais plus quoi penser, tentée par ce désir de réussir, mais retenue par ma raison qui me disait de rester assise, et surtout, surtout de ne rien faire. Mon regard s'arrêta sur la machine, posée innocemment là, comme si elle m'attendait. Non, comme si elle était destinée à rester là. A être testée. A ne pas bouger. Je soupirai.

Je la sentais me narguer, moi, celle qui l'avait presque créée de toutes pièces. Oui, j'aurais bien voulu qu'elle soit testée, que cela réussisse et qu'elle soit en état de fonctionner correctement. Qu'elle soit parfaite, pour faire court. Mais elle ne l'était pas, et ne risquait pas de l'être si je restais là à me lamenter sur mon sort. Il fallait que je me décide à franchir ou non le seuil de ce bureau, la machine dans les bras. Si je me lançais dans ce dessein, il fallait absolument que je le fasse aboutir, peu importe le prix à payer. Si je ne m'y risquais pas, ce serait la pitoyable fin de dix années de recherches acharnées. J'allais devoir expliquer cet échec cuisant à tous les chercheurs qui m'avaient été dévoués corps et âme pendant ce long projet. Et supporter l'air pincé de la communauté scientifique lorsque nous le leur dirions. Hors de question. Etre déçue était une chose que j'avais fini par accepter en désespoir de cause, mais décevoir les autres, cela m'était impossible. Je me devais de leur montrer que l'on avait réussi, tous ensemble, même si pour cela, il était indispensable qu'ils ignorent certaines choses. J'étais en train de prendre ma décision sans même m'en rendre compte, et il me paraissait maintenant invraisemblable de sortir de ce bureau autrement que la machine dans les bras. Je me levai brusquement, considérant cette dernière pensée comme la bonne, et me dirigeai vers la machine. Je l'allumai et me mis à pianoter sur son écran plat et lisse : « 0-2-0-8-2-0-0-5-0-5-0-3-2-0-0-8 ». Je vérifiai une deuxième fois ce que j'avais écrit, fermai le couvercle, soupirai, et appuyai sur le bouton arrêt. Je la rangeai dans sa boîte que je pris délicatement dans mes bras.

En sortant de mon bureau je tombai nez-à-nez avec six ou sept chercheurs, sans doute alertés par celui qui m'avait amené la machine un peu plus tôt. Nous nous fixâmes un instant, puis je détournai mon regard de ces yeux avides d'explications et d'apaisement, trop instable moi-même pour me risquer à les observer plus longtemps. Je marchai jusqu'au bout du couloir, tournai à droite, puis, lorsque plus personne ne put me voir, je risquai un coup d'œil vers mes associés: ils n'avaient pas bougé, et avaient visiblement suivi mes pas d'un regard médusé. Je reportai mon regard sur la boîte, puis sur cette goutte qui venait de tomber dessus, et je m'essuyai les joues et les yeux que je devinais rougis d'un revers de manche gêné. J'inspirai calmement, écoutai ma respiration se tranquilliser, et me remis en route, tentant de faire le vide dans mon esprit.

Une fois sortie du laboratoire, je tournai à gauche d'un pas que je voulais décidé, mais qui ressemblait plutôt à ces démarches dans les vieux films en noir et blanc, où les images sont tellement saccadées que les personnages ont l'air d'automates. Je marchai encore une dizaine de minutes dans l'air frais de la nuit tombante et m'arrêtai : j'étais arrivée. Une immense façade se dressait devant moi, avec ses dizaines de fenêtres alignées, ses briques rouges ternies par le temps, son immense grille en fer, et, enfin, sa pancarte clouée à celle-ci indiquant : « Lycée privé ». Je sortis de ma poche un petit objet cubique que je posai sur le verrou espérant ainsi ouvrir la porte principale. Après quelques manipulations, l'oreille collée à la serrure, un déclic se fit entendre et les battants s'ouvrirent dans un grincement de ferraille sur une grande cour pavée, encadrée de chaque côté de bâtiments identiques à celui devant lequel je m'étais arrêtée.

Des bancs étaient installés le long des murs, et des parterres de fleurs formaient des allées interrompues au milieu de la cour par un bassin remplie d'eau claire. Mon regard se porta instantanément sur le bâtiment du fond : en face de moi, de l'autre côté de la cour, une immense arcade se découpait dans le mur. Au travers, je pouvais voir qu'un parc s'étendait derrière le bâtiment. Je voulus aller voir de plus près, mais, au moment où je m'apprêtai à traverser la cour, mon cœur se serra : peut-être que dans quelques jours, un enfant innocent allait mourir, par ma main. Il y avait très peu de chance que quelqu'un meure mais…non, ne pas y penser. Avancer, franchir cette grille, et glacer mon cœur et mes sentiments pour m'ôter toute culpabilité.

Une criminelle, voilà ce que je serais ! Ce serait bien fait pour moi et mon soi-disant devoir scientifique ! Mais j'avais beau me réprimander intérieurement, je savais que c'était bien plus que cela qui me poussait à le faire. Une dose d'audace, deux de fierté, et cette promesse que je m'étais faite, des années auparavant. Je m'en souvenais comme si c'était hier. C'était un jour où rien n'allait comme il fallait, où je n'avais qu'une envie, rentrer chez moi et tout dire à mon mari, sans omettre la révélation du moindre mensonge. Mais au moment où je m'étais apprêtée à sortir de mon bureau et à en fermer définitivement la porte, un chercheur entra, une missive à la main. J'avais reconnu avant même qu'il me la donne la couleur de l'enveloppe et je savais qu'elle venait d'un endroit que nous redoutions tous : le ministère de l'Enseignement supérieur et de la Recherche, département scientifique. En ouvrant la lettre les mains tremblantes, je fus stupéfaite : les personnes les plus hauts placées nous faisaient une proposition. Si nous arrivions à mener à bien le projet qu'ils nous confiaient, nous aurions le droit non seulement à des subventions supplémentaires, mais nous serions reconnus par le ministère tout entier comme une entité de scientifiques à part entière. J'avais alors jeté un coup d'œil à l'invention utopique qu'ils nous confiaient cette fois-ci, décidée de toute façon à accepter. Le jeu en valait la chandelle, quels que soient les efforts à fournir pour gagner la partie. Et puis, j'étais tombée sur cette machine, sur ce concept dont je n'avais pas osé prononcer le nom tant il me faisait trembler. Mais je m'étais sentie tellement gonflée d'orgueil, que ce soit à nous que l'on confie ce projet, que j'avais signé la lettre et accepté la mission. Je m'étais promis une chose : une fois cette invention réalisée, j'en aurais fini avec les mensonges et je démissionnerais définitivement. Alors c'était plus qu'un devoir scientifique qui me faisait avancer dans cette cour, c'était pour moi, pour mon mari et ma fille que je le faisais, pour vivre avec eux la vie dont j'avais toujours rêvé. Et pour honorer ma promesse.

Je m'arrêtai soudain, me rendant compte que je marchais sans savoir où aller. Je n'avais pas la moindre idée de l'endroit où je voulais la poser, ni de comment m'y rendre, compte tenu de l'immensité du lycée. J'enfouis mes mains dans mes poches et je soupirai, plantée au milieu de la cour comme une imbécile. Je m'étais lancée dans ce projet fou sans savoir vraiment quoi faire. Je serrai les poings de rage et de déception, me maudissant mille fois d'avoir pris cette décision, lorsque je sentis un objet dur contre mes doigts. Une vague lueur d'espoir me traversa. Je le sortis de ma poche, allumai avec soulagement mon plan interactif, et tapai sur l'écran :

Eva, Professeur Tennequin, puis entrai mon mot de passe.

« Veuillez patienter, chargement de vos données personnelles »

Quelques secondes plus tard, un écran d'accueil s'afficha :

« Bonjour professeur Tennequin, saisissez le nom complet du lieu à analyser »

Je me mis à taper d'une main tremblotante d'excitation : Lycée privé Victor Hugo, puis appuyai sur valider, attendant quelques minutes qu'apparaisse sur l'écran le plan détaillé. Je l'étudiai minutieusement, puis, après quelques hésitations, je me décidai, un peu au hasard, pour le deuxième étage, me disant que j'entrerais par la première porte que je trouverais ouverte. J'éteignis mon plan électronique qui afficha : « Merci et à bientôt », puis je le rangeai dans ma poche et me dirigeai vers l'ouverture en forme d'arche du mur du fond. Je restai stupéfaite : derrière le bâtiment de briques, il y avait une butte où des arbres étaient plantés très serrés. Qui aurait pu croire qu'un tel espace se cachait derrière un lycée ? Je détournai mon regard, ne voulant pas me laisser distraire plus longtemps, et me dirigeai à ma droite, dans un couloir plongé dans l'obscurité. Je marchai quelques minutes avant d'arriver aux escaliers et je me mis à monter rapidement les étages. J'arrivai au palier du deuxième un peu essoufflée, et marquai une pause avant de continuer dans un couloir identique à celui du rez-de-chaussée, excepté la vue que l'on avait depuis les nombreuses fenêtres : d'un côté, je surplombais la grande cour pavée que j'avais traversée et de l'autre, la butte verdoyante. Je me mis à arpenter l'étage en quête d'un signe, de quelque chose qui m'indiquerait ce que je devais faire. Je m'arrêtai vite : une porte était grande ouverte. J'allais donc la poser là. Après tout, pourquoi pas. Qui suspecterait qu'elle se trouve dans les toilettes des garçons d'un lycée ? La pièce était propre, plutôt grande, mais malheureusement dépourvue d'endroit où installer discrètement la machine. Je soupirai, accablée par les nombreuses choses que je n'avais pas prévues. Mener le projet à bien était une chose, mais revenir au laboratoire pour réfléchir posément était hors de question. Moi qui ne voulais décevoir personne, j'allais tous les accabler et je n'aurais plus le courage de revenir la poser une autre fois. Mais rester plantée au milieu d'une pièce vide n'allait pas vraiment m'aider non plus.

Un craquement me tira soudain de mes pensées et je tournai vivement la tête vers l'endroit d'où provenait le bruit. Ce fut ainsi que je l'aperçus : une fente dans le mur, juste à hauteur des yeux… Je m'y ruai, sans me préoccuper davantage de la source du bruit, passai mes ongles dans la fissure et tirai fortement. Un carreau blanc se détacha du mur, découvrant une cavité assez grande pour contenir la boîte de la machine. J'avais gagné la partie. Je la posai délicatement dedans, de façon à ce que l'objectif soit dans l'alignement de la fente et poussai légèrement la boîte pour m'assurer qu'elle ne tomberait pas. Je m'écartai d'un pas, pour ne pas être en face de la machine et m'apprêtai à refermer la cavité. Ce fut là que le pire arriva. J'étais en train de reposer le carreau lorsqu'un « pschitt » se fit entendre et une forte odeur commença à envahir la pièce. J'avais percé un tuyau de gaz. Je remis le bout de carrelage le plus vite possible, espérant bloquer l'effusion, mais le nuage continua de s'infiltrer par la fente. Je me mis un mouchoir devant le nez et partis ouvrir la fenêtre. Au moment où je voulus tourner la poignée, j'entendis un déclic, et elle se bloqua soudainement. Je me retournai et me dirigeai vivement vers la porte entrouverte, espérant fuir ce cauchemar, mais lorsque ma main fut sur le point de se poser sur la poignée, elle claqua soudainement, comme s'il y avait eu un coup de vent. Pour couronner le tout, de l'eau se mit à tomber du plafond : j'avais déclenché le système anti-incendie. Elle commença à former une fine couche sur le sol tandis que le gaz continuait à remplir la pièce. J'étais là, en plein milieu d'un endroit bientôt inondé et empli d'un gaz peut-être toxique, sans aucune issue. Echec et mat, j'étais prise au piège.

GUILLAUME

Septembre 2005

—— 8 ——

J'ai horreur des rentrées scolaires. Et du dentiste, des choux fleurs crus, des crèmes brûlées qui ne le sont pas assez, des jours de grand soleil, des films où les acteurs ne changent pas d'expression, des fauteuils trop durs, des parents qui frappent leurs enfants, des départs en vacances en voiture, des gens qui ne savent pas ce qu'ils veulent, des araignées et des vêtements trop petits. Mais je déteste plus que tout les rentrées scolaires. Les professeurs font toujours semblant d'être adorables pour mieux apprivoiser les élèves, pour mieux cacher la méchanceté qui explose vraiment le deuxième jour de classe. Il y a toujours cette liste de fournitures interminable dont certaines choses permettent de savoir exactement comment va être la personne qui les a demandées. Si un professeur exige un stylo vert pomme granny, pointe 0,53 millimètre exactement, pas un de plus, pas un de moins, on peut être sûr que l'année avec lui sera exécrable. Et quand on change de classe, on se retrouve toujours seul, on est toujours celui qui n'a

25

pas ses amis avec lui, alors qu'ils s'amusent tous en-
semble, ailleurs. Il y a aussi ces longues réunions d'infor-
mation qui n'informent jamais sur les choses essentielles
mais qui se veulent rassurantes, ces couloirs que l'on doit
arpenter toute la journée parce qu'on ne connait pas en-
core l'endroit, tous ces cours identiques où l'on remplit la
même fiche de renseignements dix fois de suite… J'ai hor-
reur des rentrées scolaires, et celle-là n'allait pas échap-
per à la règle.

Mon père m'avait déposé trop tard, encore. Il est toujours en retard partout, même quand il s'agit du premier
jour de son fils dans un nouveau lycée où la rentrée a eu
lieu la veille. C'était de sa faute si j'avais dû aller dans un
établissement où aucun de mes amis n'était. Il avait été
muté. Son patron aurait pu dire transféré, déplacé, ou tout
autre synonyme qu'offre la langue française. Mais non, il
avait été muté, comme un rat mutant, comme un maïs
OGM. Muté. Et moi avec. Alors j'avais laissé à regret mon
école, mes amis, mes habitudes et étais parti avec lui et ma
mère. Et il n'avait même pas été capable de m'amener à
l'heure, m'obligeant à courir dans les couloirs pour arriver
avant la sonnerie. « Salle 103, 1e étage, seconde C ». Une
fois de plus je vérifiai le plan que l'on m'avait donné puis
je jetai un coup d'œil à ma montre : huit heures vingt-six.
Il me restait quatre minutes pour trouver. Je me remis à
courir le long du couloir m'arrêtant à chaque porte : 100,
101, 102… J'y étais enfin. Huit heures vingt-huit : il me

restait deux minutes pour reprendre ma respiration avant de devoir toquer…

- Alors c'est toi le nouveau, me susurra une voix insupportablement mielleuse à l'oreille droite.
- Il ne va pas falloir nous énerver tu sais, reprit cette même voix à ma gauche cette fois.

Je retenais ma respiration, sentant son souffle chaud sur ma nuque, tressaillant à chaque fois qu'il se rapprochait d'une de mes oreilles. Je me retournai lentement pour faire face à celui qui me menaçait. Le garçon qui m'avait parlé était grand, au moins une tête de plus que moi, squelettique, et arborait un sourire carnassier. Derrière lui se tenaient deux autres garçons, les bras croisés, le regard mauvais, qui me fixaient, prêts à attaquer. L'un semblait particulièrement hargneux et sa corpulence pour le moins importante ainsi que son air renfrogné me firent penser à un bulldog en manque de viande fraiche. L'autre était sans doute le plus effrayant. Il me souriait d'un air d'ange, ses cheveux blonds dorés encadrant des yeux d'un bleu profond qui m'observaient. Il semblait gentil et inoffensif et ce n'était pas du tout bon signe. Le plus grand regarda les deux autres d'un air bête et il se pencha vers moi, me dévisageant d'un air cruel :

- Voilà comment cela va se passer, commença-t-il, tu vas rentrer dans cette classe, le sourire aux lèvres, l'air décontracté et nous on va te suivre, comme de bons camarades.

Il se redressa, me toisant de toute sa hauteur, et me poussa d'une main ferme vers la porte. Je fis ce qu'il m'avait dit, actionnai la poignée après avoir frappé et entrai, affichant un sourire forcé. Ils se tenaient juste derrière moi et allèrent s'assoir au moment où le professeur de français avec qui j'allais avoir mes premières heures de cours me fit signe d'approcher :

- Voici Guillaume, dit-il, me présentant ainsi à la classe d'une voix ferme. Son père a été muté près d'ici et il a dû changer de lycée. Je compte sur vous pour l'accueillir gentiment. Va t'assoir maintenant.

Il me poussa légèrement vers le dernier rang où je retrouvai avec horreur un des garçons. Il me regarda, chercha des yeux ses acolytes et leur fit un clin d'œil qu'ils lui rendirent, un air avide de violence sur la figure. Je m'assis lentement, commençai à sortir mes affaires, tentant désespérément de calmer les battements de mon cœur, lorsque mon voisin posa un papier sur ma table. Je le dépliai et lus : « On se retrouve à la pause de 10h. N'essaye pas de t'en aller avant nous, ou ce sera encore pire pour toi. ». Je tournai la tête vers lui, qui affichait maintenant un sourire à vous glacer le sang. Je déglutis difficilement et froissai le papier d'une main tremblante. C'était une année qui commençait bien ! me dis-je ironiquement, encore affolé. Je maudissais mon père, d'avoir demandé sa « mutation ». Qu'est-ce qu'il avait espéré ? Se transformer en super héros pour aller réparer des robinets dans un quartier où il n'y aurait que des jeunes femmes en détresse ? Eh bien c'était raté. Il était passé de plombier réputé dans le fin fond d'une banlieue résidentielle, à plombier en plein centre-ville sans le moindre client. C'était fondamentalement différent, c'est vrai, et ça valait la peine de nous avoir fait déménager. Un homme trapu entra dans la classe, m'interrompant dans mes pensées et je le reconnus immédiatement : c'était le proviseur qui m'avait accueilli le matin même avant que je monte en cours. Le professeur fit signe à la classe de se lever mais nous n'eûmes pas le temps de nous exécuter :

- Allons, allons, asseyez-vous ! nous rassura le proviseur. Je suis juste venu dire à ceux qui ne l'ont pas encore vu qu'il y a une inondation au deuxième étage. Par conséquent, l'étage est interdit. Sur ce, bonne année à tous et bienvenue au nouvel élève !

Il me fit un léger clin d'œil qui me mit particulièrement mal à l'aise et je répondis par une sorte de sourire crispé, qui devait davantage ressembler à une grimace. Il sortit de la salle sans y prêter attention et le professeur nous mit au travail. Il m'était impossible de me concentrer, toutes mes pensées fixées sur l'horloge, souhaitant à chaque instant pouvoir remonter le temps et entrer dans cette classe au lieu d'attendre devant comme un imbécile. Mais les secondes, les minutes s'égrenaient inéluctablement et si peu de temps plus tard, la cloche sonna, invitant toute la classe à sortir prendre la pause. Mon voisin m'attrapa brutalement le bras et me traîna avec sa bande le long du couloir. Je savais à quoi m'attendre, plus ou moins en tout cas, car je m'étais déjà fait bizuter une fois à mon entrée au collège. A croire que j'ai la bonne tête pour m'attirer des ennuis. Il se dirigea vers les escaliers et m'entraîna vers le haut, ses ongles s'enfonçant dans ma peau à mesure qu'il avançait. On se retrouva au deuxième étage, quelques minutes plus tard, devant un panneau indiquant « Danger. Ne pas franchir la barrière ». Ils me poussèrent violemment derrière et ricanèrent :

- N'espère pas t'échapper, il y a des amis à nous à chaque issue du couloir !

Et ils me regardèrent avancer le plus vite possible en riant de plus belle, d'un rire gras et bête qui me donna la nausée. Au bout de quelques mètres, j'aperçus le début d'une flaque d'eau qui me semblait bien trop longue à mon goût. Les rires de mes chers camarades de classe résonnaient dans ma tête et je soupirai, exaspéré par cette satanée rentrée. Je me rapprochai pour mieux voir de quoi il s'agissait et me rendis compte que ce n'était pas une flaque mais l'inondation dont avait parlé le proviseur. Forcément. Il fallait que j'aie la poisse jusqu'au bout. Je distinguai une partie du couloir qui semblait sèche, un peu plus loin et sautai au-dessus de l'eau pour y parvenir, m'éclaboussant tout de même, ayant mal évalué les distances. Mais j'étais désormais encerclé. Evidemment. Je ne pouvais donc que continuer à sauter entre les flaques, espérant que je ne me retrouve pas trempé pour rentrer en classe. Quelques instants plus tard, je me retrouvai à l'entrée des toilettes des garçons et, essayant de ne pas trop réfléchir à la nature du liquide qui se trouvait par terre, je traversai la pièce tant bien que mal pour arriver à une zone sèche que j'avais aperçue juste sous le radiateur. Je m'appuyai dessus, heureux de pouvoir trouver enfin de la chaleur et un moment de répit et enfonçai d'un geste dépité mes mains au fond de mes poches. Je sentis un morceau de papier chiffonné que je n'avais pas mis là et, intrigué, le sortis et l'ouvris, découvrant la fine écriture de mon père :

Bonne rentrée. Fais-toi plein d'amis ; À tout à l'heure. Ton papa qui t'aime.

Je le serrai entre mes doigts. J'étais partagé entre une colère sans nom contre lui, qui tentait de se rattraper d'une décision qu'il avait prise et qui avait bouleversé ma vie plus que la sienne, et une envie de lui pardonner, me disant qu'il avait toujours essayé de faire au mieux pour notre famille et que c'était mon père, après tout. Je m'apprêtai à fourrer le morceau de papier là où je l'avais trouvé pour que personne ne le découvre, lorsque la cloche sonna, annonçant la fin de la pause et celle de mon calvaire. Je me précipitai, n'évitant plus les flaques, pensant uniquement à ma chaise au fond de la classe. Je glissai soudain, me rattrapai de justesse et restai debout immobile quelques secondes pour reprendre mon équilibre. Mais au moment où je posai mon pied dans une grande flaque, une lumière vive m'éblouit. Tous mes sens se brouillèrent soudain, et je n'entendis plus rien, ni mon cri, ni les voix de ceux qui accouraient, ni le bruit de mon corps tombant lourdement par terre. Je vis juste un éclair blanc et le mur en face de moi, puis mes ennemis de tout à l'heure, penchés au-dessus de moi, me secouant violemment. Soudain, ils partirent en courant, abandonnant ma dépouille inerte sur le sol mouillé des toilettes. J'ai horreur des rentrées scolaires.

LE VIEIL HOMME

Mai 2008

J'avais toujours voulu faire de ma vie quelque chose d'extraordinaire, pouvoir changer le monde par la seule force de mon existence. Maintenant je m'en passerais bien. Pourtant, aucun de mes rêves n'était devenu réalité, bien au contraire. Je m'étais souvent vu dans la peau de ces gens qui à huit ans ne sont personne, juste des gamins comme les autres et qui, quelques années plus tard, marchent sur la lune pour la première fois de l'histoire. Je n'avais cependant jamais envié les personnes dont les parents gâchent l'enfance à les faire devenir célèbres trop tôt et qui, à trente ans, ne sont plus que des hommes sans avenir qui noient leur gloire passée dans une bouteille d'alcool. Contrairement à bien des gens de mon âge, je voulais une vie banale, avec des parents qui m'aiment, des amis pour m'amuser et juste ce qu'il faut d'imagination pour m'inventer un futur qui me ferait rêver. Pompier à sept ans, magicien à dix et astronaute à douze. Ça s'était arrêté là. Et désormais, eh bien, j'aimerais être tout sauf ce que je suis devenu. Finalement, toutes ces incroyables ambitions que j'avais me semblent totalement inconcevables face à cette irrésistible envie de normalité que j'ai. L'extraordinaire ne me tente plus, vraiment plus. Je ne souhaitais qu'une enfance normale, rien de plus et même ça, c'était visiblement trop demander.

J'étais là depuis quelques temps déjà, mais je n'aurais pas pu dire si cela se comptait en semaines ou en mois. Cela faisait trop longtemps que j'avais perdu la notion de durée. Et de réalité. Est-ce que je vivais dans une hallucination ? J'aurais été incapable de répondre. En fait, je pouvais dire une chose : j'étais en plein cauchemar. Se retrouver errant au beau milieu d'un parc désert sans le moindre souvenir en tête n'avait rien d'un rêve. Bien au contraire. Je ne savais rien, ne comprenais rien, mis à part le fait qu'absolument personne ne semblait avoir envie de me trouver. J'étais comme ces gosses perdus au supermarché dont on appelle les parents depuis l'accueil mais qu'on ne vient pas chercher. Sauf que je n'avais aucun moyen de prévenir les miens. Je ne savais même pas si j'en avais. Je m'étais demandé, par moment, s'ils ne m'avaient pas abandonné et si je n'aurais pas dû semer des morceaux de pain pour retrouver le chemin de chez moi. Mais existait-il seulement un chez moi ? Aucune idée. Après tout, peut-être étais-je là depuis toujours. Cette hypothèse me paraissait très improbable puisque je me remémorais m'être retrouvé, peu de temps auparavant, dans un abri. Je doutais fort avoir pu vivre sans aussi longtemps. C'était une sorte de cabane de jardinier, perdue au milieu de la butte, dissimulée parmi les arbres. Je ne voyais pas par quel miracle tous les soirs je trouvais devant ma porte des ravitaillements de toutes sortes et de quoi me confectionner peu à peu une sorte d'habitat à l'intérieur. Depuis, j'y vivais, nuit et jour, attendant… quelque chose. Je m'étais mis à croire, sans doute pour me rassurer, ou juste pour me redonner suffisamment espoir pour que je ne me laisse pas mourir là, que quelqu'un allait venir me chercher et mettre fin à ce cauchemar. Et c'est ce qui arriva. Ou presque.

Je ne m'étais jamais senti aussi seul que ce soir-là. Le désespoir m'avait envahi d'un coup, sans prévenir et ne me quittait plus. Rien n'avait été déposé sur le seuil, comme si mon ange gardien m'avait laissé tomber sans crier gare, et les ouvriers avaient été inhabituellement actifs, m'empêchant de m'aventurer loin du couvert des arbres. Installé devant mon abri, là où les feuillages formaient une percée suffisante pour me laisser voir les derniers rayons du soleil se refléter dans le bassin, la tête sur les genoux, des idées noires traversaient ma tête à une vitesse vertigineuse. J'avais eu envie de grimper à la cime d'un arbre, de me laisser tomber dans le vide et d'en finir. Mais je n'étais pas vraiment sûr de mourir. Ça aurait été dommage de se rater. Alors j'avais renoncé, encore plus misérable qu'avant et j'étais resté les yeux dans le vide, assis comme un enfant que l'on a grondé.

Et ce fut à ce moment qu'elle était apparue. « Quelconque, m'étais-je dit, elle ressemble à bien d'autres filles de mon âge ». Mais j'avais continué à l'étudier, comme pour m'assurer que ma pensée était justifiée. Ses cheveux étaient noirs, mais d'une nuance déprimante, comme celui des ailes des corbeaux, luisant et insipide. Elle n'était pas très grande, mais pas minuscule non plus, de taille moyenne en gros. Et puis elle était mal habillée, du même noir que celui de ses cheveux, de la tête aux pieds, sans une once de couleur qui mettrait de bonne humeur. « Non, vraiment sans intérêt, avais-je conclu, elle me donne le cafard et je n'ai vraiment pas besoin d'être démoralisé plus que je ne le suis déjà. » J'avais détourné le regard et ne m'y étais plus intéressé de la soirée.

J'étais rentré dans la cabane, décidé à y rester jusqu'à la tombée de la nuit. Quand j'en émergeai, la lune brillait déjà dans le ciel et des milliers d'étoiles parsemaient les ténèbres. Pourtant la nuit était noire, sombre. Comme ses cheveux, me surpris-je à comparer, ténébreux, mystérieux. Et j'étais allé me coucher, agacé par ces pensées.

Je la revis quelques jours plus tard, et cela m'énerva au plus haut point. Qui était-elle pour venir perturber le calme du parc ? C'était interdit au public par ailleurs, alors elle n'avait rien à faire là. Elle se croyait chez elle et, comme si le lieu lui appartenait, elle balayait l'espace de ses grands iris ambre, comme un serpent qui contemple sa proie, satisfait de sa chasse. Plus je la fixais, plus elle m'irritait. Mais les jours passaient et je finis par m'apercevoir que je sortais de mon abri au moment exact où elle arrivait, comme si je l'attendais. Et si je voulais m'en empêcher, je me trouvais toujours une excuse pour pousser la porte tout de même, rendant le combat contre moi-même totalement vain. Cela ne faisait que m'exaspérer davantage. Je finis même par me trouver une branche depuis laquelle je pouvais l'observer sans qu'elle ne me découvre, et je me délectai du sentiment de supériorité que cela me donnait.

Elle me rendait nerveux et l'idée de la revoir le lendemain m'empêchait presque de dormir. Une part de moi avait cette envie perverse de la contempler encore et de m'énerver à le faire jusqu'à ce que je n'en puisse plus, mais une autre me poussait à comprendre pourquoi elle me hantait tant. Je ne connaissais même pas son nom. C'était étrange tout de même, cette sorte d'obsession que j'attisais alors que je savais pertinemment que cela me faisait du mal. Même si je n'étais pas sûr que cela me soit réellement néfaste. Je commençai à prendre un malin plaisir à la surveiller, à son insu, et je me mis à le faire chaque jour, me transformant en prédateur tapi dans l'obscurité. Elle semblait tellement pure, innocente, comme si la naïveté coulait dans ses veines, que je me sentais presque honteux de l'épier comme cela. Mais cette sensation de supériorité, son impuissance face à mon regard qu'elle ne pouvait deviner, étaient bien trop délicieuses. Je ne pouvais pas m'arrêter. Elle continuait, imperturbablement, à se promener sous mes yeux avides de pouvoir, à dessiner ce qu'elle examinait sans soupçonner ma présence et je finis par la connaitre parfaitement. Toutes ses habitudes m'étaient devenues familières, comme si je pouvais vivre au travers d'elle, comme si j'habitais son esprit à ses dépens. Elle avait l'air si fragile, seule au milieu de ce square qui prenait des proportions effrayantes à la tombée de la nuit, les ombres agrandissant toutes les formes, que je me trouvais parfois sans cœur, amusé et distrait par ce qui ne faisait rire que moi.

J'aurais dû la protéger au lieu de prendre plaisir à la voir sans défense, après tout j'avais le même âge qu'elle et je me sentais aussi perdu qu'elle semblait l'être. Alors pourquoi me délectais-je de la voir errer sans but, sans la moindre compagnie ? Je n'en savais rien. Je me dégoutais à agir comme cela. Mais cela me plaisait. *Non, je ne suis pas un monstre*, me dis-je comme pour me rassurer sur mes intentions. *Mais si, tu en es un*, repris une autre partie de moi-même, *tu aimes voir la détresse chez les autres, tu adores ça.* Je secouai la tête comme pour chasser cette personne que je ne reconnaissais pas, qui s'était logée dans mon esprit. Je ne contrôlais plus mes pensées. Je me sentis tout à coup vulnérable, comme si n'importe quoi pouvait entrer en moi et m'observer. Comme je faisais avec elle. J'étais fou, j'en étais certain. Quelque chose me rongeait de l'intérieur et je n'avais aucun moyen de l'arrêter. Je me faisais peur. J'avais l'impression d'avoir un diable sur une épaule et un ange sur l'autre, sauf que celui-ci serait en train d'agoniser sous les coups vicieux du démon déchainé.

Ces pensées sombres avaient occupé mon esprit pendant de nombreux jours et finalement, je n'avais plus songé à elle, jusqu'à ce soir-là. J'étais assis au même endroit que la première fois où je l'avais vue, mais je ne l'attendais pas particulièrement. C'était nouveau que ce ne soit pas le cas, que je ne sois pas attiré par une force étrange en dehors de mon abri. Non, je m'y étais installé de mon propre gré et je ne l'attendais pas. Je ne l'attendais plus. Cela m'était égal qu'elle vienne ou non, parce que j'étais enfin serein, j'avais réussi par je ne sais quel miracle à trouver le calme. Plus ou moins. Je me surpris tout de même quelques fois à jeter des coups d'œil furtifs vers les grilles, le cœur partagé entre l'espoir qu'elle arrive et l'envie qu'elle ne se montre pas.

Mais le ciel s'obscurcissait et elle ne venait pas. La nuit tomba et elle n'était pas là. Alors, l'œil vide, je partis me coucher, mais je ne dormis pas. J'en étais incapable. J'avais cette sensation de vide, comme s'il manquait quelque chose. J'étais inquiet. Elle était venue tant de fois, que je ne comprenais pas son absence et je me pris à me demander s'il ne lui était pas arrivé quelque chose. Elle avait pu se faire renverser ou se faire agresser, peut-être même qu'elle était atteinte d'une maladie grave. Mais ce fut là, au milieu de la nuit, que je me rendis compte qu'elle avait déjà été absente auparavant et que je ne m'en étais pas aperçu. C'était la première fois que je prenais conscience de son importance. J'avais besoin d'elle. Mais ce n'était pas une nécessité pour me distraire, ou pour faire preuve de supériorité. C'était une faim pressante, comme s'il me manquait une partie de moi, ce même quelque chose qui me rendait fou tout en m'empêchant de le devenir. Le jour se leva et je ne bougeai pas, restant allongé là, sans avoir envie de faire quoi que ce soit. Je n'arrivais pas à me souvenir de la façon dont elle était habillée la dernière fois que je l'avais vue. Je m'en voulus d'avoir été obnubilé par des pensées de domination alors qu'elle était si pure et si…

Je me réveillai en sursaut. Un grincement venait de me tirer de mon sommeil. Je sortis de mon refuge pour voir ce que c'était, et découvris que le soleil était bas sur l'horizon, que j'avais dormi toute la journée. Un fol espoir m'envahit. Et si c'était… oui, c'était elle. Elle venait de passer sous la chaine qui fermait les grilles et avait fait du bruit en se faufilant. Elle était… belle, il fallait le dire, même si cela ne me plaisait pas à admettre, ma fierté me l'interdisant. Un léger sourire se dessinait sur ses lèvres pendant qu'elle passait devant tout ce qu'elle connaissait si bien dans ce square. Une jolie bouche, me dis-je en mettant définitivement de côté les pensées qui me disaient qu'elle était comme tant d'autres. Ses yeux brillaient à la lumière rougeâtre du crépuscule, leur donnant une couleur dorée qui illuminait son visage. Elle s'assit sur le même banc que tous les soirs, pour profiter du calme et de la solitude qu'elle semblait rechercher. Elle était là, immobile, facile à atteindre, me dis-je, mon instinct de chasseur reprenant le dessus. Je pouvais aisément l'attaquer par surprise, la prendre en traître, au moment où elle s'y attendrait le moins, et bondir…Non, je n'allais pas le faire. Mais j'avais désespérément envie d'obtenir l'inatteignable, de me sentir puissant à nouveau et voir sa tranquillité se transformer en panique. Elle me narguait j'en étais sûr et il fallait que je me venge de tout ce qu'elle m'avait fait endurer. Je m'étais glissé entre les arbres, descendant la butte silencieusement. Elle n'avait pas bougé et j'épiais chacun de ses gestes attendant le moment idéal. Elle soupira d'aise, heureuse de retrouver cet endroit et je me décidai :

- Toi aussi tu aimes le calme ? dis-je pour observer sa réaction.

Elle se tourna dans tous les sens, apeurée de ne pas comprendre qui avait pu prononcer ces mots. Sa peur faisait battre mon cœur à toute vitesse. J'aimais terriblement cela. Elle était à ma portée, craintive et impuissante.

- C'est vraiment reposant, repris-je, décidé à torturer encore un peu ma victime.

Cette fois elle se leva, tentant de contrôler la frayeur qui l'avait envahie depuis mes premiers mots et s'en alla d'un pas qui se voulait sans doute fier et décidé mais qui ressembla davantage à une fuite désordonnée. Mon divertissement partait et cela n'allait pas du tout. Je me sentis comme le chat qui voit la souris qu'il poursuivait se terrer dans un trou inaccessible.

- Hé, attends ! continuais-je pour la retenir encore un instant.

La terreur l'avait submergée et lorsqu'elle se retourna, le contenu de son sac se déversa sur le sol. Elle se baissa, désespérée et se mit à ramasser ses affaires aussi vite que possible. Ses doigts tremblaient et elle semblait au bord des larmes. Je me sentis immonde. Pas puissant, immonde. Que m'avait-elle fait pour que je la haïsse tant, que je me sente obligé de la tourmenter à ce point ? Elle n'avait jamais mérité cela et je détestais qu'elle le subisse pour mon simple plaisir. Ce n'était plus un trophée que je voyais devant moi, mais une jeune fille terrorisée et cette vision ne me faisait en aucun cas plaisir comme cela avait pu être le cas auparavant. Pour me racheter, je me dépêchai pour l'aider, espérant qu'elle n'en soit pas encore plus effrayée et posai ma main sur un de ses cahiers. Elle hurla et ce son ne fit pas battre mon cœur de contentement mais de rage contre moi-même :

- Ah ! Qui êtes-vous ?
- Pourquoi me vouvoies-tu ? J'ai ton âge pourtant ! répondis-je, en réalisant trop tard que cela ne ferait que l'affoler davantage.

Evidemment elle me vit, ma tête grisonnante et mes rides. Je tentai de lui sourire pour la rassurer, mais elle laissa échapper un cri strident et s'enfuit sous la pluie qui, forcément, s'était mise à tomber depuis quelques minutes. Elle courait vers les grilles dans l'espoir de m'échapper et, comme un idiot, je m'élançai sur ses pas. Mais lorsqu'elle entendit que je la suivais, elle se retourna, évaluant la distance qui la séparait de moi et se remit à fuir de plus belle. J'aurais dû m'arrêter, la laisser partir et limiter les dégâts à ceux que j'avais déjà faits. Mais je me sentais tellement honteux de mon comportement que je voulus me rattraper. Sauf que je n'avais pas imaginé qu'elle glisserait sur le sol mouillé et qu'elle tomberait, sa tête heurtant lourdement le fer de la grille. Je me précipitai, mais lorsque je voulus l'aider à se relever, je m'aperçus qu'elle était inconsciente. Si, à cet instant, le battement que rata mon cœur en la voyant évanouie, allongée dans mes bras, ne m'avait pas prévenu de ce que je ressentais vraiment, j'aurais sans doute trouvé cela follement excitant en tant que prédateur, d'avoir ma proie à ma portée.

Se fier à quelqu'un. Sans doute la chose qui demande la plus grande prise de risque possible. Bien plus que de sauter en parachute. Certes on se jette dans le vide, mais au moindre soupçon de panique, on peut se raccrocher à cette mince sécurité, là-haut sur notre dos et savourer la pure poussée d'adrénaline qui coule alors dans nos veines. Mais il n'existe aucun parachute pour sauver de la trahison, ou même pour se rassurer que cela n'arrivera jamais. Croire quelqu'un, lui accorder son entière confiance, la plus aveugle et la plus absolue, c'est se laisser tomber sans rien d'autre que la ferme certitude de ne pas se tromper. Et espérer qu'on ne s'écrase pas au sol comme un fruit abandonné par un arbre trop occupé à admirer sa nouvelle progéniture pour s'en soucier. Alors il faut laisser tous nos doutes de côté, nos peurs d'être déçus et sauter dans la piscine pour voir si on sait nager. Façon de dire évidemment, ne faites jamais ça. On prend du temps à accepter de compter sur les autres, temps pendant lequel on

45

les teste, on se demande s'ils le méritent, et si un potentiel accident par un mensonge que l'on n'aurait pas vu venir vaut le coup. Maintenant imaginez-vous une seconde que quelqu'un vous ait accordé le bénéfice du doute, que cette personne ait cru en vous, ne serait-ce qu'un instant et que vous deviez en abuser. C'est fait ? Bien. Vous n'avez plus qu'à faire comme si vous étiez à ma place et vous verrez ce que cela fait de tromper la seule personne qui vous reste.

Les mains plaquées sur le sol froid, les yeux fixés sur la peinture du plafond, je tentai désespérément de reprendre mes esprits. Que devais-je faire ? Ah oui... me lever. Et après ? Tout se mélangeait dans ma tête à une vitesse effrayante et je ne pouvais plus différencier les actions que j'avais déjà faites de celles que je devais accomplir. Une seule image me restait gravée sur ma rétine, celle de ma mère assise en face de moi, une inquiétude sans pareille brûlant au fond des yeux. Je me redressai péniblement et, au prix de douloureux efforts, je fus debout, vacillante, au milieu de ma cuisine. De l'eau. J'avais soif, et terriblement chaud. Je m'aspergeais le visage, espérant ainsi remettre de l'ordre dans mes pensées. C'était donc cela qu'elle avait enduré. Elle avait dû subir toute cette souffrance, cette sensation de ne plus exister, cette chute interminable...et elle n'en avait jamais parlé à personne, moi-même ne m'étais jamais douté de rien. Une horloge sonna. Je me tournai dans tous les sens, avant de me souvenir que j'étais chez moi et qu'elle se trouvait donc sur le mur. 11h30. Je soupirai, soulagée. J'avais toute la journée pour peaufiner les détails de mon plan. Je dépliai la carte, examinant minutieusement chaque couloir, chaque intersection, afin que je me repère aisément une fois là-bas. Je l'étalai sur la table, renversant au passage une boite dont le contenu se répandit sur le sol. Je me mis à ramasser les morceaux quand j'entendis l'escalier craquer…

« Maman ? »

Je tressaillis. Maman ? Qu'est-ce… je compris soudain, une panique noire m'envahissant. Je récupérai frénétiquement le contenu et attrapai furtivement mes affaires. Lorsque la dernière marche grinça, j'avais mon sac sous le bras et la carte roulée en boule au fond de ma poche. Je me précipitai dans la salle de bain et laissai la porte légèrement entrebâillée.

« Ma… maman ? »

La voix s'était rapprochée et je pus bientôt distinguer la personne qui avait parlé : c'était bien elle. Une quinzaine d'année, cheveux noirs et yeux ambrés, je n'aurais pas pu me méprendre, c'était le portrait craché de sa mère. Elle se dirigea vers la table et, étonnée de ne pas trouver la source du bruit, fit un bref tour de la cuisine. Soudain, mon sang se figea : elle s'était arrêtée, les yeux fixés sur le sol. Elle se baissa et ramassa un morceau de papier que j'avais reconnu avec horreur : c'était une photo de *lui* qui avait dû tomber dans ma précipitation. Elle la regarda, la retourna et, haussant les épaules, l'emporta avec elle. Lorsqu'elle

repartit vers l'escalier, remontant dans sa chambre, je soupirai et mon cœur reprit peu à peu un rythme normal. Je
restai cachée encore quelques minutes, juste assez pour la
voir repasser dans l'autre sens, son sac sur l'épaule. La
porte claqua. Si mes souvenirs étaient bons, elle ne reviendrait pas avant tard. Je sortis donc et montai à mon tour
dans sa chambre. Rien n'avait changé. Je me souvenais de
chaque bibelot, de chaque recoin. Je me laissai tomber sur
son lit et m'allongeai, les yeux fixés au plafond, repensant
à la photo qu'elle avait emportée. C'était donc ça, c'était
de là qu'elle venait…

Je me réveillai soudain. Je n'avais aucune idée du
temps depuis lequel je m'étais endormie, mais la fenêtre
déversait une lumière orangée : le soleil se couchait. Je jetai un coup d'œil à ma montre : 18h30. Je me redressai
brusquement, ramassai mes affaires précipitamment et
quittai la chambre espérant qu'il ne soit pas trop tard… Je
me retrouvai bientôt dehors dans l'air froid de la nuit tombante et me mis à marcher d'un pas vif. Peu après, j'étais
arrivée. 18h45. J'étais à l'heure, elle n'allait pas tarder.
J'épiai, inquiète, chaque passant qui tournait le coin de la
rue. Et soudain elle était là, face à cette porte en fer, une
petite télécommande dans les mains. Elle vérifia que personne ne la voyait et en un mouvement, entra dans le bâtiment. Je traversai la rue, sortis mon exemplaire de l'appareil qu'elle avait utilisé et poussai à mon tour les grilles.

Elle se tenait au milieu d'une cour carrée, immense et silencieuse, comme si elle attendait qu'il se passe quelque chose. Je ne bougeai pas, de peur d'attirer son attention. Elle resta là quelques instants, puis elle sortit un objet de sa poche et je me cachai derrière une des colonnes qui bordaient le patio à la façon d'un cloître, ne sachant pas si elle risquait de se retourner vers moi. Il ne fallait pas qu'elle me voie. Surtout pas. Mais elle demeura encore un peu immobile avant de se diriger d'un pas vif dans un couloir obscur. Je la suivis des yeux avant de me décider à la suivre, laissant ainsi une distance appréciable entre nous, puis je m'engageai derrière elle, aussi silencieusement que possible.

Arrivée au pied des escaliers, je guettai, vigilante, le bruit de ses pas. Un étage, un autre… et elle s'arrêta. Comme prévu. Je m'élançai, veillant à ne pas me laisser trop distancer, car tout reposait sur la réussite de ma mission. Je courais sur la pointe des pieds, suivant le chemin qu'elle venait d'emprunter et arrivai bientôt à l'endroit désiré. Je me plaquai au mur, écoutant attentivement son souffle saccadé, déjà prise dans un piège qu'elle allait elle-même se tendre. Je me rapprochais doucement du chambranle pour pouvoir l'épier davantage, mais je marchais sur une latte du parquet qui craqua affreusement. Je retins mon souffle, affolée, tentant désespérément de calmer les battements paniqués de mon cœur. Des bruits de pas précipités se rapprochèrent. Elle venait vers moi. Je me recu-

lai autant que je pus, essayant de me fondre dans la peinture et espérant profondément qu'elle ne sorte pas de la
pièce. Les pas s'arrêtèrent et, à mon plus grand soulagement, j'entendis des grattements à travers la cloison, suivit
immédiatement d'un crissement étouffé. C'était bon signe,
tout se déroulait comme prévu. Je me glissai jusqu'à l'ouverture et me tins prête : j'allais bientôt passer à l'action et
pénétrer à mon tour. Il ne me restait plus que quelques secondes mais chacune parut durer une éternité. Enfin, le son
tant espéré se fit entendre, comme une bouteille d'eau gazeuse que l'on débouche, mais j'attendis encore, sachant
pertinemment ce qui allait se passer après. Je l'entendis
courir, essayer désespérément d'ouvrir la fenêtre, s'achar-
ner, et finalement abandonner, revenant en dernier recours
vers la sortie.

Je comptais les pas qui la séparaient de moi, en essayant
de contrôler mes tremblements nerveux et mon irrépressible envie de fuir. Plus que cinq. Le courant d'air n'allait
pas tarder. Quatre. Je mordis ma lèvre pour ne pas crier.
Trois. Là, c'était fini, une seconde peut-être encore avant
qu'elle ne claque. Deux. Mais elle ne claqua pas et il n'y
eu pas le courant d'air espéré et je ne pus pas reprendre
mon souffle comme je l'aurais fait si elle s'était refermée.
Un. Je bondis sur la poignée et la tirai violemment, tournant en un geste la clef qui se trouvait dans la serrure. Puis
je me reculai : elle était prise au piège. Pourquoi avais-je
dû le faire? De l'autre côté, elle poussait et tirait de toutes
ses forces, essayant désespérément de sortir. C'était donc

cela mon rôle ? Faire en sorte que tout se passe comme il fallait ? L'attente me parut interminable, entendant des cris étouffés de panique et de peur qui me déchiraient. Et si je ne l'avais pas fermée, que ce serait-il passé ? Finalement, peut-être que j'avais toujours été celle qui la… Le silence soudain interrompit mes pensées. Je m'apprêtai à entrer, mais hésitai. Et si elle était toujours là ? Et si j'ouvrais et qu'elle me reconnaissait ? Je pris une grande inspiration et entrai. L'endroit était vide, mis à part l'eau qui tapissait le sol, tombant du plafond, et le gaz qui continuait à se répandre. Le temps pressait si je ne voulais pas finir asphyxiée. Je me dirigeai vers la fissure dans la paroi, à droite de la porte, à la hauteur du regard…

Je me baissai soudain. C'était bien celle-là, mais il me fallait encore quelques minutes avant que mes yeux ne croisent le mince filet de lumière qui en sortait. Je me décalai légèrement, glissai mes doigts dans la fente et retirai le carreau blanc. Elle était bien là, je pouvais donc replacer le morceau de carrelage et m'occuper des robinets. Je les ouvrais tous, un par un, laissant couler l'eau au maximum et j'estimai qu'il me restait environ 30 secondes avant que les lavabos ne débordent. C'était suffisant pour vérifier le contenu de mon sac à dos et m'assurer que tout s'y trouvait. J'étais prête. Encore 15 secondes. Je m'avançais vers l'œil de la machine, lentement, ma respiration s'affolant. 10 secondes. A la fois morte de peur et de joie, je savais que chacun des pas que je faisais me rapprochait de lui. 4 secondes. Debout, dans l'alignement, j'avais les yeux plongés dans la douce lueur qu'elle diffusait. 1 seconde. Un flash blanc m'éblouit. Un sourire s'était plaqué sur mes lèvres, et n'était pas prêt d'en partir.

EVA

Septembre 2005

8

Je n'ai jamais eu peur de la mort. Je ne suis pas une de ces femmes complexées par leurs premières rides, ou leur reflet dans le miroir, qui se battent chaque jour pour tenter de recouvrer une jeunesse qui s'est enfuie depuis long- temps. J'ai toujours su que ma mort viendrait un jour, comme pour tout le monde et j'ai appris à vivre avec. Je ne veux pas avoir de regrets pour ce que je n'aurais pas accompli, ni de remords pour ce qui aurait été fait. Je par- tirai l'esprit libre, en me disant que ma vie fut telle qu'elle me plaisait et que si cela avait été à refaire, je n'aurais rien changé. Mais ce jour-là, lorsque je m'y suis retrouvée confrontée, rien ne fut vrai.

Un éclair blanc m'éblouit et je tombai lourdement sur le sol dur et mouillé, ma tête rebondissant contre le carre- lage et mes membres s'enfonçant lentement dans l'eau qui le tapissait. Je me sentais happée de l'intérieur comme si toutes mes émotions étaient entrainées dans un tourbillon

53

sans fin. Je ne voulais pas, je ne *pouvais* pas partir ainsi. C'était impossible, il y avait encore trop de choses que je devais réparer. Je regrettais tout et j'étais rongée de remords. J'avais détruit ma vie, mentant, trompant tous ceux auxquels je tenais et désormais, je n'avais aucune chance de me faire pardonner. Parce que c'était fini, je pouvais le sentir au fond de moi. Enfin, pour ce qu'il en restait. Je n'avais plus que des certitudes, des choses que je savais, sorties de nulle part. Je ne pourrais plus revoir ni ma fille ni mon mari et c'était ma faute, tout comme l'échec de ces dix années de recherches. Parce que j'allais mourir et même si me le répéter ne servait à rien, j'essayais encore d'en prendre conscience. Disparue, décédée. Rien n'y faisait, je ne voulais pas y croire. Il fallait encore goûter à la caresse de l'eau sur ma peau, du vent dans mes cheveux, à la chaleur d'un feu de cheminée, tant de choses que je n'aurais plus l'occasion de ressentir. Parce que je me sentais m'enfoncer dans le sol, mon corps se désagrégeant en milliers de particules microscopiques qui me déchiraient à chaque fois qu'elles s'échappaient de mon emprise. Parce qu'une douleur sourde me montait à la gorge et m'étouffait, me serrant comme un étau que l'on ne peut élargir. Parce que j'allais mourir.

Des souvenirs remontèrent soudain par dizaines, me rappelant des choses que j'aurais voulu oublier pour toujours. Je me revoyais dans cette grande pièce vide, prise d'une panique sans nom, cherchant à tout prix à en sortir.

J'avais eu la même certitude à ce moment-là, que j'y res-terais, et pourtant j'avais apparemment trouvé une solu-tion. A moins que ce ne soit pas le cas et que, depuis, je sois en train d'agoniser. C'était possible, très probable même, parce que cela faisait quelques secondes que je ten-tais, en vain, d'écouter les battements de mon cœur. Il n'y en avait plus parce que tout était terminé. C'était peut-être comme cela que mon existence était censée se finir, après tout, personne ne peut le prédire. Pour ma part, je le savais désormais, mais j'aurais préféré continuer à l'ignorer en-core, ne serait-ce qu'un peu, pas longtemps, juste quelques années…j'aurais peut-être pu voir mes petits-enfants… le mariage de ma fille…

Du bruit. Beaucoup de bruit. Au moins je percevais en-core quelque chose. Un son particulier, qui semblait venir de mes profondeurs les plus lointaines me fit particulière-ment plaisir à entendre : il était sourd, régulier. Mon cœur battait. Tout mon corps se mit soudain à s'animer et je pus sentir le sang circuler à nouveau dans mes veines. Tout cela était bon signe. Je clignai des yeux, aveuglée par la lumière violente. Je voulus lever ma main et j'y parvins. Je remuais mes doigts devant moi, savourant la délicieuse sensation de vie qui parcourait tout mon être. J'essayai de me redresser, mais je retombai lourdement sur le sol… mouillé. Un horrible sentiment de déjà-vu me fit frisson-ner. C'était étrange, comme si je connaissais cet endroit, comme si j'étais déjà venue. Je rassemblai toutes mes forces dans mes mains et me relevai péniblement, voulant fuir le plus vite possible ce lieu qui mettait mal à l'aise. Je me mis debout, vacillante et, lorsque je passai la porte, je me retrouvai dans un couloir vide et inondé. Des rires d'enfants me parvenaient, lointains, et je me décidai à avancer dans leur direction, espérant réussir à sortir de là. Je marchai comme un robot, sans faire attention aux flaques dans lesquelles je pataugeais, trop confuse encore pour me préoccuper d'autre chose que de tenir debout. J'arrivai vite devant des escaliers et entrepris la descente d'un étage malgré des vertiges qui faisaient tout tourner autour de moi et un mal de tête qui me donnait des nausées. Je me persuadai que la sortie se trouvait forcément en bas et non plus haut, ce qui me parut logique à travers les brumes de mon cerveau engourdi. Marche par marche, l'escalier me sembla interminable. J'arrivai, quelques longues minutes plus tard, à l'étage du dessous, étourdie et désorientée.

Je reprenais mes esprits avant d'entamer la descente d'un étage supplémentaire, quand je vis dans le corridor qui s'enfonçait devant moi, un jeune homme arrêté. Il semblait essoufflé, effrayé et ferma les yeux une seconde, juste au moment où trois garçons arrivèrent et l'abordèrent. L'un se tenait derrière lui et chuchota quelque chose à son oreille, un sourire mauvais plaqué sur la figure, tandis que les autres étaient debout un peu plus loin, les bras croisés. Je ne discernais aucun des mots qu'il prononçait, mais le garçon était pétrifié, sans doute terrifié par ce qu'il entendait. Il finit par se retourner et fit face aux trois brutes qui le dévisageaient d'un air buté. Le plus grand finit par se pencher à nouveau vers celui qu'ils persécutaient et dit, d'une voix tout à fait audible cette fois :

- Voilà comment cela va se passer, tu vas rentrer dans cette classe, le sourire aux lèvres, l'air décontracté et nous on va te suivre, comme de bons camarades.

Ils entrèrent en classe et je repartis, ayant recouvré un peu mes forces. *Pauvre garçon, son année scolaire ne va pas être triste.* Je n'avais pas complètement tort…

VIOLETTE

Mai 2008

∞

Décidemment, je n'aime pas les coïncidences. Ni le hasard, ni les concours de circonstances. J'en ai horreur, parce que j'ai toujours l'impression que le destin est tracé depuis toujours, comme une route que l'on doit suivre toute sa vie et cela me met dans un état de rage sans pareille. Personne d'autre que moi n'a le droit de décider de ce que deviendra mon existence et je refuse de croire que tout est prévu depuis ma naissance, comme si une force invisible avait le pouvoir d'influencer le cours des choses. Non, mon futur m'appartient, et je ne laisserai personne le manipuler à ma place. Mais ce soir-là, lorsque j'eus la nette sensation d'avoir déjà vu cet homme, j'eus envie de crier que les coïncidences, ça n'existe pas.

J'essayais désespérément de savoir où j'avais bien pu voir son visage, rien ne me venait à l'esprit. Est-ce que je l'avais déjà croisé dans la rue ? Est-ce que c'était le père de quelqu'un que je connaissais ? Je ne comprenais vraiment pas pourquoi il m'était familier et j'en étais mal à l'aise. Ce qui me préoccupait aussi, était de comprendre où je me trouvais. Je me sentais lourde, comme si je venais de sombrer dans cette sorte de torpeur que l'on a avant de s'endormir et je ne voyais rien autour de moi. Je ne me souvenais pas bien de ce qui avait précédé mais une seule chose me revenait, ne me disant rien qui vaille. Mes pensées revinrent peu à peu et je me revis marchant dans la rue, à la sortie du lycée. Je me rappelai cette chaîne sous laquelle j'étais passée, ce banc sur lequel je m'étais assise et mon lever précipité suivi de cette peur horrible. J'avais couru encore et encore pour fuir le plus loin possible et j'étais tombée. Puis plus rien. Et il y avait eu lui aussi. Je comprenais de moins en moins comment les choses s'étaient déroulées, ni où j'étais, ni quelle heure il pouvait bien être, ni qui était cet étranger …

Je reçus une gifle. Doucement, ma main se posa sur ma joue endolorie et je grimaçai de douleur. Chaque geste me coûtait des efforts que j'avais du mal à fournir, mes membres engourdis ne m'obéissant pas comme je l'aurais voulu. Je tentai de regarder autour de moi pour comprendre ce qui m'était arrivé mais mes paupières étaient comme soudées, m'imposant un noir complet comme seule réponse.

« Violette, me murmura soudain une voix grave à mon oreille. Violette, réveille-toi, je t'en supplie… »

Je tressaillis. C'était lui qui avait parlé. L'inconnu. Des images jaillirent instantanément des brumes de ma mémoire et je me souvins de tout. C'était sa faute si j'étais là. Tout était de sa faute.

« Violette, répéta-t-il, en insistant, je t'en prie… »

Et maintenant il me harcelait. Ça en devenait presque dérangeant. Il fallait que je fiche le camp de là et le plus vite possible. Je ne savais pas de quoi il était capable, mais il m'effrayait. Et j'étais absolument persuadée de le connaitre. C'était sans doute ce qui me dérangeait le plus. Je battis lentement des cils pour m'habituer à la lumière extérieure et je l'aperçus. Il était penché sur moi, ses iris bleu-vert rivés sur mon visage avec une pointe d'appréhension. Il semblait bien plus vulnérable que dans mes souvenirs, plus inoffensif aussi et j'eus presque envie de m'attendrir. Un piège, me dis-je alors, ce ne pouvait être que cela. J'eus même l'impression, durant un bref instant, qu'il lisait en moi, me transperçant de la seule force de son regard.

Il voulait m'intimider pour que je baisse mes défenses mais il n'allait pas m'avoir aussi facilement. Il m'adressa un sourire qui semblait presque bienveillant mais je me méfiais. C'était sa faute si j'étais dans cet état, il ne fallait pas que je l'oublie. Je serrai et desserrai les poings pour m'assurer que mon corps m'obéissait bien et je roulai sur le côté, échappant à son emprise. Je tentai de me lever pour m'enfuir mais je m'affalai sur les genoux et laissai échapper un gémissement de douleur. Je réessayai encore mais je trébuchai, m'étalant de tout mon long sur le sol. Je me redressai et vis qu'il venait vers moi, une main tendue pour me relever. J'étais désespérée. Mes vêtements étaient trempés, j'avais froid et ma tête me lançait terriblement. Toutes mes forces semblaient avoir quitté mon corps, me laissant inerte, à sa merci. J'abandonnai.

Mes mains qui m'empêchaient de retomber par terre, glissaient sur les pavés mouillés et, au moment où je n'eus pas le courage de résister plus longtemps, il m'empoigna. C'était fini, il m'avait attrapée et je n'avais pas la force suffisante pour m'échapper. Sa main puissante me releva et me maintint debout. Mes yeux remontèrent le long du bras qui m'agrippait et je vis une épaule fragile et, au-dessus, un cou strié par le temps et une tête pleine de rides et de cernes.

Il m'observait d'un air un peu inquiet mais confiant et rassurant à la fois et je me surpris même à douter à nouveau du fait qu'il pourrait être réellement dangereux. Subitement, il saisit mes jambes, les souleva, soutenant ma tête et mes épaules et se mit à marcher, m'emmenant avec lui. Je me serais presque cru telle une princesse en détresse portée par son bien-aimé à travers un jardin magnifique en lui roucoulant des mots d'amour. A la seule différence que le prince qui m'emportait au milieu d'un square délabré sous une pluie battante avait quelques dizaines d'années de trop, m'effrayait, et me disait d'une voix éraillée qu'il allait me ramener chez moi. J'étais donc dans un conte merveilleux, à si peu de choses près. Je mourrais d'envie de me débattre, de donner des coups de pieds pour qu'il me lâche, mais ma douleur à la tempe m'engourdissait le corps, m'empêchant de faire le moindre geste. Il me posa délicatement, quelques brefs instants plus tard, sur le banc que j'aimais tant et, d'un doigt hésitant, écarta les mèches de cheveux trempées de ma figure.

Des bribes de paroles me tirèrent d'une sorte de sommeil dans lequel j'avais sombré et j'ouvris difficilement les yeux, voyant alors que je me trouvais devant chez moi, portée par celui que j'avais tenté de fuir. Il tenait mon cahier de correspondance ouvert à la page des informations personnelles. Il savait désormais où j'habitais et je m'en inquiétai. Mon père se trouvait dans l'embrasure de la porte, l'air paniqué, écoutant distraitement son récit. Le vieil homme lui racontait pourquoi je m'étais évanouie : j'avais glissé sur le sol mouillé, j'étais tombée et avais perdu connaissance. Il ne mentionna évidemment pas la partie où il m'avait pourchassée et mon père se contenta de répondre comme s'il parlait à lui-même qu'il ne préférait pas imaginer ce qui serait arrivé si j'avais été seule ou au milieu de la rue. Je serais revenue à pied, comme tous les soirs, avais-je envie de dire, rien ne se serait passé. La vérité me démangeait les lèvres, une folle envie d'expliquer à mon père ce qui s'était réellement passé brûlant au fond de moi, mais l'inconnu me regarda et me murmura à l'oreille au moment où il me posa par terre :

« Je t'en prie, ne dis rien… »

Je l'observai une seconde, ses cheveux blancs, ses rides et son air désemparé. Je baissai la tête, sans dire un mot, bien décidée à savoir pourquoi il m'avait poursuivie. Il me devait au moins des explications. Après tout il m'avait raccompagné chez moi, je n'avais peut-être pas à m'en méfier. Il me sourit, serra la main de mon père qui lui dit quelque peu suspicieux :

- Des remerciements s'imposent je présume, monsieur… ?
- Livardent. M Livardent, répondit-il avec une certaine hésitation.

Ils se saluèrent et M Livardent tourna les talons, me laissant avec mes interrogations. Mon père s'empressa de me demander si tout allait bien, si je ne m'étais pas fait mal, s'il ne m'avait rien fait, si je ne voulais pas aller voir un médecin et je le rassurai autant que possible, espérant échapper au plus vite à cet interrogatoire sans fin. Ma mère, arrivée à ce moment, me serra dans ses bras pendant cinq bonnes minutes, mais je finis par réussir à m'éclipser. Je montai dans ma chambre, poussai un soupir et me jetai sur mon lit. Je fixais le plafond, repensant au vieil homme, sans pouvoir chasser de mon esprit ses traits et son expression si particulière. Je me demandai si ma douleur à la tempe était due à ma chute ou bien à tous les problèmes qui émanaient de mon cerveau fumant et que j'aurais voulu lui soumettre. Pourquoi m'avait-il poursuivie ? Pourquoi avait-il dit cette phrase étrange, me faisant croire qu'il avait mon âge ? D'où venait-il ? J'étais sûre de l'avoir vu s'approcher de moi, sortant de l'ombre épaisse des arbres qui parsemaient la butte, au fond du parc. Mais finalement, aucune de ces questions n'était aussi importante que de savoir pourquoi j'avais l'impression de le connaitre. Il m'arrive souvent de croiser des personnes dans la rue, plusieurs fois de suite et qu'il y ait ensuite ce sentiment de familiarité qui émane d'eux, mais là, c'était différent. Son visage me rappelait celui de quelqu'un d'autre. Mais impossible de me rappeler de qui il s'agissait.

J'attrapai brusquement une feuille et me mis à noter tout ce à quoi je pensais, espérant avoir un jour l'occasion de lui en faire part. Je griffonnais quelques lignes, résumant les idées essentielles et accrochai ma liste sur une partie du mur que j'avais consacré à mes trouvailles étranges. J'adorais cela. Garder des dizaines de choses dont j'ignorais tout, mais dont le simple mystère me faisait frissonner de plaisir. Je les rassemblais et les fixais ensuite ici, comme des trophées venus d'un monde parallèle. Juste au-dessus du papier que je venais d'y mettre, se trouvait une capsule de bière, apparemment sans intérêt, que j'avais trouvée sur la plage. Dessus, le logo de la marque était légèrement effacé, la surface usée par le temps. Mais sur la face intérieure, une fine écriture au stylo bleu se démarquait sur le fond métallique de la capsule, dévoilant un « Je t'aime » destiné à une certaine Margot. A droite, j'avais scotché une vieille photo de polaroïd, datée de

1950, sur laquelle des baigneurs posaient dans leurs maillots qui ressemblaient plus à des combinaisons de plongée, compte tenu de la surface du corps qu'ils recouvraient. Mais l'intéressant n'était pas là. Il fallait regarder de plus près et voir, au second plan, une jeune fille se faire demander en mariage par un homme bronzé qui tenait une bague entre les doigts. C'était tout simplement magique, de retrouver des choses qui appartenaient, autrefois, à d'autres et qui maintenant ne voulaient plus rien dire pour moi, mais qui me faisaient rêver tout de même.

A côté de la photo, j'avais épinglé un vieux morceau de tissu, dont les couleurs délavées le faisaient davantage ressembler à un mouchoir sale qu'à un trésor. Encore une fois, il ne fallait pas s'arrêter aux apparences. De l'autre côté, une femme avait déposé un baiser, laissant ses lèvres imprimer leur trace d'un rouge carmin sur le coton d'un vêtement. Je m'étais toujours demandé, amusée, s'il ne s'agissait pas de la chemise d'un homme, dont la femme, découvrant qu'elle avait été trompée, l'avait déchirée de rage. D'autres souvenirs remplissaient mon mur, étoffant ma collection dont la pièce maitresse était celle qui m'intriguait le plus.

C'était une photo, trouvée par terre dans la cuisine des années auparavant, que l'on avait visiblement déchirée pour récupérer la partie souhaitée. Elle représentait un mystérieux jeune homme dont le sourire et l'air malicieux avaient éveillés ma curiosité. Je le regardai encore, cherchant à qui avait bien pu s'adresser ce regard rempli de promesses. Son expression était si particulière, si unique, si envoûtante, que je ne me lassais pas de le contempler. Il semblait m'observer, ses yeux perçant fouillant au fond de mon âme. De magnifiques yeux bleu-vert, me dis-je avec effroi.

GUILLAUME

Septembre 2005

Je n'ai pas l'impression d'avoir ma place sur Terre. Un peu comme si je n'en faisais pas partie. Plutôt comme si je n'en avais jamais fait partie. Peut-être que je n'aurais pas dû exister, finalement. Je suis en trop, de toute évidence, sinon pourquoi personne ne prête attention à moi ? Le monde entier me rejette, comme l'avorton raté d'une portée de six milliards de parfaits éléments. En définitive, c'est vrai que ni moi ni personne n'en sommes responsables. Un individu parmi tant d'autres, alors à quoi bon y faire attention ? Seulement celui que les filles ne regardent pas, qu'on n'invite pas en soirée. « Tu es trop bien pour eux, me dit toujours ma mère, voilà pourquoi ils ne s'intéressent pas à toi, parce qu'ils sont tous jaloux de qui tu es. » Mais que valent des mots prononcés par un amour maternel aveugle face à la plus grande des solitudes ? Mes parents ont la certitude inébranlable que je suis parfait et que ce n'est pas de ma faute si je passe inaperçu, mais de celle des autres. Qu'est-ce que je pourrais leur répondre ?

Que leur fils est un raté ? Que je ne trouverai jamais la bonne personne alors qu'eux ont réussi? Non, impossible, ils ne me croiraient pas. Parce qu'ils ne me comprennent pas. Alors, je finis par ne plus être qu'une ombre. Parfois, il m'arrive même de ne plus savoir si j'existe ou si je fais semblant. Je ne souhaite à personne le même sort, de se sentir aussi solitaire et désespéré, mais si quelqu'un, juste un être humain, pouvait me tendre la main, alors tout deviendrait simple.

J'étais seul. Pour changer, me dis-je amèrement. Tout était noir et muet. Même en moi, remarquai-je, étonné. C'était comme si les ténèbres avaient envahi mon corps à mon insu. Je ne sentais plus le ronflement rassurant de mon cœur, ni l'air couler dans mes poumons. En fait, je ne percevais plus rien. Je me sentais juste terriblement isolé, encore et toujours, mais je n'avais pas peur. Je ne m'étais jamais demandé à quoi allait ressembler la mort mais peut-être que c'était juste cela. La solitude la plus immense, la plus horrible et le silence. Finalement, cela ressemblait fortement à ma froide et vide existence que j'avais tenté de mener en dépit du bon sens. Si elle avait même eu lieu. Je n'étais plus sûr de savoir si j'étais vivant, ni si je l'avais jamais été. Ni si tout n'était pas qu'un grand cauchemar. Peut-être que toutes ces années en étaient un aussi et que je n'avais jamais ressenti cette détresse, cet abandon. Malheureusement, j'étais au moins certain d'avoir réellement vécu. Je me souvenais bien trop précisément de cette impression que j'avais déjà eue des milliers de fois, d'être entouré de dizaines de gens, mais de me sentir tout de même séparé d'eux, puisqu'aucun ne m'adressait la parole. J'étais invisible à leurs yeux. Cependant à ce moment, ce n'était plus cet isolement là, ce n'était plus ce sentiment de transparence que je détestais, non, j'étais juste livré à moi-même, coupé du monde extérieur et ça ne m'était jamais arrivé. J'avais beau m'être toujours senti comme un imposteur, je n'avais jamais été physiquement isolé, ni en cours, ni dans ma chambre, ni même dans la rue. C'était à l'intérieur que se trouvait le vide et j'en avais parfaitement conscience. Mais là, lorsqu'il n'y eut pas une personne pour m'expliquer ce qui se passait, je me sentis plus seul que jamais.

Mais je n'allais pas pleurer. Je ne voulais pas me laisser aller au désespoir. J'avais déjà vécu des situations où je m'étais senti misérable et abandonné, sans craquer pour autant, alors il n'y avait pas de raisons pour que je m'effondre ainsi. De toutes façons, je n'étais même plus sûr que je le puisse car je venais tout juste d'avoir la désagréable impression qu'à l'endroit où je me trouvais, la gravité s'était inversée et que mes larmes étaient retenues sous mes paupières par une résistance invisible. A moins que tout simplement, ce n'ait été que mon orgueil se refusant à céder. Je ne pus pas faire la différence. Je me sentais flotter, comme libéré de l'attraction terrestre, errant dans cette immense obscurité qui m'entourait à la manière d'un astronaute planant au milieu des étoiles. Finalement ce n'était peut-être pas la mort que j'expérimentais, mais une sorte de renaissance, comme si la vie dont je me souvenais n'était en fin de compte qu'une autre existence que j'allais désormais laisser derrière moi pour en commencer une nouvelle. C'était ça, j'avais l'impression d'être un fœtus dans le ventre de sa mère. Mais soudain, alors que cette sensation devenait presque agréable, un détail me gêna. Il m'était absolument impossible de savoir si mes yeux étaient ouverts ou fermés. J'étais resté calme et paisible jusque-là, comme si tout ce qui m'arrivait était évident, mais une peur démente me saisit. Les ténèbres qui m'avaient paru accueillantes, me terrifièrent. Cette force qui semblait me contrôler depuis l'extérieur de mon corps me fit l'effet d'un meurtrier caché dans l'ombre, resserrant lentement de longues griffes autour de mon cou. La panique m'envahit et mes entrailles se nouèrent si violement que je voulus hurler. Mais je ne pus pas. J'étais prisonnier de cette obscurité qui m'engloutissait inexorablement.

Je tombais. L'apesanteur que j'avais ressentie quelques instants auparavant s'était envolée et je sentais clairement l'air glisser contre ma peau, s'engouffrer dans mes vêtements et m'entrainer encore et encore vers des profondeurs plus sombres à une vitesse vertigineuse. Mais je ne me débattis pas. J'en étais incapable, tout simplement, et le seul fait de rester inerte sans pouvoir opposer la moindre résistance me donna envie de vomir. J'eus alors le sentiment qu'à mesure que je chutais, je me vidais progressivement de l'oxygène qui me constituait d'ordinaire. Mes poumons s'écrasaient dans ma poitrine, comprimés par la pression insoutenable qui me propulsait vers le bas et tous mes muscles semblaient vouloir se resserrer sur mon squelette. Je suffoquai. Mes doigts, sans que je puisse les contrôler, se crispaient et se contractaient sans cesse comme si j'avais voulu serrer quelque chose dans ma main. Les battements de mon cœur affolé étaient de plus en plus proches, comme un air d'opéra joué par un orchestre endiablé, accélérant la cadence à l'infini. Je crus que ma tête allait imploser. Pas exploser, imploser. Tout mon crâne semblait se broyer pour former un tas minuscule et informe, mêlant veines et neurones en un amas immonde dont la seule pensée me souleva le cœur. Mon sang était propulsé dans mes veines à un rythme infernal, tourbillonnant, remontant jusque dans ma gorge et ma bouche, me laissant sur la langue un goût infect et écœurant…

Et puis il n'y eut plus rien.

Le temps s'était arrêté, immobilisant tout. Mon souffle s'était figé entre mes lèvres. Tout mon corps semblait comme paralysé. Ma dernière pulsation cardiaque résonnait encore à mes tympans comme l'ultime note d'un morceau, suspendue en l'air après la fin du concert. C'était effrayant d'être figé comme cela. Je me sentais comme dans un film que l'on aurait mis sur pause le temps d'une minute et dont l'image ne bougerait plus. Même mes pensées semblaient se ralentir, à mesure que les secondes s'égrenaient et vite, mon esprit embrumé ne fut plus que ténèbres. L'obscurité avait gagné. Je ne pouvais plus me battre et elle avait envahi les recoins les plus reculés de mon être. Je n'étais plus que noirceur, et…

J'aspirai une immense goulée d'air, comme si j'avais été en apnée pendant longtemps et me sentis revivre par cette seule respiration. Je plaquai mes paumes contre ma figure comme pour me réveiller et je voulus hurler. Je ne sentais pas le relief de mon nez, ni de ma bouche, comme si mon visage avait été… métamorphosé. Mais le plus atroce, fut lorsque je découvris que lorsque j'inspirai, deux trous se creusaient au milieu de ma figure. Je n'étais tout simplement plus humain.

Soudain, tout se remit en mouvement à une allure pro-digieuse. Mes yeux s'ouvrirent brusquement, comme si je m'étais réveillé en sursaut et je hurlai. Enfin, du moins, je voulus hurler. Un cri strident sortit de… ce qui avaient été, à une époque, mes lèvres, et qui désormais ressemblait da-vantage à un bec pointu. La panique m'envahissait à me-sure que je découvrais, tétanisée par la peur, mon nouveau moi. J'avais le corps recouvert de plumes d'un marron sale, des petites pattes, minuscules mêmes, qui semblaient aussi fragiles que des brindilles et, pire que tout, j'avais des ailes. Deux ailes. Ce qui permet aux oiseaux de voler, s'affola mon esprit. Aux oiseaux de voler.

Je n'eus pas plus de temps pour tenter de réaliser ce qui m'arrivait car, alors que j'étais resté immobile depuis quelques instants, ma chute reprit de plus belle, m'entraî-nant avec elle. Je tourbillonnais, le vent se prenant dans mes… plumes me dis-je avec dégoût et horreur. Des milliers d'images se collaient à ma rétine pendant que je tournais encore et encore comme pris dans un tourbillon sans fin. Je voulus imiter ce que je savais du vol d'un oiseau, secouer mes bras, enfin, mes ailes, mais la résistance fut telle que je piaillai de douleur. Je les rabattis, tentant de canaliser la souffrance qui irradiait déjà dans les muscles le long de mon dos, mais cela ne fit qu'accélérer mon mouvement. Je cherchais partout quelqu'un, ou quelque chose – je ne savais pas comment je pouvais nommer ce que j'étais devenu – pour me venir en aide, mais je ne trouvais rien à quoi me raccrocher. Tout à coup, j'aperçus un peu plus bas une lumière, puis deux, puis trois, qui brillaient de plus en plus à mesure que j'approchais. Mais j'allais m'écraser si je ne faisais rien. Alors, comme le jour où, pour défendre un enfant qui se faisait frapper, j'avais enfoncé mon poing dans la mâchoire d'un garçon de mon âge dans un magnifique crochet du droit qui m'avait coûté deux mois de plâtre pour une triple fracture du poignet, je concentrai toutes mes forces dans mes épaules et je dépliai mes ailes.

L'air s'engouffra dedans plus violemment que je ne l'avais imaginé, mais je tins bon. La douleur se répandait dans tous mes membres, engourdissant mes pattes et… tout ce qui pouvait l'être dans un corps d'oiseau. Mes plumes se collèrent à ma peau et je vacillai quelques instants avant de m'équilibrer. J'eus alors l'impression de flotter, de planer et je ne dus faire aucun effort pour me maintenir stable. Je volais. Je me sentis presque bien. Je me rapprochais lentement du sol, qui était maintenant à quelques mètres sous moi et les lumières brillaient d'un doux éclat orangé donnant à l'endroit un aspect accueillant. Je me sentais libre, le vent caressant maintenant mon plumage d'un souffle fort et chaud à la fois et je fermai les yeux un instant, profitant de ces secondes de répit. Je ne savais pas où je me trouvais, ne connaissais pas les raisons de ma métamorphose, mais j'étais vivant et cela me parut étrangement rassurant et réconfortant.

Je m'animai subitement, me sentant perdre mon équilibre et je battis énergiquement des ailes pour me stabiliser, mais je tombai lamentablement par terre, atterrissant piteusement sur le ventre. Je repris mes esprits rapidement, espérant que je n'avais pas trop attiré l'attention sur moi, et me mis debout en poussant sur mes mains. Mes quoi ? Je tendis mes bras devant moi, les tournant et retournant avec un immense plaisir, sans pour autant comprendre par quel miracle j'étais redevenu humain. Je souris, heureux d'être de retour dans mon corps, me levai et regardai autour de moi. J'étais au beau milieu d'un brouillard rose qui cachait mes pieds et me donnait l'impression de patauger dans de la barbe à papa, et des lumières faiblardes répandaient une atmosphère mielleuse qui me fit plus froid dans le dos qu'autre chose. Des portes en fer forgées étaient installées à chaque extrémité de l'espèce de plateforme sur laquelle j'avais atterri et j'eus la désagréable sensation que l'obscurité en suintait comme prête à m'aspirer à l'intérieur. Je frissonnai. Des sièges métalliques vides semblaient attendre un par un, tapis dans l'ombre des renfoncements du mur, que quelqu'un vienne s'y assoir pour être dévoré. Je reculai d'un pas, puis d'un autre, tentant d'avoir une vision plus générale de la scène et je m'aperçus que les ténèbres étaient juste au-dessus de moi, comme si je me trouvais dans un endroit littéralement isolé de tout. J'étais de nouveau abandonné, au bord d'un gouffre qui ne demandait qu'à m'engloutir. Je reculai encore, espérant que mon regard s'accroche sur quelque chose de rassurant, quand le pire arriva. Je dérapai et m'étalai sur le sol, les jambes dans le vide. Je tentai de me raccrocher à quelque chose pour me hisser mais la fumée rosâtre semblait vouloir me pousser autant qu'elle le pouvait. Mes doigts ne trouvèrent aucune aspérité dans laquelle s'enfoncer pour me soutenir encore, et je glissais peu à peu, la noirceur des profondeurs s'enroulant autour de mes chevilles, puis de mes jambes…Une main saisit soudain mon poignet et une femme apparut, penchée sur mon visage, un léger sourire aux lèvres :

- Ne t'inquiète pas, Guillaume, tu n'es pas seul.

Recommencer. Faire, défaire, encore et toujours. La vie est faite entièrement de choses à répéter, à renouveler, à reproduire. Recommencer chaque matin une nouvelle journée qui ressemblera à s'y méprendre à celle de la veille, recommencer tous les ans les mêmes saisons dans un ordre identique, recommencer à chaque génération le difficile combat de la vie. Alors on commet des erreurs, on refait les choses que l'on s'était promis d'enterrer profondément. On oublie les mauvaises expériences, on pense réécrire l'histoire en tentant encore et encore de retenir ce qui est déjà fini depuis longtemps. On recrée des situations déjà vécues en souhaitant qu'elles se passent autrement et on se ment à soi-même. On se trompe, on échoue dans ce que l'on entreprend, on abandonne tout espoir. Mais on résiste tout de même et on recommence. Encore. C'est le cycle infernal et éternel de l'existence. Et ma vie n'y échappe pas. Elle ressemble à un dessin griffonné, recouvert par de meilleures esquisses, qui effacent peu à peu les traits originaux. Alors je me perds, et pour me retrouver, je recommence. Encore.

Je me réveillai en sursaut, trempée de sueur, haletante. Je soupirai. Un mauvais rêve, encore un, me dis-je, pour changer. Ils ne me quittaient plus ces temps-ci, me maintenant dans une folle torpeur que je ne pouvais contrôler et qui m'entrainait dans des délires sans fin. Les nuits passaient lentement, douloureusement, ponctuées de ces cauchemars qui me faisaient suffoquer de terreur, et seul le premier rayon du soleil était capable de chasser de sa lumière les ténèbres des dernières heures. Chaque soir la même routine, l'obscurité grandissante du crépuscule amenant avec elle mes plus grandes peurs et je me tenais éveillée, comme un enfant qui refuserait de s'endormir effrayé par le noir de sa chambre. Mais le sommeil m'attendait, tapi dans un coin sombre de la pièce et au moindre clignement de paupières, il m'emmenait avec lui pour de nouvelles souffrances.

Pourtant, cette fois-là, je n'avais pas attendu le matin impatiemment. Au contraire. Même si des images continuaient de me hanter depuis que j'avais ouvert les yeux, je ne me dépêchai pas de me lever comme à mon habitude pour leur échapper, mais je restai allongée là, le regard fixé sur le plafond. Je savais que ce qui m'attendait ce jour-là allait être bien pire que ce que je venais d'endurer. La même hantise était passée et repassée en boucle, comme un disque rayé, me remontant toutes ces choses que j'aurais tant voulu oublier, et elle continuait de défiler devant moi. Je me revoyais, assise dans mon lit d'hôpital, recevoir la pire nouvelle possible. Je me souvins de la scène que je m'étais imaginée d'après ses dires, des phares qui l'auraient aveuglé, du terrible choc et de cet atroce bruit sourd d'un corps heurté par une voiture. Il était venu pour me voir et s'était fait renverser devant l'hôpital. Ma mère n'avait rien trouvé de mieux à me dire que « Je suis vraiment désolée ma chérie… Je suis là si tu as besoin de quoi que ce soit. » C'était de lui dont j'avais besoin et indirectement, elle m'en avait séparée.

Je sortis du lit brusquement, ne supportant plus ces visions obsédantes et sortis de ma chambre aussi vite que je le pus, passant devant le calendrier que je m'interdis de regarder. Je descendis les escaliers péniblement, comme si chaque geste que je faisais me demandait un effort inouï. 730 jours. J'avais eu beau essayer de ne pas voir la date entourée en rouge sur la page du calendrier, je le savais et rien ne me le ferait oublier…Mais il ne fallait pas que je réfléchisse. Finir cette journée et ne penser à rien, surtout pas à *lui*. Je m'attablai dans ma cuisine, m'asseyant sur la seule chaise, devant la seule assiette, coupant lentement le seul morceau de pain. Seule, voilà ce que j'étais et ce que je resterais très certainement. Le désespoir m'envahit soudain, me submergeant si vite que les larmes refoulées depuis quelques instants, se déversèrent en deux petits torrents le long de mes joues. Je me sentis faible, impuissante, comme si toutes mes forces m'avaient quittées. J'avais besoin de lui, de le revoir, rien que l'espace d'une seconde, juste pour me redonner courage… Deux coups secs frappés à la porte me tirèrent brusquement de mes pensées. Je me relevai et sans même me demander qui cela pouvait être si tôt, j'allai ouvrir. Mon sang se glaça : devant moi se tenait ma mère, les bras chargés de papiers, un faible sourire sur les lèvres. Je me détournai froidement, laissant la porte ouverte derrière moi. Tout était de sa faute et elle le savait. Je ne lui avais pas encore pardonné et je ne savais pas si je serais un jour capable de le faire. Après tout, c'était elle qui avait inventé cette horrible machine. Mais j'avais besoin d'elle et de ses connaissances, alors j'avais accepté son aide et je la considérais désormais comme une collègue, rien de plus. Ses visites étaient devenues fréquentes et je ne m'en étonnais plus, bien que la voir me mettait toujours hors de moi.

- Violette ! m'appela-t-elle. Attends ! Je voulais juste savoir si tu allais bien…

Je ne répondis pas, supposant que mon silence serait suffisamment éloquent.

- Excuse-moi, ce n'était pas malin de ma part, reprit-elle. Mais j'ai une bonne nouvelle …

Je m'arrêtai subitement, dos à elle, figée par ce qu'elle venait de prononcer. Je retins ma respiration, attendant qu'elle continue sa phrase. Une bonne nouvelle. Peut-être que c'était enfin ce que j'espérais entendre. Peut-être que c'était…

- Elle marche, Violette, continua-t-elle. Je l'ai réparée.

Il n'y avait plus de peut-être. C'était bel et bien vrai. Je serrai les poings, enfonçant mes ongles dans la peau pour m'empêcher de pleurer de plaisir. Elle ne devait pas savoir que j'étais heureuse, qu'à cet instant précis, rien n'aurait pu arrêter mes lèvres qui s'étiraient encore et encore. Deux interminables années à attendre ces mots et ils étaient arrivés au moment où j'en avais le plus besoin. J'allais le revoir. J'avais envie de sauter en l'air, de hurler de rire, de fondre en sanglots et de chanter mon bonheur… Je me mordis la lèvre inférieure. « Arrête, me dis-je, arrête tu vas tout gâcher. » Alors, froide comme je l'avais été quelques instants auparavant, je me retournai. Elle me regarda avec cet air un peu craintif de celle qui attend de voir ma réaction et esquissa un sourire, espérant sans doute m'en décrocher un. Mais je ne souris pas. Je ne souris pas non plus lorsqu'elle me prit la main et la serra fort dans la sienne comme elle faisait quand j'étais enfant, ni lorsqu'elle m'embrassa sur le haut de la joue. Non, je ne souris pas et retirai mes doigts d'un geste si sec qu'elle en fut désemparée.

- Amène-la-moi, assénais-je, de marbre. Je ferai comme on a dit.

Je me détournai à nouveau, et partis préparer mes affaires. Elle resta plantée là, abasourdie par ma réaction, mais je ne m'en préoccupai pas, trop occupée à me concentrer sur la suite des évènements. Même si elle venait de m'apporter la seule chose qui pouvait me donner envie de sauter de joie, j'allais devoir faire comme si elle m'indifférait au plus haut point. Mais je n'étais pas prête à lui mentir. Cela faisait pourtant deux ans que je m'entrainais, chaque jour, à me regarder dans le miroir, les yeux dans les yeux et à me mentir, encore et encore jusqu'à ce que j'y croie si profondément que je confonde mon mensonge avec la vérité. Mais à cet instant précis, c'était au-dessus de mes forces. J'avais tant besoin de cette bonne nouvelle, de partager ne serait-ce qu'une seconde mon enthousiasme, que je n'étais pas sûre d'être capable de la moindre ruse.

- Violette ? demanda-t-elle voyant que je restais indifférente. Violette, parle-moi, je t'en supplie. Je t'en prie, dis quelque chose…

Je restai de marbre. Elle tentait désespérément de s'excuser depuis si longtemps que ces paroles suppliantes ne m'atteignaient plus. Elle pouvait garder sa voix tremblante et ses larmes aux yeux.

- S'il te plait, insista-t-elle. Parle-moi…
- Que veux-tu que je dise ? explosai-je soudain, hors de moi. Que je te pardonne, alors que tu es la personne la plus affreuse que je connaisse ? Que je te parle gentiment alors que tu es une meurtrière ? Que même je te regarde dans les yeux alors que tu as tué l'homme que j'aime ?

J'étais maintenant face à elle, lui crachant ma haine au visage, mais elle encaissa tout sans broncher. Elle marqua un temps d'arrêt avant de reprendre d'une voix faible :

- Tu sais que je m'en veux plus encore que tu ne me détestes, mais ce qui est fait est fait. Et si je suis ici c'est pour réparer les erreurs que j'ai commises, alors, je t'en supplie, laisse-moi une chance de faire les choses bien.

Je la dévisageai sans répondre, les lèvres pincées et les doigts crispés en deux poings de rage. Elle posa une main sur mon bras et esquissa une sorte de sourire un peu forcé. Je me reculai et elle se replia, les yeux fixés sur le sol d'un air misérable.

- Prends toutes les chances que tu veux, dis-je, les dents serrées, répare autant de machines que tu veux, mais je ne te pardonnerai pas. Je ne te pardonnerai plus.

Elle me regarda longuement et, sans un mot, elle tourna les talons, refermant la porte derrière elle. Je me laissai tomber sur une chaise, encore frémissante. Le silence résonnait des derniers mots que j'avais prononcés et j'en frissonnai presque de honte. C'était ma mère, après tout. Un enfant ne doit-il par être là pour ses parents comme ils furent là pour lui ? Avais-je le droit de l'effacer de mon existence comme cela ? Elle était tout de même la seule personne qui me restait désormais. Supporterais-je de vivre seule, loin de ceux qui avaient comptés pour moi ? Mon père, d'abord, avait décidé de la laisser quand il avait appris à quel point elle lui avait menti, et était parti en me demandant de choisir le parent avec lequel je voulais être. C'était un choix impossible. J'avais besoin d'elle, non pas pour son statut maternel car j'avais compris depuis longtemps que plus rien ne serait comme avant, mais parce qu'elle était indispensable à la réalisation de mon plan. Lui était la seule personne en qui j'avais encore confiance. Alors je lui avais simplement dit que je le rejoindrai aussi vite que possible et, après une vague tape sur l'épaule, il était parti sans se retourner. Pour ce qui était de mes amies, je les avais rejetées sans vraiment le vouloir, contrainte par le lourd secret de mon projet que je devais garder. Désormais j'étais seule avec elle. Et quand tout serait fini, elle ne ferait plus partie de ma vie. Elle en avait déjà suffisamment fait pour me la gâcher et je n'allais pas la laisser recommencer. La porte claqua soudain et je sursautai, mes pensées s'évanouissant d'un coup comme balayées de mon esprit. Je me retournai et la vis, les bras chargés de la machine et de papiers de toutes sortes.

- Je ne te demande pas de le faire pour que ma conscience soit tranquille, dit-elle calmement. J'ai mérité de garder ce poids pour le restant de mes jours. Mais si tu ne le fais pas pour moi, fais-le au moins pour lui…

Elle déposa son matériel sur la table et commença les préparatifs. Je me mis à enfourner des affaires dans mon sac sans faire attention à elle, malgré ses regards en coin pour guetter une quelconque réaction de ma part. Lorsque j'eus fini, elle mettait encore des choses en ordre et je fis comme si j'avais également à faire pour l'espionner à mon tour. Elle pianota sur l'écran: « 2-9-0-6-2-0-1-0-0-2-0-8-2-0-0-5, même lieu » comme convenu. Mis à part ses mains qui tremblotaient, elle semblait presque sereine et sûre d'elle. Pour ma part, je vérifiai une millième fois le contenu de mon sac, un peu nerveuse. Complètement morte de peur, plutôt. J'étais sur le point de faire la chose la plus importante de ma vie. Ou la plus grosse erreur de tous les temps. Non, non, j'y avais suffisamment réfléchi et tout irait pour le mieux… Sauf si je m'étais trompée sans m'en apercevoir. Je serrai mes doigts autour de la poignée de mon sac, plus inquiète encore que je n'aurais pu le dire. Ma mère grimaça un semblant de sourire :

- Tu es prête ? me demanda-t-elle d'une voix qui trahissait malgré tout son anxiété.

J'opinai sans la regarder, sèchement. Cela faisait deux ans que j'étais prête et ce ne seraient pas elle et ses regards angoissés qui me feraient changer d'avis. Elle avait éteint la machine et la souleva avec précaution avant d'aller la poser sur le buffet. Elle revint vers la table, me tendit la liasse de papiers qu'elle avait amenée avec elle et je les fourrai dans la poche avant avec désinvolture, sachant pertinemment qu'ils contenaient simplement les informations que je lui avais demandées. Elle m'observa, comme hypnotisée par le moindre de mes gestes, puis elle alla se poster près du buffet. Je balançai le sac sur mon épaule et la rejoignis en me plaçant en face de l'objectif, parfaitement dans l'axe. J'inspirai profondément pour me calmer, mais les battements de mon cœur ne cessaient d'accélérer. J'allais le retrouver et je n'y croyais pas. Ce qui avait été un doux rêve irréalisable durant ces deux dernières années allait enfin devenir réalité. Je restai aussi immobile que possible pour ne pas montrer mon trouble à ma mère qui ignorait tout de mon projet. Mais elle semblait encore plus anxieuse que moi. Son doigt était comme suspendu en l'air au-dessus du bouton marche/arrêt. Elle n'arrivait pas à se décider à le presser. C'était comme si une force invisible la retenait. Je toussotai. Elle releva brusquement la tête, comme sortie d'une sorte de rêve éveillé et, en retenant sa respiration, elle appuya dessus. Un petit bruit se fit entendre et un faisceau de lumière blanche commença à me balayer le corps des pieds à la tête.

- Violette… prends soin de toi, d'accord ? prononça ma mère d'une voix tremblante à peine audible.
- J'y compte bien, répondis-je froidement, regrettant mes paroles à l'instant où elles franchissaient mes lèvres.

Elle me regarda d'un air inquiet et désemparé à la fois et je m'en voulus, un peu embarrassée par mon propre comportement. Mais ça n'avait plus d'importance à présent. Une dernière image d'elle s'imprima sur ma rétine et un éclair m'aveugla. J'allais enfin *le* retrouver et c'était tout ce qui comptait.

EVA

Mai 2008

Il y a des choses que l'on n'oublie jamais. Même en-
fouies au plus profond de nous-mêmes, elles finissent tou-
jours par ressurgir et de la façon la plus inattendue qui
soit. Elles sont toutes ancrées quelque part au fond de
nous, comme l'odeur de la madeleine l'était en Proust.
Certaines fois, on ressent juste une impression de déjà-vu,
sans se rendre compte que ce sont ces mêmes souvenirs
qui refont surface à notre insu. Puis il y a ces moments où
cette sensation devient si prenante que l'on se questionne
sur son origine. On tente de se remémorer, on ne com-
prend pas, on hésite et enfin, on se rappelle. C'est à cet
instant que l'on comprend qu'il est trop tard. Trop tard
pour réaliser qu'il s'agit de ce souvenir que l'on avait si
longtemps tenté d'enterrer et d'oublier, en vain.

Quelques au revoir, des bises, et je rentrai chez moi,
quittant au plus vite ce lieu que je détestais un peu plus
chaque jour. Tout y empestait l'éthanol, le latex trop neuf,

et le désinfectant. Tout était propre, net, brillant même, et surtout parfaitement rangé, trié et organisé. Rien ne semblait avoir été laissé au hasard, comme si une main gigantesque tirait les ficelles de chaque employé, comme autant de rats dans une expérience malsaine. La seule pensée de mon bureau, vide de toute présence chaleureuse mais rempli de papiers empilés me révulsait. Je pressai le pas le long de ces couloirs immenses et verdâtres, comme si un simple blanc aurait été trop immaculé pour nous, et qu'il fallait absolument nous infliger une souffrance oculaire supplémentaire.

Je baissai la tête, répugnée, et continuai de marcher, inlassablement, mais même le sol me parut insoutenable à fixer. Des immenses carreaux blanc cassé se succédaient indéfiniment, alignés, luisants et presque glissants tant ils avaient été astiqués sans relâche. Je croisai du regard des paires de pieds, eux aussi parfaits et identiques, serrés dans des chaussures noires cirées sans la moindre tâche et je ne fis même pas l'effort de saluer leurs propriétaires, certaine qu'ils m'auraient tout autant exaspérée. Rien ne semblait humain dans ce laboratoire infernal, ni les locaux, ni leur contenu, ni même les personnes qui y travaillaient. Qui sait, peut-être qu'ils ne l'étaient pas, après tout, cela ne m'aurait même pas étonnée. Je levai les sourcils dans un rictus désabusé mais frissonnai immédiatement de dégoût rien qu'à y penser, et poussai la porte qui donnait sur la rue.

Je me retrouvai enfin à l'air libre et un poids sembla libérer mes poumons qui se gonflèrent alors de l'air tiède de la nuit tombante. Je me mis en marche d'un pas vif, pressée de rentrer chez moi et plus encore de laisser derrière moi cet endroit maudit. Je laissai mon esprit vagabonder, tentant de chasser ce qui se rapportait de près ou de loin à mon travail mais bientôt, sans que je puisse y faire quoi que ce soit, des souvenirs plus que déplaisants assaillirent mes pensées… « *Est-ce que j'en suis consciente ? Oui, monsieur le directeur général, je sais. Un échec cuisant pour nous et notre renommée, oui… La machine n'a toujours pas été retrouvée, je sais… Je suis désolée… Où est-elle ? Mais… je vous ai déjà dit tout ce que savais… Pourquoi personne ne l'a trouvée à l'endroit que j'avais indiqué ? Je ne peux pas vous répondre, c'est incompréhensible…Je… Non… Je ne sais pas… Peut-être… En construire une nouvelle …S'il vous plait, ne me faites pas réessayer… Un contrat qui me lie à la réussite du projet ? Mais je n'ai jamais rien signé de tel ?! Quatre ans ? Non, je ne peux pas… je veux partir… s'il vous plait… »*

Je secouai la tête et fermai les yeux un instant, tentant de faire disparaitre ces horribles scènes qui se rejouaient encore et encore dans le théâtre inlassable de ma mémoire. J'avais beau m'éloigner de ce lieu, savoir que j'avais une dizaine d'heures devant moi avant d'y retourner, mon cerveau se faisait un malin plaisir à revenir encore me torturer trois ans plus tard. Quand ces images s'effaceraient-elles définitivement ? Quand pourrais-je reprendre une vraie vie de famille sans avoir à mentir, à me cacher ? Peut-être quand je pourrais enfin partir de cet enfer tout s'arrêtera en même temps…. Il fallait que je tienne encore un an environ, soit encore douze mois pour devenir folle, folle à lier…Si je finissais comme cela, le directeur se ferait un plaisir de me faire enfermer. Ils ajouteraient comme circonstance aggravante ma demande désespérée d'effacer intégralement l'existence du jeune garçon porté disparu, en commençant par l'article qui avait fait la une. Je leur avais expliqué que j'étais sûre qu'il avait testé la machine, et que cet échec ne devait laisser aucune trace. Mais quelles preuves avais-je réellement, autre que ma culpabilité et paranoïa dévorantes ? Je voyais déjà les gros titres qu'ils se délecteraient à rendre publics pour me trainer dans la boue : « Une scientifique ratée devient un danger public », « Elle ment, elle vole, et elle finit derrière les barreaux de l'asile, l'histoire de la fausse scientifique Eva Tennequin. »…

Un tintement me fit sursauter, interrompant mes inutiles élucubrations, et lorsque je relevai la tête, je m'aperçus que j'étais arrivée dans ma rue et que quelqu'un sonnait chez moi. Je me rapprochai, prête à aller lui ouvrir, quand je vis que l'inconnu tenait ma fille contre lui, princesse dans les bras de son étrange prince. La comparaison m'aurait fait doucement sourire si elle n'était pas dans une position qui indiquait clairement qu'elle était inconsciente. Je voulus m'élancer à son secours quand la porte s'ouvrit sur mon mari, Julien, dont le sourire de bienvenue se transforma vite en expression paniquée. Il gesticulait, tapotait sur sa joue pour la réveiller et semblait converser avec l'étranger. De mon côté, je me rapprochai à grandes enjambées, bien décidée à comprendre ce que faisait cet homme avec Violette inconsciente à une heure si tardive. Mais, le temps que j'arrive au portail, elle se tenait déjà debout, à peine vacillante, et lui, serrait vigoureusement la main de Julien. Puis il souleva son chapeau en signe d'au revoir, et l'espace d'un instant je cru discerner qu'il chuchotait à l'oreille de ma fille. Je m'avançai vers eux et en me croisant il prononça un « bonsoir m'dame » accompagné d'un léger sourire. Je hochai à peine la tête et bredouillai une bouillie de mots qui ne ressemblait à rien, trop occupée à le dévisager dans la seconde pendant laquelle je pus l'apercevoir.

Il était d'une carrure étrange, frêle mais imposant à la fois et se tenait de travers comme s'il était lui-même surpris de sa grande taille. Il avait des yeux bleu-vert qui lançaient des regards perdus, affolés et profondément tendres en même temps. Il avait eu une expression qui pouvait tout aussi bien vouloir dire « je suis désolé je voulais juste bien faire » ou bien « je sais où vous habitez désormais ». Mais c'est seulement après qu'il ait tourné les talons que j'entrevis un détail qui me fit frissonner : ses cheveux. Blancs et courts, ils me laissaient deviner qu'il devait avoir une soixantaine d'années. Jamais en regardant son visage je

n'aurais pu le croire si âgé. Une sensation plutôt désagréable resta au fond de moi, comme une incertitude effrayée mélangée à une pitié qui semblait sortir de nulle
part. Je restai tétanisée un instant, le regard s'accrochant à
sa silhouette qui disparaissait peu à peu, happée par l'obscurité, puis je m'en détournai lentement sans pouvoir le
chasser de mes pensées. Julien m'attendait sur le pas de la
porte, la serrant contre lui et je me dépêchai de les rejoindre, préoccupée à la fois par son état et par l'identité de
l'inconnu. Une fois à leur hauteur je me précipitai pour enlacer Violette qui, d'un sourire fatigué me fit comprendre
qu'elle allait bien et je la pressai contre moi comme si
c'était la dernière fois que je pouvais encore le faire. Elle
finit par me repousser doucement et me dit en riant : « si
tu continues comme ça, tu vas finir par me casser plus que
je ne l'ai été en tombant ! » Mon mari et moi échangeâmes
un regard amusé et nous rentrâmes tous les trois à l'intérieur, les uns contre les autres. A ce moment, je fus certaine
que rien, au grand jamais, ne pourrait nous séparer, et les
pensées noires qui m'avaient tourmentée s'envolèrent loin
de moi.

Le diner fut particulièrement animé ce soir-là puisque
Julien ponctua le récit de l'incident de remarques ironiques
qui nous amusèrent tous. Une euphorie sortie de nulle part
s'installa autour de la table et rien ne semblait pouvoir l'en
déloger. Bientôt nous oubliâmes presque qu'elle s'était
évanouie dans une rue déserte et qu'un parfait inconnu
l'avait ramenée chez nous. Nous nous ne souvînmes que

partiellement du moment où elle nous raconta qu'il avait fouillé dans ses affaires pour savoir où elle habitait et qu'il avait appris son nom. Personne ne sourcilla quand elle dit pour rire qu'il s'agissait peut-être d'un psychopathe pédophile et qu'on ferait mieux de déménager. Nous plaisantions et les rires se mélangeaient en remplissant la pièce d'une bonne humeur qui m'avait particulièrement manquée ces derniers jours. Pourtant, le silence se fit soudain et on lui demanda de répéter ce qu'elle venait de dire. Même si ce fut pour des raisons diamétralement différentes, nous étions tout d'un coup redevenus sérieux et inquiets en même temps. Elle répéta timidement, comme si elle avait peur de se faire gronder :

- Bah il a dit qu'il avait mon âge... Mais je suis sûre qu'il voulait dire autre chose ! se reprit-elle tout de suite, alarmée par les expressions que nous affichions.

Julien se mit alors à l'assaillir de questions, lui faisant subir un interrogatoire qui la mettait clairement mal à l'aise. Mais déjà je n'écoutais plus les réponses, et mon esprit s'enfuit dans des divagations qui me paraissaient idiotes et invraisemblables. Il y avait une chance sur des millions que ce soit possible. La coïncidence serait monstrueuse, tout simplement inhumaine. Après tout, si c'était le cas, il l'était aussi et cette pensée me glaça le sang. Alors, en sachant pertinemment qu'elle ferait le contraire, je dis, en me levant de table :

-    Violette, je ne veux plus que tu revoies cet homme.
Jamais.

L'INSPECTEUR

8

Parfois je hais mon travail. Toquer à la porte d'un in-connu dont vous allez briser la vie en un instant, le regar-der dans les yeux en prononçant la sentence fatidique et enfin, soutenir son regard désespéré en lui disant ces trois mots vide de sens : « Je suis désolé ». Voilà pourquoi je déteste mon travail, parfois. La plupart du temps en réa-lité. Nous sommes des oiseaux de mauvais augure, des croque-morts de cœurs. Cela me dégoûte. Je me dégoûte. Rares sont les fois où nous avons la joie immense d'an-noncer une bonne nouvelle. Je n'ai eu qu'une seule et unique opportunité de le faire. Toquer à la porte d'un in-connu à qui vous aller redonner joie de vivre en un instant, le regarder dans les yeux en prononçant les plus beaux mots de sa vie et enfin, ne pas pouvoir vous empêcher de lui sourire, même si vous ne le connaissez pas. Alors c'est vrai, ces moments-là sont magiques, presque irréels, mais arrivent si peu qu'on finit par oublier qu'ils existent. Et à cet instant-là, je n'en avais pas le moindre souvenir. Je n'avais qu'une certitude: je haïssais mon travail.

- Alors monsieur l'inspecteur, vous trouvez quelque chose ?
- Un appel important pour vous monsieur l'inspecteur.
- Comment les choses avancent-elles monsieur l'inspecteur ?

Les questions fusaient en tous sens et pas une n'obtenait de réponse. Ils pouvaient s'y mettre à dix à me demander toutes les minutes comment je m'en sortais, ils ne sauraient toujours rien. Il était hors de question que je me déconcentre pour leur donner de quoi jaser. Je tenais le bon bout je le savais, et la moindre erreur de ma part pourrait faire s'envoler la solution. J'avais presque toutes les pièces du puzzle en main, mais je ne comprenais pas ce qui les reliait. Quelque chose m'échappait et je sentais que cela se tenait devant mes yeux. Les indices ne manquaient pas pour confirmer mes hypothèses, m'indiquant jusqu'au lieu même de la disparition. Pourtant, je ratais quelque chose. Plus précisément, on me cachait quelque chose.

Une nouvelle fois, je me tournai vers le groupe de témoins adossés contre le mur, le regard baissé, et m'approchai d'un des jeunes garçons. Il ne m'avait pas encore vu et j'en profitais pour observer son comportement. Il se rongeait les ongles et tripotait sans relâche un bouton de sa veste. Nerveux, sans aucun doute, donc suspect. Sa dernière déposition avait été brève et n'avait rien révélé d'extraordinaire. Mais dans un témoignage, l'erreur incohérente vient dans la répétition.

- Lucas, c'est bien cela ? lui demandais-je doucement.

Il releva les yeux et hocha la tête.

- Lucas, tu vas me répéter tout ce que tu m'as dit tout à l'heure, sans oublier le moindre détail, d'accord ? fis-je en lui posant une main sur l'épaule.

Il eut un sursaut d'inquiétude, puis se racla la gorge avant de commencer :

- La dernière fois que je l'ai vu, il était là, expliqua-t-il en me montrant l'endroit où le couloir faisait un coude. Après, il a disparu de l'autre côté en courant et il n'est plus revenu, c'est tout ce que je sais.
- Et tu ne t'en es pas inquiété ? lui demandais-je.
- Ben… un peu, si, mais je me suis dit qu'il avait dû trouver une autre sortie et qu'il était retourné en classe par lui-même, répondit-il, comme s'il avait préparé cette phrase des milliers de fois.

Je jetai un coup d'œil rapide à la feuille des déclarations, me remémorant celle d'un de ses camarades que je lus alors à voix haute :

-   « On voulait lui faire peur, le bizuter, et on a décidé de l'obliger à rester au milieu de l'inondation pendant la pause. Nous avions bloqué toutes les issues de l'étage, il ne pouvait pas sortir sans devoir passer devant nous. »

L'un des deux mentait donc clairement et je sus que l'émotion trahirait le coupable. En le dévisageant je compris que la panique s'était emparée du garçon. Sa réponse qui semblait tenir debout était maintenant bancale et il ne le savait que trop bien.

-   Je te le demande une dernière fois, prononçai-je d'un ton qui se voulait amical et sérieux à la fois, que s'est-il réellement passé?

Il tripotait toujours son bouton de veste obstinément mais jetait maintenant des regards désespérés à droite et à gauche, espérant sans doute que quelqu'un, n'importe qui, lui vienne en aide. Je posai ma main sur la sienne, arrêtant ainsi son geste effréné et il tressaillit, dépourvu de son échappatoire nerveuse. Il m'examina longuement, les yeux vides de toute expression et je pus voir les larmes les envahir, lentement, débordant bientôt de ses paupières et coulant sur ses joues comme une vague qui viendrait lécher une bande de sable sec. Je soulevai mes doigts et il lâcha son bouton, comme s'il savait qu'il ne pouvait désormais plus se réfugier derrière un simple geste. Il se laissa glisser le long du mur et ce ne fut que lorsqu'il s'assit par terre qu'il se laissa aller à de longs sanglots qui le secouèrent par intervalles irréguliers. Le silence s'était fait et ses pleurs résonnaient comme la dernière plainte de l'accusé au fond d'un cachot humide et froid. Je m'assis en face de lui, sachant qu'il me dirait tout quand il serait prêt. Ce n'était plus qu'une question de patience. Je fis un mouvement pour que les curieux qui nous fixaient se détournent et ne le transforment pas en bête de foire.

Je ne sais plus combien de temps nous sommes restés là, au milieu de ce couloir qui bourdonnait d'une agitation incertaine, attendant mes directives, mais il finit par se calmer et releva la tête, s'essuyant pour la première fois le visage trempé et rougi. Je ne dis rien, je ne bougeai pas, attendant qu'il commence de lui-même le récit de l'accident, mais la curiosité me rongeait. Il renifla, puis me dévisagea farouchement :

- Je ne comprends toujours pas ce qui s'est passé, commença-t-il d'une voix enrouée, mais ce n'était pas normal. Une chose est sûre, c'est que vous ne le retrouverez pas.

Il fit une pause avant de continuer, comme s'il avait peur de ce qu'il pouvait dire et je déglutis difficilement. Soit il voulait m'effrayer, soit il avait raison, mais dans tous les cas, cela ne sentait pas bon pour mon enquête.

- On l'a obligé à rester pendant dix minutes dans l'étage inondé, reprit-il, et effectivement, chacun de nous gardait une sortie différente. C'était pas méchant mais ça avait l'air de faire son effet auprès de lui puisqu'il s'est mis à courir pour nous fuir. Il a fini par tourner à l'angle et je ne le voyais plus. Quelques minutes plus tard, la cloche a sonné et on a attendu de le voir revenir avant de retourner en classe pour lui dire que c'était que du bizutage. Vous comprenez, on voulait pas s'attirer d'ennuis nous, juste s'amuser un peu. Mais on a entendu un cri et on s'est précipités vers l'endroit d'où il venait. On l'a retrouvé allongé par terre, visiblement inconscient, sur le sol des toilettes des garçons, et on a voulu le secouer pour le ranimer en pensant qu'il était tombé et qu'il s'était évanoui, mais il ne se réveillait pas. Et puis d'un coup, il a juste disparu, comme ça, pouf.

Il fit un geste dans l'air qui accompagnait sa dernière phrase et resta les yeux dans le vague comme s'il avait oublié que j'étais là. Je me levai lentement, encore interloqué par son témoignage, et me dirigeai vers les fameuses toilettes d'un pas claudicant d'être resté trop longtemps assis. J'ignorai royalement les interpellations de mes collègues qui voulaient savoir ce qu'il m'avait dit, et continuai à marcher imperturbablement, tentant de retracer le parcours du garçon. Je trouvai l'intersection dont le garçon m'avait parlé et m'engageait dans un autre couloir. Je vis bientôt le début de l'inondation et marchai entre les flaques, comme il avait sans doute dû le faire. Je repérai alors à ma droite une porte entrouverte et, lorsque je la poussai je découvris une série d'urinoirs et de cabinets. Le sol était intégralement recouvert d'eau, à l'exception d'un petit espace en dessous du radiateur. Rien d'autre n'était à signaler. Je balayai du regard tous les recoins, espérant trouver un indice, mais l'endroit semblait réellement vide. Les portes des cabinets étaient toutes ouvertes et bien évidemment il n'y avait personne dedans. Si quelqu'un avait voulu se cacher là, cela n'aurait pas fait long feu avant que qu'on ne le trouve. Il était donc en dehors de cette pièce. Je jetai un dernier coup d'œil rapide pour m'assurer que je n'avais pas manqué quelque chose et, au moment où je m'apprêtai à tourner les talons, un détail m'arrêta, à quelques centimètres de mes pieds. Je me baissai pour atteindre ce qui ressemblait à un tas de papier toilette trempé et je m'aperçus qu'il s'agissait d'une feuille pliée en deux et imbibée d'eau. Je l'ouvris délicatement pour ne pas le déchirer et découvris des mots manuscrits dont l'encre bavait: « *Bonne rentrée. Fais-toi plein d'amis ; A tout à l'heure. Ton papa qui t'aime.* »

- C'est bien votre écriture n'est-ce pas ? déclarai-je en lui tendant le message.

Sur le pas de sa porte, M Livardent acquiesça, laissant tomber une larme sur les lettres déformées.

VIOLETTE

Mai 2008

8

*La tentation. Ce petit tiraillement intérieur qui vous dé-
chire entre désir et devoir. Cette sensation que l'on veut
faire taire quand elle nous prend et qui se nourrit de la
plus profonde incertitude. Ce sentiment qui fait de nous un
objet sans volonté, une chose dénuée de bon sens mue par
des envies déraisonnées et déraisonnables. Cette émotion
qui est le fruit de nos souhaits inexaucés et de nos soifs
inassouvies, que l'on a étouffée et qui revient nous narguer
en promettant cette poussée d'adrénaline qui manquait à
notre vie. Cette faim inassouvie à laquelle on ne peut pas
résister. A laquelle on ne veut pas résister. Et pourtant
cette après-midi-là, je désirais à tout prix y faire face, op-
posant ma raison à mes caprices, ma conscience à ma soif
d'aventure. Je savais bien que je ne pourrai pas fuir longtemps face à un attrait grandissant et une curiosité insatiable, pourtant tout en moi me disait d'essayer tant que
j'en étais encore capable. Mais il ne fallait pas que je me*

voile la face, me retenir de céder était aussi vain que d'em-
pêcher Eve de cueillir la pomme interdite. Autant dire que
j'avais relativement peu de chance d'y arriver, mais on ne
sait jamais après tout...

16h50. Il restait encore dix minutes de cours et j'étais, depuis plus d'un quart d'heure déjà, aux prises avec une décision impossible. Mes jambes me démangeaient et semblaient vouloir courir sans attendre le reste de mon corps, alors que ma tête était comme scotchée à ma place, bien décidée à ne pas bouger. *Tu es complètement folle ma pauvre,* me disait ma raison pendant que ma curiosité me répétait *tu sais très bien que tu veux des réponses plus que tout...*. Mon professeur d'anglais, pendant ce temps, tentait tant bien que mal de capter mon attention, sans pouvoir deviner que j'étais déjà occupée à compter les secondes qui me restaient avant de devoir choisir.

16h56 et 29 secondes. Le moment fatidique se rappro-chait et je sentais que la folie arrivait à grand pas, mon hé-sitation augmentant à chaque mouvement de la trotteuse. J'eus l'impression que mon être s'était littéralement scindé en deux et que chaque partie voulait aller à l'opposé, comme des aimants qui se repousseraient. L'alternative n'était pourtant pas compliquée : rentrais-je chez moi di-rectement après les cours, ou faisais-je un détour par le square ? Je tripotais maintenant nerveusement mon stylo, émettant un « clic » toutes les demi-secondes, ce qui eut le don d'agacer au plus haut point mon professeur qui me je-tait des regards de plus en plus noirs à mesure que l'heure avançait. 16h59. Le compte à rebours se déroula dans ma tête et les bruits de plastiques devenaient de plus en plus fréquents, augmentant de ce fait le nombre d'œillades exaspérées, accélérant le rythme de mon cœur. 45,44, 43, 42…

-   VIOLETTE !

Il hurla si fort que l'objet m'échappa des mains. Mais avant qu'il ait pu me dire quoi que soit d'autre, une sonnerie assourdissante me vrilla les tympans. Je bondis de ma chaise, attrapai mon sac et me ruai dehors, ne pouvant supporter plus longtemps l'indécision qui me rongeait. Je n'entendis même pas les cris qui me rappelaient à l'ordre et descendis en trombe les escaliers. Je poussai la porte du lycée et me retrouvai dehors, courant de plus belle, sans même avoir résolu mon dilemme. L'adrénaline de l'aventure et du mystère qui déferlait dans mes veines me faisait aller à une vitesse impressionnante mais c'était la peur qui plus que tout me donnait des ailes. J'aurais voulu ne plus m'arrêter, traversant aussi facilement mes conflits intérieurs que le vent faisait voler mes cheveux.

Je fixai mes pieds, refusant de voir où ils m'emmenaient, les laissant décider pour moi, incapable de réfléchir clairement à travers cette excitation dévastatrice et affolante qui me traversait de toutes parts. Bientôt, mon manque d'endurance eut raison de moi et je m'arrêtai, les yeux baissés, craignant de comprendre où je me trouvais. Je repris mon souffle un moment, les mains posées sur les genoux, inspirant de grandes goulées d'air frais et tentant de calmer les pulsations endiablées de mon cœur. J'allais devoir faire face à mon choix, quel qu'il fut. Alors, consternée par mon propre comportement, je relevai la tête. *Au fait, j'ai sans doute oublié de préciser que je ne prends jamais les bonnes décisions au final.* Jamais.

Je soupirai. Les grilles étaient là, rouillées et grinçantes comme toujours, et le banc semblait n'attendre que moi. Je ne pus m'empêcher d'esquisser un sourire : j'étais décidément irrécupérable. Je posai ma main sur le fer froid, m'apprêtant à pousser le battant, quand un frisson me parcourut soudain. C'était stupide. J'allais pratiquement me jeter dans la gueule du loup et ce, en me disposant gentiment sur un plateau. Tout à coup, l'énergie qui m'avait amenée là-bas s'était transformée en inquiétude et je m'en voulus d'avoir cédé comme toujours à une pulsion idiote sans raisonner davantage. Mes doigts se resserraient sur les barreaux métalliques sans que je me décide à avancer ou reculer, céder à la tentation ou fuir le danger. Je restai là quelques instants, plongée dans des tergiversations futiles, et peu à peu, je relâchai mon emprise, résignée, déçue et soulagée à la fois.

Cet endroit m'attirait inexorablement, d'une façon presque malsaine, qui me plaisait autant qu'elle m'effrayait, ayant sur moi un pouvoir bien trop grand. Il fallait que je laisse tout cela une bonne fois pour toute, même si cela voulait dire ne jamais percer le mystère de l'inconnu. J'enveloppai une dernière fois du regard ce square où j'avais passé toutes mes soirées depuis bientôt trois mois et me détournai du banc, de la grue et de l'étang aux lentilles d'eau, une vague nostalgie planant dans l'air. *C'est pour le mieux*, me dis-je comme pour me rassurer, mais au fond de moi quelque chose s'était brisé, quelque chose que seul le temps pourrait réparer. Je pensai à tout ce que je devrais recommencer, toute la construction d'un monde intime, dans un lieu où je me sentirais bien, un lieu qui me manquerait au moment où je le quitterais et que je voudrais retrouver plus que tout le lendemain. *Tu en trouveras un autre, tu le sais bien, au hasard d'une rue prise par erreur comme il y a trois mois. Mais le hasard, ça n'existe pas, tu le dis toi-même.*

Une amertume profonde m'envahit et je me sentis bête d'être si désabusée. Je secouai la tête, chassant ces pensées décourageantes, et tournai définitivement le dos au square. Je m'arrêtai au bord du trottoir pour laisser passer une voiture, quand j'entendis un faible son venant de derrière moi. C'était presque imperceptible, et personne n'y aurait prêté attention, personne ne l'aurait même entendu. Sauf que je voulais désespérément l'entendre, m'y raccrocher pour me donner le droit de me retourner. Une dernière fois. Après tout, c'était peut-être important. *Allons, une fois, ça ne peut pas faire de mal.* Une fois, juste une, et je n'accorderais plus jamais un seul regard à ce lieu. Le bruit se faisait insistant et, même si j'avais pertinemment conscience depuis quelques instants déjà que ce n'était pas bon signe, je fis comme si je ne savais pas à quoi m'attendre et je me retournai. Une fois, une seule petite fois, mais cela suffit à ce que je l'aperçoive. Devant les grilles, une main derrière le dos et l'autre soulevée en un salut maladroit, l'inconnu était là. Un frisson me parcourut le dos lorsqu'il fit à nouveau ce son, car je compris que c'était plus que cela. C'était un mot, mais pas n'importe quel mot…

- Violette ? prononça-t-il à nouveau, me laissant figée au bord du trottoir, le sang battant contre mes tempes, sans que je puisse savoir s'il s'agissait de frayeur ou d'excitation.

Juste une fois, ça ne peut pas faire de mal, que je disais….

Août 2005

8

On a tous déjà eu l'impression de revivre à l'identique une scène de notre vie. On en frissonne, on s'en inquiète parfois, puis on se rassure avec une explication plus ou moins rationnelle. Je l'ai vu en rêve, vous diraient certains quand d'autres se contenteraient de penser qu'un de leurs amis leur avait raconté une histoire semblable. On ne se permet en aucun cas de penser que l'on a déjà réellement vécu la même situation au mot près, parce que c'est tout simplement impossible. Si on essaie malgré cela de la re-créer de toutes pièces, il y aura toujours une chose qui nous échappe, inéluctablement, et qui ne sera jamais pareille a posteriori. Vous savez, cette idée qui nous fait tous peur, mais avec laquelle on s'amuse à jouer comme si on en avait le droit. Cette chose que l'on veut gagner à tout prix mais que l'on passe notre existence à perdre. Cette précieuse possession qui n'est à personne mais que tout le monde use comme si elle était sienne. Le temps. C'est le seul facteur qui empêche un moment d'être identique sous

111

tous ses aspects. Et si l'on parvient à enlever cette variable ? Tout deviendrait alors une suite de répétitions sans fin. On pourrait réellement vivre une journée à l'infini. On pourrait ressentir plusieurs fois de grandes joies, d'immenses moments de bonheur similaires, mais aussi refaire des erreurs, encore et encore. Ou on pourrait les éviter, et tout changer...

Le vent sifflait à mes oreilles. Il semblait hurler, appeler à l'aide, s'infiltrant sous mes vêtements, entre mes doigts et mes cheveux, s'engouffrant dans ma bouche et dans mon nez, comme un visiteur indésirable qui s'inviterait sans permission. Une nuit noire m'enveloppait, m'empêchant de voir ne serait-ce que le bout de mes chaussures. Aucune lueur pour me guider, aucun son, aucune odeur. Rien. Juste moi qui tombais en chute libre, depuis quelques instants déjà, à une vitesse vertigineuse qui semblait augmenter à chaque seconde. Et pourtant, j'étais parfaitement sereine. Les paupières closes, je goûtais à l'air frais contre ma peau, à ce sentiment de liberté complète, à cette impression de ne plus exister. Rien ne m'inquiétait. Mon cœur battait régulièrement, comme un métronome imperturbable, et ma respiration était calme. Non, décidemment, il n'y avait en moi aucun signe de panique. Mais pourquoi en aurais-je eu ? Je savais exactement à quoi m'attendre, ce qui allait se passer. J'avais déjà vécu ce moment.

Un léger bruissement me fit ouvrir les yeux et je vis avec plaisir mes avants bras se recouvrir de milliers de plumes noires et brillantes, puis mon ventre, mes cuisses et enfin mon dos. Ma descente ralentit légèrement, freinée par l'ampleur de mes ailes, mais, d'un mouvement d'épaule ravi, je les plaquai contre moi et profitai pleinement de ma descente en flèche. Et, dans l'obscurité la plus complète, je sentis avec délice que mes sens se développaient incroyablement, passant de ceux d'une simple humaine à ceux d'un majestueux corbeau. Les bruits me semblaient amplifiés, comme si tout se passait à quelques centimètres de ma tête, et surtout là où les ténèbres m'avaient paru épaisses et infinies, j'apercevais distinctement de petits points brillants quelques dizaines de mètres plus bas. Refusant d'arrêter si vite mon premier vol depuis si longtemps, je dépliai mes ailes, sentant la puissance qu'elles m'offraient et, d'une simple impulsion, je me mis à virevolter en tous sens.

Le vent glissait sur mon plumage, incapable de s'insinuer à travers comme il le faisait si facilement entre mon t-shirt et ma peau quelques instants auparavant, et je criai de plaisir, un long croassement résonnant alors dans le silence. Je continuai ainsi pendant de longues minutes, m'amusant à descendre en piqué et à ouvrir soudainement mes bras d'oiseau, la pression de l'air me faisant remonter tout à coup comme si j'avais sauté sur un trampoline. Je tournais, enchainais pirouettes et loopings à loisir, profitant de cette endurance propre à ce nouveau corps. Puis, le cœur battant à tout rompre et le souffle court, je finis par voleter doucement jusqu'aux lumières en contrebas. Je ne pouvais pas continuer à m'amuser ainsi avec l'importance de la mission que j'avais à accomplir. Il serait là d'ici un mois et j'avais des millions de choses à faire avant son arrivée, à commencer par expliquer mon plan à la principale intéressée. Je ne savais même pas si elle allait accepter de m'aider. *Elle me doit bien ça.* Mais elle ne savait pas qu'elle m'était redevable. *C'est peut-être la seule qui me croira sans rien me demander.* Je voulais me rassurer, car tout reposait sur sa confiance. *Et si elle ne me l'accorde pas ?* Je secouai la tête, tentant de chasser cette voix qui me faisait douter à un moment où il fallait que je croie en moi plus que jamais. J'étais arrivée à la hauteur de l'endroit éclairé et je constatai avec un certain soulagement que les choses étaient exactement telles que je m'en souvenais.

C'était le même quai, aussi désert et mystérieux qu'auparavant, sans nom de station ou de gare et surtout, sans rail. Là où des wagons auraient dû passer, il n'y avait que la noirceur dont je venais de tomber et qui semblait s'enfoncer encore sur des centaines de kilomètres en dessous de moi. De petites sphères scintillaient, émergeant à peine de la brume rosée qui recouvrait le sol. De part et d'autre, il y avait des portes en fer forgé dont les entrelacs formaient des motifs celtiques, mêlant personnages de légendes, animaux et plantes dans un assemblage digne des meilleures enluminures. Les parois étaient en pierre blanche et l'obscurité en mangeait les parties les plus hautes, donnant l'impression que le lieu sortait de nulle part. Des sièges étaient disposés régulièrement dans des alcôves formées par des renfoncements dans le mur, et eux aussi semblaient flotter, leurs pieds cachés par le mince brouillard. Tout avait l'air suspendu, dans une attente silencieuse, comme avant l'arrivée d'un train.

Je me posai délicatement et un nouveau bruissement interrompit le silence révérencieux. Les plumes noires s'envolaient de moi et je me secouai légèrement pour faire tomber les dernières, découvrant mon apparence d'humaine. Je passai rapidement une main dans les cheveux, toujours aussi surprise par ce changement soudain et m'étirai un peu afin de recouvrer l'usage de mes jambes encore engourdies d'avoir été des pattes fines et frêles quelques secondes auparavant. Un grincement métallique m'interrompit tout à coup et je tournai la tête vers la porte de droite qu'on ouvrait de l'intérieur. Je plissai les yeux pour discerner qui allait en sortir. Cela ne pouvait être que deux personnes. Une main se posa sur la poignée, poussant le battant qui s'ouvrit légèrement et une silhouette émergea de l'obscurité :

- Tu as sacrément grandi depuis la dernière fois que je t'ai vue, prononça une voix que je reconnus immédiatement.

- Je ne peux pas dire la même chose pour toi, à ton âge, une ou deux rides ça ne se voit pas comme ça, tu sais.

Il rit doucement et une vague de chaleur me submergea d'un seul coup. Il était resté le même que dans mes souvenirs. *Après tout, en trois ans, on ne change pas tant que ça...* Je souris à mon tour, amusée et heureuse de revoir un visage que je n'avais pas vu depuis si longtemps.

-   Vi...Violette ? demanda celle qui venait d'apparaitre à côté de lui.

-   Salut maman, contente de te voir.

EVA

Septembre 2005

Il y a plusieurs façons de souffrir. Physiquement quand on nous frappe, ou quand on se cogne; psychologiquement face à des méchancetés ou des injures injustifiées; sentimentalement si la personne que l'on aime nous trahit, ou si notre amour n'est pas réciproque. Mais on se fait souffrir soi-même lorsqu'on se sent coupable, et c'est sans doute la douleur la plus insupportable. Nous seuls sommes capables de l'arrêter et la conscience fonctionne de telle sorte que l'on ne peut s'empêcher de se punir pour quelque chose que l'on regrette. Elle est alors infinie, dans la durée et dans l'intensité. Parfois, la perversion va jusqu'à donner envie de se tuer pour qu'elle cesse. Etrange comportement que la culpabilité. Il n'y a que les humains qui sont capables de la ressentir et seuls les autres peuvent nous apporter le repos qui met fin à ce mal intérieur. Mais vous savez le pire dans tout cela ? Ce sont les personnes qui agissent en sachant pertinemment qu'elles en ressortiront pétries de culpabilité. Pourquoi voudrait-on de nous-

même faire quelque chose en sachant qu'on se fera du mal en même temps qu'à quelqu'un d'autre ? Eh bien figurez-vous que c'est ce que je me suis demandé ce matin-là, une question que j'aurais dû me poser bien avant, ce qui aurait sans doute évité bien des souffrances à de nombreuses personnes....

Je dévalai les dernières marches, vertigineuse et confuse, voulant retrouver l'air frais à tout prix. Je quittai enfin le lycée, les jambes encore tremblantes et me mis à longer le bâtiment d'un pas que je voulais le plus rapide possible, abandonnant derrière moi ce lieu qui me terrorisait. Mon cœur résonnait jusque dans ma bouche, faisant vibrer mes tempes et trembler mes lèvres, et mon cerveau tentait tant bien que mal d'assimiler ce qui venait de se passer. Je m'étais retrouvée allongée au milieu des toilettes des garçons, sans comprendre ce qui m'était arrivé et, lorsque j'en étais sortie, j'avais trouvé une école en pleine effervescence. Pourtant, d'aussi loin que je me souvienne, j'étais entrée dans un bâtiment désert, sans la moindre trace d'élèves. Je m'étais sans doute évanouie et étais restée inconsciente un certain temps. Ma gorge me brûlait terriblement et mes yeux me piquaient et pleuraient tous seuls comme si on m'avait pulvérisé du gaz lacrymogène dans la figure. Du gaz. Cela me revenait. Je me mis à tousser, prise d'une quinte soudaine comme si le souvenir actualisait la sensation passée. Passée. *Oh non. Non non non.* J'eus un haut le cœur. *Non, je délire. Que quelqu'un me dise que je délire.* Je pressai l'allure, n'ayant qu'une envie, m'enfermer à double tour chez moi et ne pas en sortir avant d'avoir retrouvé la mémoire. Je levai la tête et constatai avec soulagement que le soleil s'étant visiblement levé depuis longtemps, Julien serait déjà parti travailler et que je trouverais donc une maison vide. Je soupirai et me concentrai sur le nombre de pavés de la rue, plutôt que sur les derniers évènements.

Une fois arrivée, les deux tours de la clé dans la serrure, confirmèrent mon hypothèse : il n'y avait personne. *Et Violette ?* Je montai quatre à quatre les marches de l'escalier et ouvris la porte de sa chambre pour m'apercevoir qu'elle était vide. Un coup d'œil à ma montre me permit de voir qu'il n'était que neuf heures. *Or Violette dort toujours beaucoup quand elle n'a pas cours.* Lorsque je l'avais laissée pour la dernière fois, nous étions au beau milieu du mois d'août, en pleines vacances scolaires, ce qui voulait dire qu'elle aurait dû faire la grasse matinée. *Non, non non non.*

Je dévalai l'escalier aussi vite que je l'avais monté, l'angoisse me faisant oublier ma fatigue, et me précipitai sur le réfrigérateur. Ce que je vis m'arracha alors un cri : le calendrier qui y était accroché, affichait le quatre septembre 2005. Je m'affalai sur une chaise, essayant, malgré l'horreur qui me nouait la gorge, de réfléchir posément. Mais, malgré tous les efforts dont je fis preuve, les mécanismes de ma mémoire ne me laissaient voir qu'une seule chose: j'étais dans une pièce, enfermée, mouillée et toussant à m'en décrocher les poumons. Le gaz. *Et après ?* Si j'étais sortie, je m'en serais souvenue. Si j'étais restée, je serais morte asphyxiée. Si je m'étais évanouie, je serais morte noyée. Si l'on m'avait sauvée… Mes considérations ne menaient nulle part, bloquant sur une idée que je ne voulais même pas envisager. Je soupirai. *C'est pourtant l'hypothèse la plus crédible. Non, non et non !* Je n'arriverais à rien de plus. Ma gorge me faisait un mal de chien, et mes yeux, épuisés d'avoir été frottés, se fermaient sans que je puisse les en empêcher. Je décidai donc d'aller dormir, espérant que je serais capable de davantage de choses le lendemain.

Je m'éveillai en sursaut, au milieu de la nuit, trempée de sueur et le cœur battant trop fort. Des scènes défilaient à une vitesse folle dans ma tête : une école privée, un parc incroyable, des toilettes et cette sensation oppressante. Toujours ce même moment, suivi de ce son, pareil à celui d'une bouteille d'eau gazeuse que l'on débouche. Ma tête tournait et je fus bientôt prise de vertiges. Non pas à cause de mes palpitations, ou du nombre d'images que je revoyais, mais parce qu'une d'entre elle m'apprit ce qu'il s'était passé après que j'aie posé la machine. Mon cœur s'accéléra encore et je me mis à haleter pour tenter de respirer, malgré la frayeur qui m'oppressait. Je savais. Mais la vérité était si horrible que j'eus du mal à la croire. Le bruit que j'avais entendu était celui d'un tuyau de gaz qui se perce, déversant son contenu autour de moi. La quantité de produit répandu avait activé le détecteur de fumée du système incendie, fermant alors les fenêtres et remplissant l'endroit d'eau pour tenter d'éteindre un incendie fantôme. Je m'étais alors retrouvée prise au piège, au milieu d'une pièce inondée, dont l'air était chargé de vapeurs peut-être toxiques. Je me souvins de ma panique, du désir de sortir au plus vite et de l'horreur que j'avais ressentis en me rendant compte que je n'avais aucun moyen d'y arriver. Et puis il y eut cette pensée folle qui m'avait traversé l'esprit pendant une seconde, juste une seconde. Cela avait suffi à m'en convaincre, le désespoir me brouillant la raison, qui, en temps normal, m'aurait interdit de faire cette monstrueuse erreur. Mais ce n'étaient pas des conditions ordinaires, et je m'étais décidée définitivement au moment où respirer était devenu réellement difficile. Je m'étais positionnée alors face à la fissure, dans l'alignement avec l'objectif et m'étais préparée à faire face à ce qui m'attendait... Je me pris la tête dans les mains et me redressai dans mon lit. Comment avais-je pu être aussi inconsciente, au point de la tester ? Qu'est-ce que j'avais espéré ? Que tout aille bien ? Eh bien, au moins, je pouvais m'estimer heureuse d'être vivante ! J'aurais pu mourir... Je poussai un long soupir et me rallongeai, le regard fixé au plafond, puis laissai mes paupières se fermer une seconde, épuisée par ce que je venais de découvrir...

Je me réveillai à nouveau, mais cette fois, comme je pus le découvrir en tirant les rideaux, il faisait plein jour. Je me rendis compte que ma gorge me faisait moins mal et je vis dans le miroir que mes yeux n'étaient plus rouges. *Au moins une bonne nouvelle.* Puis je me souvins de mon insomnie. *Une bonne nouvelle tu disais c'est ça ?* Je descendis, les membres encore engourdis de sommeil, et entrai dans la cuisine, m'attendant à trouver Julien buvant son café. Pourtant, lorsque je passai la porte, personne ne s'y trouvait et je pus deviner que, vu l'heure qu'il était, mon mari était déjà parti travailler. Au moment où je m'assis sur la chaise la plus proche, encore sonnée par les évènements de la veille, je réalisai une chose. SI j'étais réellement restée absente un mois entier, ce qui restait encore à prouver, pourquoi personne ne s'était-il inquiété ? Ou pire encore, s'étaient-ils tellement inquiétés qu'ils m'avaient cru définitivement disparue ? Et ma présence la nuit dernière leur avait semblée normale ? Mon cœur manqua un battement. J'avais réussi à ne pas mourir, mais je l'étais peut-être aux yeux de tous ceux qui comptaient pour moi et je ne pouvais pas simplement ressusciter sans avoir à m'expliquer. Et personne ne pouvait savoir la vérité.

J'attrapai fébrilement mon téléphone, et composai le numéro de Julien. *C'est stupide, si j'appelle il va savoir que je suis en vie, ou pire il va croire à une mauvaise plaisanterie.* Je tapai donc les trois chiffres qui me permettaient d'appeler sans que mon numéro soit reconnu et m'apprêtai à valider. *Toujours stupide, je vais lui dire quoi au juste ? Qu'est ce qui amène quelqu'un à disparaitre aussi longtemps ?* Un accident ? Il aurait été au courant. Un voyage ? Il se serait inquiété que je ne l'aie pas prévenu. Un enlèvement ? *La bonne blague.* Pourtant, c'était la raison qui tenait le plus debout. Je n'aurais pas pu donner de nouvelles sans pour autant être morte. Parfait. Je le portai à mon oreille et attendis. Une sonnerie, puis deux.

- Allo ? dit-il, le seul son de sa voix suffisant à me rassurer.
- Julien ?
- Que se passe-t-il chérie ? demanda-t-il. Tu n'étais pas levée quand je suis parti, tu n'es pas allée travailler aujourd'hui ?

Il ne savait pas. Mais c'était impossible. Tout simplement impossible. Ou alors je n'avais pas disparu si longtemps. Ou alors...

- Allo ?... Allo ? s'impatienta-t-il.
- Ah, euh, oui excuse-moi, non je voulais rester me reposer je ne me sentais pas bien. Bonne journée, je t'aime.

Je raccrochai sans lui laisser le temps de répondre. Je restai quelques instants immobile, le téléphone à la main, complètement hébétée. C'était impossible me répétais-je intérieurement. Mais s'il n'était pas au courant, alors il fallait que j'agisse normalement. Et que je sache ce qui s'était passé durant un mois. Il fallait que je me tienne informée. Je posai mon portable et attrapai le journal plié en deux sur la table. Je jetai un coup d'œil à la date : c'était celui du jour même. Parfait. Ce qui l'était moins était cette grande couverture tirée en couleur, cette sorte d'avis de recherche.

Il y avait une photo d'un garçon. Je le connaissais. Je l'avais vu la veille. *Non, non, non.* J'étouffai un cri. *Non, s'il vous plait, non...* C'était celui que j'avais aperçu dans le couloir de l'école. Sous l'illustration, une phrase choc était écrite en lettres rouges capitales : UN GARCON DISPARAIT MYSTERIEUSEMENT DE SON ECOLE.

VIOLETTE

Mai 2008

Je suis méfiante. Je ne peux tout simplement pas accorder ma confiance sans avoir ce frisson de peur, comme si j'avais donné ce qui m'était de plus cher à n'importe qui. Il faut dire que je n'ai pas eu de chance et que chaque fois que j'ai baissé ma garde, je l'ai amèrement regretté. Et pourtant Dieu sait que je ne me méfie jamais des bonnes personnes, mais visiblement je me trompe encore davantage quand il s'agit de les croire. Alors je me suis entourée de quelques rares personnes à qui je confierais tout. Ma mère est sans doute la première de la liste car je sais qu'elle ne me mentira jamais. Enfin, comme tous les parents elle a des secrets qu'elle garde pour me protéger, pour ne pas m'embêter avec, mais elle ne m'a jamais trahie. Pourquoi les autres ne peuvent pas être honnêtes et droits comme elle ? Pourquoi est-ce si dur pour eux de conserver précieusement le don qui leur est fait ? Ça n'a pourtant pas l'air si difficile quand je la regarde. On peut me dire réservée, froide ou même paranoïaque, mais ceux que j'appelle mes amis ne le sont qu'avec une paroi lisse sur laquelle ils n'ont aucune prise. Je garde toujours cette distance avec les autres qui me permet de m'enfuir dès que je sens le danger. Pour moi, faire confiance c'est jeter un œuf du haut d'une tour et espérer que quelqu'un le rattrapera avant qu'il ne se brise et que la petite vie qu'il renfermait ne s'éteigne à jamais. C'est lancer son cœur dans un flipper et croiser les doigts pour que le joueur ne se lasse pas trop tôt. C'est surtout et principalement un acte réciproque. Il y a évidemment les personnes qui décident de s'y hasarder seules, sachant ainsi pertinemment que personne ne les laissera tomber. Puis il y a celles qui commencent une partie après avoir tant testé le partenaire qu'elles le connaissent aussi bien qu'elles-mêmes. Et puis il y a moi. Moi qui voudrais tant pouvoir me laisser aller à me fier à n'importe qui, n'importe quoi. Moi qui ne demanderais rien de plus que de pouvoir fermer les yeux et savoir qu'il y aura quelqu'un pour me guider. Moi qui désire tant tout cela que j'en prends des décisions hâtives. Des décisions comme celles de me jeter tête la première dans la pire partie de flipper de tous les temps....

Il était en face de moi, à quelques mètres, un vague sourire aux lèvres et la main levée dans un bonjour maladroit. J'étais au milieu de la rue, pétrifiée et tremblante, ne pouvant pas prendre de décision quant à ce que je devais faire. Je pouvais m'enfuir, c'était encore une possibilité. *Froussarde. Non, je ne suis pas froussarde, je suis raisonnable.* Mais au fond de moi je sentais bien qu'une peur immense me tordait le ventre et faisait accélérer mon cœur terriblement. Il ne bougeait pas, comme s'il tentait d'apprivoiser un animal sauvage et qu'il ne voulait pas l'effrayer. C'était plutôt raté. Nous devions avoir l'air de deux imbéciles, se fixant sans pouvoir se parler, se saluant sans pour autant se rejoindre. Un klaxon me fit sursauter et je fis un bond en avant pour éviter la voiture et son conducteur mécontent qui me dépassèrent à toute allure.

Je soupirai. J'avais bougé, et bien évidemment, je m'étais rapprochée de lui. Son sourire s'agrandit et il fit un pas vers moi. Je reculai immédiatement, comme guidée par mon instinct de méfiance profonde. Qu'est-ce qu'il pouvait bien me vouloir ? Et pourquoi était-il revenu là où il m'avait terrorisée une première fois ? Je fronçai les sourcils en imaginant qu'il était sans doute un sans-abri qui trainait dans ce square. Cela n'avait pas de sens. Il avait des habits en trop bon état. C'était peut-être un jugement un peu restrictif, mais mon esprit paniqué ne pensa pas à autre chose. Il m'avait donc probablement suivie jusque-là et cette conclusion ne fit rien pour me rassurer, bien au contraire. Il savait où j'habitais, il connaissait mes habitudes, mon nom, tout cela en ayant fouiné dans mes affaires... c'était bien trop. *Mais moi je ne sais rien de lui. Je dois savoir pourquoi il m'avait dit ces mots étranges. Je veux savoir.* Je frissonnai. Il tenta de s'approcher à nouveau et je fus incapable de dire à mes jambes de bouger.

- Violette... Je ne te veux pas de mal, je veux juste t'expliquer...

Il semblait sincère. Je ne savais quoi penser. *Et si c'était un piège ? Je serais assez naïve pour tomber dedans ?* Je déglutis difficilement :

- Vous allez bientôt me dire que vous avez des bonbons dans votre voiture aussi, c'est cela ?

Il eut un mouvement de recul et fronça les sourcils sous ma raillerie soudaine. Il baissa les yeux, penaud, comme un enfant que l'on aurait réprimandé sans raison et se tripota les mains nerveusement. J'eus honte à penser ainsi, mais il me fit presque pitié. Il était là, sans défense, tout de guingois dans un corps frêle et apparemment trop grand pour lui, et moi j'avais peur. C'était un sentiment irrationnel. *Complètement irrationnel, absurde même.* Et cette fois, ce fut moi qui fis un pas en avant. Il releva la tête et posa son regard sur moi. Il ne m'observait pas vraiment, mais semblait vouloir voir au-delà de mon apparence, comme s'il allait chercher plus profondément en moi, comme s'il voulait me sonder. Il avait des yeux perçants, c'était le seul terme qui me vint quand je le regardai. *D'un bleu à vous hypnotiser. Non, un vert plutôt.*

Je fus certaine qu'ils étaient pareils à ceux de la photo. Il y avait juste une quarantaine d'année de différence entre les deux personnes. Cet homme avait peut-être un fils, après tout je ne savais rien de lui. Ne serait-ce que pour cette raison je voulais qu'il me donne des explications. Il me devait bien cela. Je fis un pas de plus et une lueur d'espoir passa sur son visage. *Il n'a pas l'air si méchant, il semble même plus effrayé par moi que l'inverse.* Mon cœur tambourinait à une vitesse affolante et en vain je tentai de le calmer en respirant lentement. Il fallait que je dise quelque chose. N'importe quoi du moment que je comblais ce silence insupportable qui nous laissait bien trop l'occasion de nous fixer mutuellement. On se serait crus à une table de poker, chacun tentant de ne pas laisser transparaitre ses vraies émotions tout en dévisageant les autres joueurs. Je me raclai la gorge et j'eus l'impression que je le tirai d'une contemplation qui me mit profondément mal à l'aise. Il cligna des yeux plusieurs fois comme s'il venait de se réveiller mais ne dit pas un mot. Il voulait que je parle en premier. Je toussotai et tendis la main devant moi :

- Repartons à zéro. Bonjour, moi c'est Violette.

Il parut surpris de cette déclaration, puis sourit légèrement, visiblement amusé par la tournure que prenaient les évènements :

- Bonjour Violette, dit-il en me serrant la main doucement, je m'appelle Guillaume.

ARTHUR

Juin 2008

On dit que l'amour rend stupide, mais la haine rend aveugle. Je ne sais lequel de ces deux sentiments m'animait le plus à cet instant précis, mais rien ne m'aurait fait renoncer. Ni la culpabilité grandissante, tapie au fond de mon ventre comme un prédateur aux aguets, ni la peur naissante qui me hurlait d'arrêter, ni le futur regret qui attendait sagement que je commette l'irréparable. Rien n'allait m'arrêter. De toutes manières j'étais déjà lancé. Ma vie entière n'avait été qu'un immense mensonge dont les mécanismes étaient trop imbriqués les uns dans les autres pour que je puisse reculer. C'était maintenant ou la machine allait dérailler. C'était maintenant ou il serait trop tard.

L'acier glacial me brûlait les doigts. Je serrai les dents pour les empêcher de claquer et manquai de me mordre la langue.

-   Tu ne le feras pas, dit-il, avec un sourire. Tu le sais aussi bien que moi.

-   Tais-toi, intimai-je d'une voix sourde. Tais-toi.

Il me regarda et, pendant une seconde, son expression changea pour laisser place à un air interloqué. Puis il se mit à rire, d'un rire de dément qui ne s'arrêtait pas et qui semblait résonner à l'infini jusqu'à l'intérieur de moi.

-   Tais-toi, répétai-je comme pour me rassurer.

-   Ou quoi ? dit-il, goguenard. Qu'est-ce que tu comptes faire exactement, hein ?

-   Tais-toi, continuai-je comme s'il n'y avait que ces deux mots qui pouvaient franchir mes lèvres.

Il avait cessé de rire, mais il continuait de me fixer de cet air de défi, comme s'il m'invitait à accomplir ce que moi-même je n'osais imaginer. J'agrippai mon poignet de mon autre main pour l'empêcher de trembler, mais cela ne fit rien et il sourit de plus belle :

-   Tu sais que tu t'es fichu dans un sacré pétrin là ? continua-t-il. Quoique tu fasses, tu ne t'en sortiras pas et si jamais par je ne sais quel miracle, tu y arrivais, tu sais pertinemment qu'il est trop tard pour la sauver. Plus rien ne la ramènera maintenant, admets-le, tu as été un lam....

-   Tais-toi ! hurlai-je d'une voix pleine d'une haine que je ne me connaissais pas. Tu... tu ne sais pas ce que tu dis ! Tu n'en sais rien !

Des larmes commençaient à brouiller ma vue sans que je ne puisse rien y faire. Je secouai la tête comme pour chasser d'un seul mouvement les pleurs et les images horrifiantes qui se déroulaient continuellement dans mon esprit. Pourtant, je savais qu'il avait tort, qu'il n'était pas trop tard. Je le fixai de l'œil le plus dur que je réussis à faire.. Il m'observait. Il ne ricanait plus, il ne tentait même plus de me menacer, non, il me dévisageait simplement d'un air lointain, presque lunaire, comme s'il n'était déjà plus là.

Je relâchai l'étreinte autour de mon poignet et m'essuyai les joues d'un revers de manche. Il ne me quittait pas des yeux.

- Tu n'en sais rien, répétais-je plus calmement, comme pour me rassurer. Personne n'en sait rien. Mais je vais le découvrir, crois-moi, par tous les moyens possibles et imaginables.

Il ne dit rien, mais quelque chose avait changé. Il baissa la tête un instant et lorsqu'il la releva, son sourire narquois avait réapparu sur ses lèvres.

- Qu'est-ce-que tu peux être naïf ! dit-il railleur. Tu penses qu'on t'a laissé les moyens de la retrouver ? Tu penses même qu'elle est encore en vie ? Que tu es crédule... Toutes ces années, nous t'avons fait croire ce que nous voulions pour que tu continues ton travail, mais la vérité, tu veux la vérité ?! Eh bien la voilà ! Elle est morte et bien mo...

Il ne put pas finir sa phrase. Un regard horrifié remplaça la lueur insolente qui brillait quelques secondes auparavant lorsque je pressai la détente. Il resta figé un instant avant de s'écrouler au sol, un léger filet de sang coulant le long de ses lèvres et de l'impact de balle au milieu de sa poitrine. Il s'était trompé à tous les égards, vis-à-vis de l'existence de ma fille qui était bel et bien vivante, et vis-à-vis de mes capacités. La machine de ma vie venait peut-être de dérailler, mais j'étais libre et j'allais la retrouver.

EVA

Avril 2008

⅄

L'espoir est une ordure. Et pas de celles que l'on trie à l'occasion dans les bennes de couleurs. Non, plutôt de celles qui nous traquent, rôdant autour de nous comme une ombre dont on ne peut se défaire et qui nous étreint dès qu'une occasion se présente. Chaque fois qu'il revient, on se promet de ne pas se laisser faire et chaque fois on a la bêtise de penser que la main tendue devant nous est là pour nous relever et non pour nous faire tomber encore plus bas. On pense pouvoir s'y accrocher sans se l'avouer, que tout passera inaperçu aux yeux de notre conscience et ce petit manège trompeur marche quelques temps. L'espoir nous cajole, nous caresse et nous câline, entourant notre peur de ses bras protecteurs et une petite étincelle, un peut-être se glisse en nous, réchauffant et rassurant nos inquiétudes. Mais bientôt il grandit, se propage et avant qu'on n'ait pu s'en apercevoir, il nous anime d'une joie que l'on s'était interdit de ressentir. Alors, pris au piège de notre propre faiblesse, on commet la plus grosse erreur en voulant s'en sortir : on espère. Ou plutôt devrais-je dire, on court à notre perte, on y galope même et on se retrouve volant dans un monde plein de fausses promesses. Mais, ce que l'espoir avait oublié de préciser avant de nous donner la main, c'est qu'il peut la lâcher à tout instant. Il suffit que l'attente finisse pour qu'il nous envoie sans ménagement dans les bras cruels de la vérité. Nous qui pensions pouvoir bondir sans prendre garde à la réalité, transporté par la fourbe allégresse de l'espérance, nous voyons en un instant nos ailes se changer en plomb et la joie en désespoir. Alors on se fait le serment de ne plus jamais espérer, sachant pertinemment qu'on le brisera à la première occasion. Et ce matin-là, l'espoir riait aux éclats rien qu'à me regarder.

C'était un jour de pluie comme je les aime tant. Bien au sec derrière des fenêtres pleines de buée, je regardais les gouttes se faire la course sur les vitres et soufflais de temps à autres sur la tasse de chocolat que je serrais entre mes doigts. Une douce chaleur se répandait dans mes mains et je frissonnais de bien-être. Le regard perdu dans la contemplation des petites rivières qui se formaient sur les carreaux, je laissais mes pensées vagabonder. Dans des allers retours aléatoires, je sautais de mon passé à mon futur et l'instant actuel semblait ne plus exister. Je passai mon doigt sur les motifs de ma tasse et je revis avec exactitude le moment où ma fille me l'avait offerte. C'était à Noël, quelques années auparavant, le sol du salon était jonché de papiers vides, de cadeaux encore emballés, et toute la maison sentait la cannelle et la réglisse. Nous étions assis tous les trois, profitant avec mon mari des éclats de rires de notre fille et de la bonne humeur ambiante. Elle nous avait tendu quelques paquets à chacun, les yeux pétillants, impatiente de nous voir les ouvrir. Après quelques petites surprises qui nous avaient amusés, j'avais déballé cette tasse et avais marqué un temps d'arrêt. Elle était simple, en porcelaine blanche, avec une écriture en relief qui détournait habilement une citation d'Agatha Christie : « La meilleure femme qu'un homme puisse avoir, c'est une archéologue. Plus il devient vieux, et plus elle s'intéresse à lui. »

Julien avait ri de bon cœur, trouvant sans doute la référence amusante, mais je n'avais même pas pu décrocher un sourire. C'était devenu officiel. La feinte que j'avais été obligée d'inventer pour cacher mon vrai métier m'avait rattrapée dans ma vie personnelle. Pour Violette, j'étais sa maman archéologue, « Maman Jones » comme elle avait l'habitude de m'appeler parfois. J'étais son modèle et elle s'amusait à raconter que j'étais une vraie aventurière qui allait dans la jungle tropicale « Comme dans les films ! » se vantait-elle. En réalité, je n'étais qu'une menteuse. Si elle avait su ma vraie profession, elle n'aurait pas été fière, elle aurait même détesté savoir que sa mère se rabaissait à prendre les restes, les projets dont on ne voulait plus et qui n'apportaient aucune gratitude. Mon mari m'avait pincé la main et j'avais vu qu'elle affichait une mine déconfite. Si j'avais aimé son cadeau ? Je l'avais haï car il m'avait rappelé brutalement mon échec, ma vie professionnelle détestable et cet univers trompeur dans lequel j'étais obligé de vivre. Mais j'avais sorti d'un ton aussi amusé que j'avais pu : « C'est vrai que je préfère les fossiles ! » et tout le monde était passé à autre chose.

J'avais quitté la fenêtre des yeux depuis quelques instants et regardais avec tristesse la tasse maintenant vide que je tenais entre les mains. Je soupirai. Même les souvenirs de moments heureux étaient teintés d'hypocrisie et me laissaient un arrière-goût amer. Il fallait que je m'en crée de nouveaux et vite. Dès que j'aurais quitté ce laboratoire maudit je… Qu'est-ce que je ferais d'ailleurs ? Dire toute la vérité à mes proches ? J'y pensais depuis si longtemps que je ne me voyais pas faire autrement, mais il y avait une chose à laquelle je n'avais pas songé, ou plus précisément à laquelle je ne voulais pas songer : leur réaction. Ils n'allaient sûrement pas me sauter au cou et me dire que tout était oublié et qu'ils m'aimaient pour moi et non pour qui je prétendais être. Mais ce n'était que des rêves, plus fous les uns que les autres. Au mieux, ils finiraient par me pardonner, éventuellement, mais rien ne serait plus jamais comme avant. Je posai la tasse sur un coin de table. L'odeur de chocolat avait déserté la pièce, emportant avec elle la quiétude que j'avais ressentie quelques minutes avant que ces idées sombres ne me traversent l'esprit. Je me mis à trier distraitement quelques papiers, tentant, sans vraiment avoir la tête à cela, de remettre de l'ordre dans le ramassis de feuilles qui jonchaient les parties utilisables de la pièce qui me servait de bureau. Je fis des semblant de piles, écartant ce que j'allais jeter et, au bout d'une vingtaine de minutes j'avais dégagé environ trente centimètres carrés. Dépitée par mon inefficacité, je poussai du revers de la main les piles par terre, entrainant dans mon geste le cadeau de Violette. Il se brisa dans un fracas de porcelaine et répandit misérablement ses dernières gouttes de chocolat. Je ne l'aimais pas, mais cet objet représentait tout ce que j'aurais dû être, tout ce que ma fille pensait que j'étais. C'en fut trop.

J'eus l'impression que tout mon masque venait d'éclater en plein jour et je sentis la colère monter, une colère que j'avais contre moi, contre ceux qui m'avaient mis là, contre le monde entier même. J'eus envie de pleurer et de hurler à la fois, contemplant d'un air hagard les fragments des lettres qui ne m'étaient pas vraiment destinées, au milieu de documents que j'aurais voulu ne pas vraiment posséder. Les mots ne voulaient plus rien dire, ayant perdu un ordre qui leur permettait d'exister et j'eus l'impression qu'ils n'avaient jamais eu de sens pour moi, comme une carte postale dans laquelle on se tromperait de prénom pour le destinataire. Je n'eus pas le temps de vraiment réaliser ce que je faisais, mais en un instant j'avais fait voler dans la pièce toutes les feuilles, tous les papiers soit disant officiels, tous les documents prétendus confidentiels et je les ramassai inlassablement pour les renvoyer en l'air de rage. J'aurais pu continuer longtemps si quelqu'un n'avait pas toqué à ce moment-là. Je m'immobilisai alors et ne répondis pas. Les coups se firent entendre à nouveau, suivis cette fois encore par un silence. La personne frappa une troisième fois, mais je ne l'entendis pas. J'avais les yeux posés sur un imprimé qui s'était déposé quelques mètres devant moi, et rien d'autre n'existait à cet instant précis. Je le ramassai, sans un son, sans une parole et, toujours rivée dessus, je me dirigeai vers la porte de mon bureau, l'ouvris, bousculai sans un pardon la femme ahurie qui se tenait devant, le poing en l'air prêt à frapper à nouveau, et sortis sous la pluie.

Je n'avais rien pris en partant, ni manteau ni parapluie, mais je ne sentis même pas le ruissellement de l'eau sur ma figure. Je ne voulais que marcher, simplement marcher pour y arriver le plus vite possible. Je manquai de me faire écraser une demi-douzaine de fois et percutais de nombreux passants sous leurs parapluies, qui proférèrent très certainement des insultes. Je m'en fichais. Je ne pensais qu'à ce que je venais de voir écrit et tentais d'arrêter le flux d'images qui se déroulaient à une vitesse vertigineuse dans ma tête. J'aurais dû y retourner dès que j'avais vu la une du journal le lendemain, ne serait-ce que pour vérifier mon hypothèse. Mais non. *Parce que je suis une lâche et une idiote. Et très certainement une meurtrière à l'heure qu'il est.* J'avais repensé bien souvent à ce garçon que l'on n'avait jamais retrouvé, celui qui avait disparu de son école. Mais, coupable comme je me sentais, je m'étais toujours réfugiée derrière l'effacement de son existence pour ne pas me confronter au sang que j'avais peut-être sur les mains. Mais ce soir-là, je ne pouvais plus fuir. L'eau coulait à torrents sur mon visage impassible, entrant dans ma bouche, s'infiltrant sous mes vêtements, me trempant jusqu'à la moelle, mais la seule chose que j'abritais, c'était cette bête feuille qui allait renverser ma vie. *Plus qu'elle ne l'est déjà*, pensais-je amèrement. Sans même lever les yeux, je sus que j'étais arrivée et m'arrêtai, essoufflée. Je redoutais ce que j'allais découvrir. Tout était possible désormais, même l'impensable.

Pendant une fraction de seconde, je me mis à espérer, espérer que le compteur afficherait zéro, que j'allais pouvoir la récupérer et arrêter ce cauchemar. Après tout, le garçon avait pu disparaitre autrement. Peut-être qu'on l'avait même retrouvé sans que je le sache. Peut-être. *C'est vrai que c'est rassurant un peut-être. On a vraiment envie d'y croire. Cela irait jusqu'à redonner espoir.* Je tournai la tête. C'était impossible, tout simplement impossible.

Une pancarte bancale indiquant « Fermé au public pour travaux » était accroché à la grille en fer au-dessus de laquelle j'avais vu, trois ans auparavant, placardé sur la façade de briques rouges, les mots « Lycée privé ». Et là, il n'y avait plus de mots, ni de façade, ni même de lycée. Je me laissai tomber sur le béton dur et trempé, fixant la larme qui venait de tomber sur le maudit papier, déformant les mots qui y étaient inscrits :

« Erratum sur le mode d'emploi de la machine XXOI981 : Se dérègle au contact de l'eau, ou du gaz. Merci d'en faire part au professeur Tennequin au plus vite. »

LE VIEIL HOMME

Mai 2008

J'avais huit ans. Neuf peut-être. J'étais avec mes parents dans une maison de campagne pour l'été. C'était une grande ferme que les propriétaires avaient transformée en habitation, laissant les pierres d'origine apparentes, ce qui donnait à l'endroit un certain cachet et surtout une fraicheur incomparable. Aventurier comme l'est chaque petit garçon de cet âge, je jouais dans les annexes laissées à l'abandon, grimpant et escaladant ce monde qui semblait m'appartenir. Chaque jour j'allais plus loin, plus haut, explorant chaque recoin des mystérieux greniers, trouvant refuge sous les meules de foin entassées ici et là. C'est ainsi que j'ai trouvé, recroquevillé dans un vieux tissu, un oiseau à l'aile cassée. Je voulus lui venir en aide, mais lorsque je l'approchais, il sautillait aussi loin qu'il pouvait, me fixant avec de grands yeux effrayés. Je savais que si je le laissais là il ne tiendrait pas longtemps et finirait rapidement mangé par je ne sais quel chat errant ou mort de faim, incapable de se nourrir. Alors, je m'allongeai par terre, mettant ma tête à sa hauteur et restai là quelques heures peut-être. Il ne bougeait pas et on s'observait mutuellement sans broncher. Chaque fois que je tentais d'approcher ma main, il s'éloignait encore davantage et je finis par me résoudre à l'immobilité. J'effritai un biscuit que j'avais laissé au fond de ma poche et éparpillai les miettes devant moi, espérant l'attirer peu à peu mais rien n'y faisait. Les heures passèrent et je m'endormis, la tête posée sur mes bras croisés, la bouche entrouverte. Je me fis réveiller par des picotements sur ma main droite et ouvris mes yeux pour m'apercevoir que l'oiseau picorait les morceaux qui étaient restées coincées entre mes doigts. Je l'attrapai doucement et il se laissa faire, comme s'il avait eu gage de ma bonne foi. Je le soignai ensuite pendant quelques jours, le laissant en liberté dans la maison et il recouvrit bientôt l'usage de son aile. Un matin, il vint se poser sur ma paume, me picota le majeur et s'envola par la fenêtre. Je ne le revis plus après cela, mais je gardai au fond de moi ce sentiment gratifiant d'avoir réussi à l'apprivoiser. Je ne me doutais pas que, bien des années plus tard, je ressentirai la même chose en serrant entre mes doigts ceux de la fille que j'aimais.

Je lui serrai la main doucement et lui dis :

-   Bonjour Violette, je m'appelle Guillaume.

Elle sourit légèrement et sa figure sembla plus détendue que quelques secondes auparavant. Nous nous dévisageâmes quelques instants, comme si nous tentions de déchiffrer les pensées de l'autre, puis nous nous lâchâmes. Elle rangea une mèche de cheveux derrière son oreille et se frotta le bout du nez de son index, une habitude que j'avais déchiffrée à mesure que je l'avais observée. Elle était nerveuse. Je voulus dire quelque chose pour la rassurer, mais rien de ce à quoi je pensai ne me satisfit. Je fis simplement un signe vers la cabane qui me servait d'abri, là-bas sur la butte, et elle hocha la tête, visiblement aussi peu désireuse que moi de parler.

Je marchais un petit peu devant elle, montrant le chemin et, dès que nous arrivâmes sous le couvert des arbres, je lui désignai en silence les racines à éviter. Elle fixait le sol et fronçait un peu les sourcils comme pour se concentrer sur la route à emprunter. J'aurais voulu la contempler davantage, excité de la voir enfin de si près, de ne plus avoir à me cacher, mais je ne voulais pas l'effrayer, ni lui sembler plus étrange qu'elle ne devait déjà me trouver. Elle trébucha soudainement, butant sur ce qui me sembla à première vue être une grosse branche, et qui s'avéra être, lorsque je m'approchai d'elle pour la relever, le coin d'une boite métallique. Elle s'épousseta rapidement, sans prêter plus longtemps attention à l'objet qui l'avait faite tomber, puis nous reprîmes la marche et nous finîmes par arriver devant la cabane après quelques minutes. Elle leva enfin les yeux et posa son regard ambré sur ce qui me servait de maison. Je redoutai soudain de lui ouvrir. J'avais honte. Quel minable habite dans une cabane à outils au fond d'un square en travaux ? Il y aurait à peine la place de s'assoir à deux sans se serrer. Je la sentais derrière moi, s'impatientant, enroulant et déroulant des cheveux autour de son doigt, observant mes moindres mouvements. Je soupirai. Tant pis. Je devais déjà avoir l'air suffisamment fou et la logique voulait que je sois bizarre, jusqu'au bout. Je tournai la poignée et tirai la porte.

Le spectacle qui l'attendait à l'intérieur m'embarrassa : un vieux matelas et quelques coussins étaient disposés le long de la paroi opposée, à deux mètres de nous à peine, entourés de divers outils. Une brouette pleine d'eau qui me servait de lavabo, si l'on pouvait même l'appeler comme cela, occupait le coin du cabanon à notre droite et de l'autre côté étaient posées des conserves de toutes sortes, pleines ou vides, dans un désordre assez désolant. Je poussai du pied une pelle et deux ou trois bombes anti fourmis et accrochai ma veste en piteux état au râteau que j'avais installé à la verticale afin qu'il me serve de crochet. Elle s'était avancée, passant timidement une tête curieuse dans l'embrasure de la porte. Je tendis la main pour récupérer son manteau mais, ne comprenant pas mon intention, elle hésita, puis y posa la sienne. Le malentendu me fit sourire et, d'une pression je l'amenai vers moi pour la faire entrer. Lorsqu'elle aperçut ma veste suspendue, elle comprit sa maladresse et retira farouchement ses doigts en rougissant légèrement. Je ne dis pas un mot, ne voulant pas la gêner davantage, mais son ingénuité me fit fondre intérieurement. Malgré cela, la situation ne devint que plus embarrassante : je n'osai pas lui proposer de s'assoir sur le matelas car je ne voulais pas qu'elle comprenne de travers, mais à force d'hésitations nous restions debout à observer bêtement le capharnaüm. Les poings au fond des poches, elle fixait ses pieds et je n'étais pas dans une posture bien plus assurée. Elle finit par se tourner vers moi et nous commençâmes tous les deux à parler en même temps, ce qui donna une bouillie de mots assez étrange et surtout incompréhensible. Nous rîmes doucement, confus et amusés à la fois et elle se décida à s'assoir par terre, prenant sans doute la décision la plus intelligente des dernières minutes. Je l'imitai et elle répéta ce qu'elle avait tenté de dire :

- C'est là que vous vivez ?

Alors tu vois, oui, c'est là que je vis depuis que j'ai atterri dans ce square, que j'ai découvert que j'avais une quarantaine d'années de trop et qu'il me manque la plupart de mes souvenirs. Mais répondons simplement oui. C'est plus simple.

- Oui… mais je n'ai pas toujours habité là. Enfin, je crois.

J'avais dit que je me contenterais d'un simple oui… Je soupirai et elle fronça les sourcils. *Et maintenant je fais quoi ? C'est bien beau qu'elle soit devant moi, mais je vais faire quoi ?* Elle ne me laissa pas le temps d'y réfléchir et je fus presque soulagé qu'elle veuille poser des questions :

- Comment ça, vous *croyez* ?
- Ne me vouvoie pas s'il te plait, ça me fait me sentir vieux… enfin, ce n'est pas que je ne le suis pas, mais, enfin, juste… Tu peux me tutoyer s'il te plait ?

Et voilà, j'étais un imbécile. Mais visiblement cela la faisait sourire et non fuir, donc je pouvais continuer mon numéro involontaire de clown maladroit. *Heureusement, puisque je ne sais pas me comporter autrement avec les filles. Il faut toujours que je me rende ridicule.* Elle me regardait gentiment, la tête légèrement penchée sur le côté, comme si elle tentait de comprendre ce qui se passait dans la mienne. Je me raclai la gorge et commençai, lui évitant la peine de deviner ce qu'elle n'arriverait jamais à concevoir :

- Je suis désolé… pour tout. Je n'ai jamais eu l'intention de te blesser, il faut que tu me croies.

Elle parut dubitative, comme si mes excuses seules ne suffisaient pas et qu'elle attendait encore cette preuve de bonne foi qui lui permettrait de venir manger dans ma main. Une moue sur les lèvres, elle parut perplexe :

- Admettons que je vous… que je te croie, se reprit-elle. Tu me dois des explications, et pas qu'un peu.

Le moment que je redoutais tant étais arrivé, celui où tout dépendait de moi, où je devais éparpiller suffisamment de miettes pour lui donner des raisons de rester là. Elle allait me prendre pour un fou. *Comme si pour l'instant je ressemblais à un homme sain d'esprit.* À ce moment précis, je me souvins de ce que m'avait dit mon père au moment où j'avais eu peur d'enlever les petites roues de mon vélo : « Dans la vie, le seul moyen de savoir si l'on sait nager, c'est de sauter dans la piscine et de faire de son mieux. Il y aura toujours quelqu'un pour te sauver de la noyade, de toutes façons. » C'était bien joli, mais là je ne savais pas qui exactement pourrait m'empêcher de couler comme une pierre et de perdre le seul espoir qui me restait. Elle croisa les bras sur sa poitrine d'un air impatient et presque mécontent et je sus que si j'attendais encore, elle perdrait tout intérêt à m'écouter. J'inspirai profondément, remplissant mes poumons à les faire exploser et débitai tout ce que je pus dire en un souffle :

- Je ne suis pas celui que je parais être. Je m'appelle bien Guillaume mais je n'ai pas soixante ans, ou je ne sais combien je semble avoir, j'ai le même âge que toi je pense. Je ne voulais pas t'effrayer mais tu étais la première personne que je voyais depuis mon arrivée qui me semblait abordable, et je ne pouvais pas rester sans parler à quelqu'un. Je suis désolé je ne voulais pas fouiller dans tes affaires mais il fallait que je fasse quelque chose. Je ne sais pas par quel miracle j'ai réussi à te porter aussi longtemps, peut-être que mon corps n'a pas complètement vieilli et qu'il me reste un peu de mon ancienne force, je ne sais pas, je ne sais rien à vrai dire. Aide-moi, s'il te plait, j'ai besoin d'aide…

Voilà, c'est dit. Pendant que je reprenais ma respiration, ayant la désagréable impression de m'être vidé de tout l'air qui occupait mon corps, j'observai sa réaction. Elle n'avait pas bougé et me fixait avec de grands yeux écarquillés comme si ma déclaration lui avait fait l'effet d'une grande claque. La peur que j'avais ressenti avant de me confier avait disparu, remplacée par la panique de la voir se lever et partir en courant, terrorisée par ce que je venais de dire. Je me mis à inspirer plus normalement quand ses paupières clignèrent pour la première fois depuis quelques minutes. Elle passa une mèche de cheveux derrière les oreilles, se frotta le nez de son index et son regard se mit à balayer la pièce. Ce n'était pas bon signe.

Je devinais le bouillonnement de pensées de son esprit, et je vis bien qu'elle était aux prises avec un grand dilemme. À sa place, ma raison m'aurait fait déguerpir au plus vite mais ma curiosité m'aurait donné envie de rester. Cependant, je la sentais trop raisonnable pour écouter ses impulsions sans tenter de les rationaliser et de peser le pour et le contre. Elle se frotta le visage, prit son sac qu'elle avait laissé tomber à côté d'elle, le mit sur l'épaule mais resta assise. J'avais l'impression qu'on jouait au baseball à l'intérieur de ma poitrine. Elle n'arrivait pas à trancher, et c'était sans doute à moi de dire ce qui allait la décider d'une façon ou d'une autre. Je déglutis difficilement.

D'une voix tremblante, je commençai à effriter mon cœur et à en jeter les morceaux à ses pieds :

- J'ai peur, tu sais. J'ai peur tous les soirs parce que je n'ai pas où aller. J'ai peur que certains aient arrêté d'attendre mon retour et que je ne connaisse même pas leur existence. J'ai peur de ne jamais retrouver ma mémoire et de continuer à vivre dans la peau d'un autre comme un voleur. J'ai peur de ne plus croire en rien ni en personne parce que j'aurais eu peur. J'ai peur que tu me tournes le dos parce que tu as peur. J'ai peur que tu me prennes pour un fou. J'ai peur, terriblement peur.

La respiration saccadée, je refluai les larmes qui perlaient au coin de mes paupières ridées et secouai la tête comme pour chasser la faiblesse hors de mon corps. Son regard avait changé. Il n'était plus effrayé, ni même impressionné, il était sérieux. Elle ne le détournait pas, ne cillait pas et surtout, ne se leva pas. Elle devait sûrement avoir pitié et maintenant je n'étais pour elle qu'un pauvre chien fou et abandonné qui japperait dans l'espoir d'une caresse. Je plongeai mes yeux dans les siens, tentant d'y rassembler toutes mes forces et de me montrer aussi puissant que j'aurais aimé être face au désespoir. Elle ne broncha pas, comme si elle me mettait au défi de puiser dans cette résistance que je me contraignais à avoir. Elle pinça les lèvres.

- Tu n'es qu'un vieux fou qui essaie de m'avoir. Bien essayé, mais ce n'est pas parce que je suis une jeune fille que je vais pleurer sur ton sort. Tu n'es sûrement pas seul dans ton cas, tu n'as qu'à aller trouver des gens *comme toi*. En ce qui me concerne, je n'ai rien à faire ici et encore moins avec *vous*.

Elle avait ramassé chaque miette de mon cœur et me les avait renvoyées à la figure si violemment que j'eus envie de me protéger de mes mains. Elle aurait pu le prendre tout entier et le transpercer de toutes parts, j'aurais ressenti la même chose. Le vouvoiement final m'avait achevé et j'eus beau résister de toutes mes forces, une larme coula le long de ma joue et tomba sur le sol bétonné avec un lamentable « plic ». Je trouvai l'énergie suffisante pour me mettre debout et ouvrir la porte, lui faisant comprendre que j'abandonnais le combat. Mais au lieu de se lever, elle éclata de rire, d'un superbe rire qui me fit si mal alors qu'il était si beau. Elle aurait pu se contenter de partir, mais non il fallait aussi qu'elle se moque de moi. Je me demandai comment j'avais pu penser un instant qu'elle allait me croire. Elle mit un moment à se calmer et me regarda d'un air amusé, comme si elle était contente de sa raillerie. Pourtant son sourire retomba à l'instant où elle comprit que je pleurais par sa faute :

- Mon dieu, je suis désolée… Je n'étais pas sérieuse, je voulais simplement vérifier tes vraies intentions, être sûre que tu ne voulais pas m'embobiner avec tes histoires étranges. Au moment où je t'ai vu ouvrir la porte j'ai compris que tu étais sincère et que tu ne me voulais pas de mal, sinon tu ne m'aurais laissée m'en aller comme cela. Je… je ne voulais pas… je suis désolée.

Ébahi, je refermai le battant et m'agenouillai en face d'elle. Encore un peu et c'était elle qui pleurerait. J'étais soulagé et agacé à la fois de m'être laissé prendre à son jeu, mais quelque part, au fond de moi, je trouvai son idée de test particulièrement brillante, même si je ne voulais pas me l'avouer. À sa place, je me serais trouvé louche, même carrément inquiétant, et j'aurais voulu déguerpir le plus vite possible. Au lieu de cela, elle m'avait donné le bénéfice du doute et avait attendu un gage de bonne foi qui lui convienne. Désormais la situation s'était inversée : elle m'observait avec des yeux remplis de doute, de peur aussi et de culpabilité, ne sachant que faire pour m'empêcher de la mettre dehors. De mon côté, je faisais tout ce que je pouvais pour chasser les larmes et trouver la force de l'observer comme elle l'avait fait auparavant. Nous restâmes ainsi quelques instants et j'eus l'impression que nous nous étions mis à nu chacun notre tour, dévoilant notre vulnérabilité comme preuve de confiance. Le silence commençait à résonner et, ne pouvant plus supporter ce défi visuel plus longtemps, je me décidai à continuer ce que j'avais commencé, comme si rien ne s'était passé entre temps :

- J'ai peu de souvenirs, comme je te l'ai dit, mais j'ai des certitudes. Je sais que je ne suis pas censé être si âgé, que j'ai atterri ici il y a quelques mois sans rien d'autre que des vêtements trop petits sur moi et que… quelqu'un a pris soin de moi depuis.

Je marquai une pause, arrivant à un passage qui me mettait mal à l'aise et observai sa réaction. Elle ne semblait plus inquiète mais davantage intriguée, et avait aussi l'air d'avoir laissé dans un coin de son esprit les échanges embarrassants qui avaient précédé. Je repris, ne lui laissant pas le temps de réfléchir plus longtemps à mes paroles étranges :

- Je n'étais pas seul dans ce square. Quelqu'un était là, avec moi. Je me souviens m'être cogné violemment la tête et avoir perdu connaissance au milieu des arbres et m'être soudainement réveillé dans cette cabane sans savoir comment j'étais arrivé là. Tous les jours qui suivirent, lorsque le soleil était bas derrière les immeubles, j'ouvrais la porte et trouvais toutes sortes de choses entassées devant. Une fois, ce fut ce matelas même, une autre, des vêtements à ma taille, et le reste du temps, c'étaient surtout des conserves et de quoi boire. J'avais un ange gardien. Mais cela ne dura pas et depuis la première fois que je t'ai vue, plus rien n'a été déposé.

Elle eut un léger mouvement de recul. Je m'étais laissé emporter dans mon récit et j'avais prononcé ces mots qui faisaient de moi un harceleur. Je voulus me reprendre mais elle ne me laissa pas le temps :

- Cela fait combien de temps exactement ? demanda-t-elle avec un ton suspicieux qui me fit froid dans le dos.

- Quelques semaines, un mois je dirais, mais j'ai fini par perdre la notion du temps ici…

- Donc cela fait un mois que tu m'observes, me coupa-t-elle. Bien. Je ne suis plus à cela près.

Il me sembla apercevoir un début de sourire aux coins de ses lèvres, comme si elle se moquait elle-même de la situation dans laquelle elle s'était retrouvée et j'en fus surpris et soulagé.

- Pourquoi as-tu attendu si longtemps pour venir me parler ? reprit-elle. Et qu'attends-tu de moi en fait ?

- Tu dois essayer de comprendre, tu pouvais être celle qui prenait soin de moi, tu pouvais être mon espoir de m'en sortir… c'était affreusement intimidant pour moi. Mais je t'en prie, n'en parle à personne…

- Mes amis disent que j'ai une imagination débordante, s'amusa-t-elle, alors même si je le faisais, et je ne le ferai pas, tout le monde croirait à une autre affabulation.

Elle me plaisait décidément beaucoup. Enormément même. Je l'avais apprivoisée et elle avait fini par se laisser approcher, me domptant à son tour. Maintenant, il s'agissait qu'elle ne s'envole pas trop vite.

Mars 2008

8

Je me fais peur. On m'a toujours dit que j'avais une imagination débordante, mais parfois elle me terrorise. Je me surprends à envisager des possibilités atroces, à me laisser entrainer dans des plans tordus qui ne me ressemblent pas, et tout cela parce que mes divagations m'ont emportée dans un univers qui m'apporte cette poussée d'adrénaline qui me manquait ici-bas. Qui n'a pas déjà rêvé être le héros d'un film d'action, ou celui d'une comédie romantique ? On l'a tous déjà fait, bien évidemment. Seulement je suis sans doute la seule à m'amuser à vraiment le transposer à la réalité. De temps en temps, je me retrouve à errer dans mes pensées comme dans un labyrinthe dont il me faudrait trouver la sortie et où je dois passer Dieu sait quelles épreuves pour y arriver. Un jour une amie m'a dit que je n'appartenais pas vraiment à ce monde, que je n'y étais que de passage, comme quelqu'un qui n'aurait pas d'invitation pour une fête. Quoi qu'il en soit, je me sens visiblement bien mieux à fantasmer à l'intérieur de ma tête qu'à vivre dans mon corps. Mais lorsque je sors de ce refuge de folles inventions, je tombe comme une pierre dans la banalité de ce qui m'entoure. Alors je commets l'irréparable, je cède à la tentation ultime de mêler réel et désir, insufflant le piquant qui me manque ordinairement. La plupart du temps ce n'est qu'une petite folie, un petit quelque chose qui fait courir mon sang dans mes veines et qui me donne l'impression d'être spéciale, unique même. Seulement depuis peu, je ne m'en contentais plus, mon imagination débordait littéralement sur ma vie sans que je puisse l'arrêter, et les idées avaient commencé à déferler, plus stupides et dangereuses les unes que les autres. Mais ce n'est que ce soir-là que j'ai réellement pris conscience de l'ampleur de ma névrose, ce soir où j'ai failli commettre l'irréparable.

Ma tête, mon Dieu ma tête. J'avais l'impression qu'on m'avait enfoncé un pieu dans le crâne. Ma bouche elle, était pleine d'une matière âpre et sèche, que je sentais s'effriter entre mes dents. J'étais allongée sur un sol dur et irrégulier et je pouvais sentir toutes les aspérités s'enfoncer entre mes côtes et dans mon dos. Un vague bruit familier m'arrivait aux oreilles, aigu et strident, formant une sorte de mélodie que je ne reconnaissais pas. Des oiseaux. J'ouvris les yeux soudainement, priant de tout mon être pour que je sois arrivée là où il fallait et fus éblouie par la lumière du soleil qui filtrait à travers le feuillage. Je relevai

péniblement la main pour m'en protéger et dû m'y reprendre à deux fois avant de réussir tant mes membres
étaient ankylosés. Je jetai un rapide coup d'œil à droite et
à gauche et ce que je vis me rassura grandement. J'avais
atterris sur les hauteurs de la butte, sur un amoncellement
de branchages. De la terre. Je me redressai laborieusement
et crachai avec répugnance la substance brune qui me recouvrait la langue. Je déglutis difficilement et fis un rictus
de dégoût. Mais cette moue se transforma soudainement
en sourire car je venais d'apercevoir en contre bas le bassin
et le banc, mon banc, et je sentis que je recouvrais mes
forces à mesure que l'excitation déferlait en moi. Je me
mis debout en quelques instants, vacillai une seconde,
m'époussetai rapidement les vêtements et m'apprêtai à
descendre la côte, heureuse et soulagée à la fois de me retrouver en terrain connu.

Je dévalai la pente, évitant soigneusement les racines
dont je connaissais l'emplacement par cœur, slalomant
entre les troncs et me retrouvai plus vite que je ne l'aurais
cru, debout sur les pavés fissurés de l'ancienne cour, à
quelques dizaines de mètres de la grille en fer. Un détail
m'interpella soudain. Elle était grande ouverte et le panneau n'était pas accroché. Je fronçai les sourcils. Je ne
l'avais jamais vue comme cela auparavant. Ce qui voulait
dire que quelqu'un était venu. Je frissonnai et m'avançai
lentement vers l'entrée, tentant de comprendre ce qui avait
pu se passer, mais, une fois arrivée devant les battants métalliques, je ne pus avoir qu'une sensation désagréable,

comme si je n'étais pas seule dans ce square. Je me tournai vers la butte, espérant trouver une explication rationnelle, mais rien. Les arbres étaient toujours plantés aussi serrés, leurs frondaisons s'emmêlant les unes avec les autres, le vent les faisant bruisser comme il l'avait toujours fait. Personne, il n'y avait décidemment personne. Je haussai les épaules sans être vraiment convaincue et me retournai. Je me retrouvai face à un homme d'une quarantaine d'années, une planche sur l'épaule, un marteau dans la main, qui me dévisageait d'un air borné :

- Vous n'avez rien à faire à faire là mademoiselle, c'est un chantier privé ici, dit-il d'un ton cassant.

Il me fit un signe désignant la rue et continua de me fixer d'un regard obtus, comme s'il avait déjà dit cette phrase des millions de fois dans sa vie et qu'il ne savait plus rien dire d'autre. Il avait une de ces barbes qui mangent le visage, désordonnée et inégale, mais touffue et coriace, d'un brun foncé, qui semblait rejoindre ses sourcils en passant par les tempes, laissant à peine la place à ses yeux et à sa bouche. Son nez était tordu et son front marqué par des griffures dans lesquelles se fixaient la saleté et la poussière, de telle manière que toute sa figure semblait d'un noir sale, comme s'il avait ramoné une cheminée. Tout son corps penchait d'ailleurs d'un côté, comme s'il avait dû se tordre dans le conduit pour réussir à y entrer tout entier. Ses épaules étaient larges et rudes, et sa tête semblait minuscule en comparaison. Rien n'avait l'air pro-portionné chez lui, il était trop petit par rapport à sa lar-geur, trop gras comparé à ses bras musculeux et trop im-posant pour son regard d'idiot profond.

- Z'êtes sourde ou quoi ? Je vous ai demandé de par-tir. Allez, ouste !

Non, décidemment ce n'était pas une lumière. Il me bouscula en passant et cracha derrière moi comme si j'étais une malpropre. Je n'avais aucune idée de qui cela pouvait bien être. Je ne l'avais jamais vu auparavant et un affreux doute m'envahi. Et si quelque chose avait été modifié à force de nos différents passages ? Et si je ne franchissais jamais cette grille pour m'assoir sur ce banc ? Et si… et si je ne le rencontrais jamais ? J'inspirai une grande goulée d'air et j'eus l'impression que j'étais en apnée depuis une éternité. Je sortis du square la tête basse et le cœur gros et allai me cacher un peu plus loin, de façon à pouvoir épier discrètement ce qui s'y passait. Je restai ainsi quelques mi-nutes et je vis d'autres hommes entrer et aller dans la même direction que celui qui m'avait chassé. Mais ceux-ci portaient un gilet jaune fluo bien caractéristique : c'étaient des ouvriers. J'en déduis que celui que j'avais rencontré devait être le chef de chantier puisqu'il n'avait pas la même tenue que les autres. Après tout, le square était en travaux, il n'y avait rien de très étonnant à ce qu'il y ait des travailleurs. Mais rien ne me rassurait. Je ne les avais jamais croisés et pourtant j'avais fréquenté cet endroit suffisamment de fois pour avoir remarqué si je n'avais pas été la seule à m'y rendre. Je fus interrompue dans mes réflexions par le retour du supposé chef que j'entendis ordonner à l'un des hommes d'une voix grasse et tonitruante :

- Tony, va m'faire un panneau à clouer à l'entrée. Ici les gens s'croient tout permis.

Il continua à marmonner dans sa barbe, donnant de grands coups de marteaux dans un clou qui s'enfonçait progressivement dans une planche peinte en vert dont je reconnus immédiatement la couleur. Je savais exactement ce qu'ils étaient en train de construire. Le prétendu Tony s'en alla chercher un morceau de bois et se mit à peindre en lettres noires que j'aurais reconnu parmi toutes, « Fermé au public pour travaux ».

J'aurais été incapable de dire combien de temps j'étais restée ainsi derrière un buisson, à observer leurs allers retours, mais la lumière se faisait plus rouge et, d'un rapide coup d'œil à la position du soleil, je pus deviner qu'il était aux alentours de 18h quand ils remballèrent leurs affaires et partirent définitivement. Le dernier saisit la pancarte et l'accrocha rapidement à la chaine qui fermait la grille, la laissant suspendue de travers, ne tenant réellement qu'à un clou. Je souris en silence. Tout était en train de reprendre

la place que je connaissais et cela me tranquillisa grandement. Je n'avais jamais pu rencontrer ces ouvriers
puisqu'ils partaient bien avant que je n'arrive, rien n'était
donc réellement grave pour l'instant. Il y avait cependant
une chose qui me dérangeait profondément. *Il* n'était pas
là. Il devait arriver aujourd'hui, c'était prévu comme cela
et si ce n'était pas le cas, rien ne serait plus comme avant.
Le calme était revenu sur le square et j'étais seule, me ca-
chant inutilement. Je dépliai alors mes membres engourdis
et me mis debout, décidée à tout explorer pour le trouver.

Je passai avec délice sous le nouveau panneau que je
connaissais bien, me glissant entre les battants métalliques
et retrouvai avec un plaisir sans pareil le calme du lieu.
Cependant, je ne m'arrêtai pas pour m'assoir sur ce banc,
ni pour passer mes mains dans l'eau fraîche du bassin.
Non, je continuai vers cette butte et m'engageait d'un pas
décidé sous le couvert des arbres. Il y avait une chose que
je ne comprenais pas. S'il était arrivé, comment cela se faisait-il qu'il n'ait pas été vu par les travailleurs ? Et pourquoi n'était-il pas sorti du square ? Peut-être qu'il ne savait
tout simplement pas où aller, mais cela ne me paraissait
pas logique qu'il n'ait même pas tenté de savoir où il était.
*Pourvu qu'il soit là, quelque part. Si ce n'est pas le cas,
tout cela aura été vain et...*

Je ne voulais même pas penser à ce que je deviendrais
alors. Une chose me rassurait : je me souvenais toujours de
lui. Cela voulait dire que je l'avais bel et bien rencontré un
jour. Un craquement me tira de ces pensées qui faisaient

galoper mon cœur de peur et d'espoir. Il venait des hauteurs. Je pressai l'allure, faisant le moins de bruit possible et finis par arriver à l'endroit d'où cela semblait venir. Rien. Il n'y avait rien ni personne. Le son se fit entendre à nouveau et je pus distinguer clairement une quinte de toux. Je me frayai un chemin dans la bonne direction, suivant les toussotements, et pilai net un instant plus tard. Il était là, assis par terre dos à moi, à cracher ses tripes comme je l'avais fait quelques heures auparavant.

Il était exactement comme dans mes souvenirs, avec ses cheveux blancs tombant sur son cou et son corps frêle et fragile qui lui donnait cette stature si particulière, était plié sous lui. Il émit un gémissement de dégoût en voyant la terre qu'il avait recrachée dans sa paume, puis s'immobilisa soudainement. Il retourna sa main dans tous les sens devant ses yeux, découvrant peu à peu les rides et les callosités qui recouvraient sa peau. D'un geste vif, il s'arracha quelques cheveux qu'il jeta au loin sitôt qu'il aperçut leur couleur et se leva aussi vite que son âge le lui permettait. Ses articulations craquèrent à mesure qu'il se redressait et il s'en alla d'un pas piteux et misérable.

Je le suivis discrètement, tentant de comprendre où il comptait partir et, après qu'il ait marché laborieusement quelques minutes, nous arrivâmes à la lisière des arbres. Il aperçut le bassin quelques mètres plus loin et s'y dirigea, d'une démarche qui me fit pitié, boitant à moitié, trainant ses jambes comme trop longues pour lui et je me cachai derrière un tronc, guettant ses moindres faits et gestes. Il s'appuya aux rebords en pierre et chassa d'une main les feuilles qui en recouvraient la surface. Il attendit quelques instants, sans doute pour qu'il puisse discerner son reflet de façon nette, puis ne bougea plus. Il resta comme cela quelques secondes et je ne pus qu'imaginer ce qu'il devait ressentir à cet instant précis. Brusquement, il leva son poing et frappa l'eau avec rage, s'éclaboussant au passage. Il se détourna et revint vers la butte avec des enjambées qu'il voulait sans doute grandes, mais qui montraient surtout sa gêne et son inconfort dû à son nouveau corps. Il passa à quelques mètres de moi, trébuchant sur des racines et évitant maladroitement les troncs, se réfugiant loin de ce miroir improvisé qui lui avait dévoilé ses années de trop. Je ne sus dire si sa joue brillait à cause de l'eau qu'il avait reçue ou s'il pleurait, mais j'eus un pincement au cœur si fort qu'il me fit monter les larmes aux yeux.

Je le suivis de loin, sachant pertinemment que malgré ma terrible envie de le serrer dans mes bras, il ne devait me voir sous aucun prétexte. Après quelques mètres seulement, j'entendis un grincement que je ne reconnus que trop bien : quelqu'un était entré dans le square, passant entre les grilles rouillées. Il se retourna et rebroussa chemin, intrigué ou plein d'espoir que quelqu'un lui vienne en aide. Je me déplaçai aussi vite que possible pour voir qui était cette personne et manquai de crier. C'était elle. Et il ne fallait en aucun cas qu'il la voie ce soir-là. Il ne l'avait pas encore aperçue et allait arriver à ma hauteur dans quelques secondes. Affolée, je me tournai dans tous les sens, cherchant désespérément un moyen d'empêcher cette rencontre. Une idée horrible me traversa la tête quand mon regard se posa sur une planche laissée là par les ouvriers, mais je manquai de temps pour trouver mieux. Je la saisis, les doigts tremblants et la brandis au-dessus de moi. Encore deux pas et il serait à ma portée. Encore un. Les yeux fermés de honte, je lui assénai un coup sur le crâne, ne sachant comment doser ma force et il s'affala de tout son long.

Je jetai la planche loin de moi et, les jambes flageolantes, je me laissai tomber à genoux près de lui. Il ne bougeait plus et je crus le pire. Je n'osai avancer ma main de peur d'avoir commis l'irréparable et pourtant il fallait que j'en aie le cœur net. J'approchai un index tremblant et terrifié et le posai sur sa gorge, espérant que j'allais sentir sur ma peau une pulsation régulière et rassurante. Je m'immobilisai, concentrant tous mes sens et je fermai les yeux. J'entendis mon affolement battre à tout rompre, résonnant dans tout mon corps et vrillant mes tympans tant le bruit sourd et effréné était fort. Je me forçai à respirer tranquillement, une fois, puis deux, puis trois et je sentis que le rythme de mon coeur reprenait peu à peu un tempo normal. Mais quelque chose vint le troubler, une irrégularité, une note de trop, lointaine et presque imperceptible. Puis il y en eu deux, qui vinrent compléter le métronome perturbé de mon cœur et je souris, comprenant qu'il s'agissait des battements du sien. Je soupirai. Je venais d'assommer l'homme que j'aimais pour l'empêcher de croiser le regard de la femme dont il était amoureux. Enfin, dont il serait amoureux.

EVA

Le pardon est une chose affreusement dure à obtenir. Surtout si la personne est déterminée à vous faire souffrir en vous laissant le plus longtemps possible ce sentiment de culpabilité qui vous dévore de l'intérieur. C'est de la torture. Alors vous risquez tout, vous vous mettez à nu, vous êtes prêts à n'importe quoi pour un mot rassurant, pour ne pas avoir à vivre le restant de vos jours avec sur la conscience une horreur pareille. Mais elle le sait et en profite, se délectant d'une douce vengeance, ne pouvant extérioriser autrement la douleur immense qui la dévaste. Vous ne pouvez même pas lui en vouloir, lui trouvant toutes les excuses du monde pour justifier ce comportement qui vous enterre un peu plus chaque jour. « Compte tenu de ce que j'ai fait, elle a bien le droit... » « Qu'elle me punisse autant qu'elle veut si seulement ça la fait se sentir mieux... ». Vous raisonnez en victime et plus la personne vous fera du mal, plus vous aurez l'impression d'être à même de com-

169

prendre ce qu'elle ressent. Mais elle ne vous a pas par-
donné pour autant et elle ne le fera jamais vraiment. Au
fond de vous, vous le savez, mais vous ne voulez pas vous
l'avouer. Le pardon est une chose affreusement dure à ob-
tenir et pour y parvenir, il faut se racheter d'une manière
ou d'une autre. Et c'est exactement ce que je m'apprêtais
à faire ce jour-là. J'allais changer le cours de la vie de ma
fille pour qu'elle me pardonne.

Un éclair blanc illumina toute la pièce, puis plus rien.
Il ne restait rien de ma fille, debout à quelques mètres de
moi une seconde auparavant. Elle avait tout simplement
disparu, comme si elle s'était évaporée. Les yeux fixant
désespérément l'endroit où elle s'était tenue, je ne bougeai
pas, incapable de faire le moindre geste tant j'étais inquiète. Pourtant, je lui avais dit que j'irais moi-même, qu'il
était hors de question qu'elle se retrouve bloquée là-bas
sans pouvoir revenir. C'était mon erreur, ma terrible erreur, et c'était à moi de la réparer. Mais elle n'avait rien
voulu entendre, répétant sans cesse que j'en avais fait suffisamment et qu'elle n'allait pas me laisser risquer de faire
une autre bêtise. Elle avait prononcé ce mot avec tant de
méchanceté et de mépris que je n'avais rien répondu, je
n'avais même pas tenté de la raisonner. Elle avait pris sa
décision, et rien de ce que j'aurais pu dire ne l'aurait fait
changer d'avis.

Alors nous avions revu de nombreuses fois la marche à
suivre une fois qu'elle serait là-bas, et elle semblait l'avoir

assimilée parfaitement. Je n'avais donc aucune raison valable de me préoccuper. Arrivée sur place, elle irait à l'adresse que je lui avais donnée, elle récupérerait la machine après mon passage, se ferait transporter dans l'autre sens et reviendrait ici avant que je n'ai eu le temps de m'en apercevoir. Il serait sain et sauf et chacun d'entre nous retournerait tranquillement à son existence. Violette continuerait ses études là où elle les avait arrêtées et pourrait filer un amour parfait avec lui. Je m'arrêtai soudain dans ma réflexion. Quelque chose clochait. Comment pourrait-elle vivre avec lui si… si elle ne l'avait jamais rencontré ?

L'évidence me frappa de plein fouet. Elle n'allait pas reprendre le cours normal de sa vie. Elle ne connaitrait jamais Guillaume. Et tout cela par ma faute. Il y avait une erreur flagrante dans mon plan et je ne l'avais même pas vue au bon moment. Pourtant, elle ne m'avait chargée que de réparer la machine et de trouver un moyen de changer le destin funeste de son amour et même cela je n'en avais pas été capable. Je frappai du poing sur la table. J'étais une imbécile. Je ne comprenais pas comment j'avais pu laisser passer cette énormité. Ni comment elle n'avait pas pu s'en apercevoir. Sauf que cela, je n'en savais rien après tout. Soit elle ne s'en était pas rendu compte et il fallait que je trouve un moyen de la prévenir, soit elle l'avait compris… et elle ne suivrait jamais le plan que nous avions conçu. Dans tous les cas, il fallait que j'aille à sa recherche. Immédiatement.

Je faisais les cents pas dans mon salon depuis dix minutes déjà et je ne voyais pas comment résoudre ce problème sans interférer avec ce que Violette avait peut-être déjà prévu. Il fallait que je fasse en sorte qu'ils se rencontrent. Je n'avais aucune information sur son domicile, ni sur ses habitudes. Je ne savais rien de lui. A bien y réfléchir… ce n'était pas tout à fait vrai. J'avais un renseignement incontestable et j'allais pouvoir m'en servir. Je connaissais l'école où il étudiait. Ce que je devais faire m'apparut alors si clairement, que je fus presque sceptique et m'obligeai à dérouler plusieurs fois dans ma tête l'idée que je venais d'avoir.

C'était assez simple. Je n'avais qu'à me faire transporter avec la même configuration que Violette, à la suivre pendant qu'elle-même me suivrait, et voir ce qu'elle ferait. Là, deux solutions allaient s'offrir à moi : soit elle suivrait le plan et il faudrait les faire se connaitre malgré tout ; soit elle me désobéirait et elle n'aurait même pas à m'apercevoir. Le problème pour moi serait de revenir. Il faudrait que je répare la machine sur place et je ne savais pas si j'avais la moindre chance que cela fonctionne. Si je me retrouvais coincée là-bas, les conséquences pourraient être désastreuses pour tout le monde. Je me fichais bien de savoir ce que j'allais devenir, mais je ne pouvais pas me permettre de compromettre le futur de nombreuses personnes pour que ma fille le rencontre bel et bien. Je n'avais plus cet égoïsme depuis que j'avais posé la machine, ce soir d'août il y a presque cinq ans maintenant. Je ne devais donc pas partir sur un coup de tête. Il fallait que j'emmène tous mes dessins, mon matériel et que je ne me trompe pas cette fois-ci. Je jetai un coup d'œil rapide à l'horloge de la cuisine. 11h 50. Cela faisait 20 minutes qu'elle était partie, il me restait environ six heures pour me préparer convenablement. Le compte à rebours était enclenché.

A 18h10, j'étais fin prête à partir. Un sac à dos balancé sur l'épaule avait été préparé par mes soins, et je me sentais confiante. Après tout, j'avais déjà fait le trajet une première fois, je savais exactement ce qu'il me fallait. Le plus dur serait de modifier l'appareil sans me faire prendre. Et de faire se rencontrer les deux amoureux. Et de ne pas interférer avec quoi que ce soit. *Je rectifie, ce ne sera pas si facile que cela.* Je soupirai. Je devais penser à ma fille en premier lieu, le reste, j'aviserais sur place. Les aiguilles indiquaient 18h20 quand je me mis en position. Moins d'une demi-heure après, j'allais être fixée sur ce qui m'attendait. C'était terrifiant et excitant à la fois. *Presque comme dans un film.* A l'exception que j'y aurais joué le rôle de la méchante qui se repent et que ce personnage-là n'a jamais le droit à une « happy end». Mes yeux croisèrent le filet lumineux et je sus qu'il ne restait que quelques secondes avant que je ne m'en aille. *Espérons que l'on ne soit pas vraiment dans un film. Ou alors un de ceux où les méchants ne meurent pas à la fin.*

EVA

Janvier 1994

On ne sait jamais quand un rêve peut tourner au cauchemar. Tout peut sembler se passer comme dans nos délires les plus fous et mieux encore, pour soudainement s'écrouler sans crier gare. Chacun se dit que cela ne lui arrivera pas, pas à lui, qu'il est plus fort, plus sûr de lui que ceux qui ont sombré. Et pourtant cela touche n'importe qui, comme une roulette russe infernale. Des millions de balles pour des milliards d'êtres humains et pas une seule des dizaines de lois de probabilités que j'avais pu apprendre ces dernières années ne pouvait prédire quel rêve serait impacté. Mon esprit scientifique rationalisait la chose et me rassurait quant à la chance qu'un tir me soit réservé. Et puis, il y a plus que la chance, m'étais-je dit un jour où j'avais voulu étudier la question, il faut savoir réfléchir correctement. Saisir les opportunités qui semblent judicieuses en laissant de côté les risques et les tentatives incertaines. Il n'y a aucune raison de se laisser

175

prendre dans un tourbillon dont on ne pourrait plus se sor-
tir, et si nous faisons suffisamment de calculs, que nous
anticipons bien, nous réduisons grandement les éventuali-
tés, quelles qu'elles soient. C'est mathématique, et moi
cela me rassure. Les nombres m'ont toujours réconfortée
de toutes façons. Ils sont toujours là, toujours à la même
place, fiables et constants. A partir du moment où je peux
m'y raccrocher, rien ne m'inquiète. Et ce jour-là plus que
n'importe lequel, j'aurais dû réfléchir à la probabilité que
cela m'arrive à moi, et pas à une autre. Mais pour la pre-
mière fois de ma vie, je fus trop enthousiaste pour m'y ré-
férer. Et de toute mon existence, je n'eus jamais aussi tort
que cette fois-là.

« Trois… Deux… Un… Bonne année ! ». Les étu-
diants et les professeurs de l'université criaient en tous
sens, se serrant dans les bras et se donnant la bise tradition-
nelle du nouvel an. Une coupe de champagne à la main, je
restais à l'écart de cette profusion de joie et d'accolades.
Je n'avais pas le cœur à la fête cette année. Par la fenêtre,
la neige tombait lentement, tapissant en silence le campus
d'une fine pellicule givrée, et je me perdis dans la contemplation de ce spectacle blanc qui me ramenait douze mois
en arrière. Les souvenirs revinrent alors par milliers, précis
comme si la scène s'était déroulée devant mes yeux.
C'était en décembre de l'année précédente, quelques jours
avant les vacances d'hiver. Assise sur un banc recouvert
d'une dizaine de centimètres de poudreuse, je m'étais

plongée dans un livre sur les particules élémentaires, emmitouflée jusqu'au nez, traçant du bout du gant dans la neige les schémas à retenir. Cela faisait alors quatre ans que l'université où j'avais étudié m'avait recrutée pour faire de la recherche en biophysique et en nouvelles technologies, mais je devais encore faire mes preuves. Depuis quelques mois j'avais réussi à avoir des résultats plus que probants, et le doyen était venu me voir en personne pour superviser l'avancée de mes travaux. Je devais donc me montrer à la hauteur et ne pas décevoir les espoirs que l'on avait placés en moi. J'étais plongée dans une équation particulièrement complexe quand deux silhouettes noires s'étaient découpées sur la blancheur environnante, à quelques pas de moi.

J'avais levé les yeux et vu qu'il s'agissait d'une femme et d'un homme, d'une trentaine d'années environ, l'air grave et le regard profond. Ils s'étaient approchés et assis sans un mot, de part et d'autre de moi sur le banc, écrasant la neige et effaçant mes dessins. Ce qui suivit resta relativement flou dans ma mémoire, comme si j'avais tenté de l'effacer. Seuls les mots « accidents du travail » et « désolés pour votre perte » résonnaient encore dans ma tête jusqu'à ce jour. Après une vague tape sur l'épaule, ils étaient repartis comme ils étaient venus, noirs, sérieux et silencieux, et en un instant, j'avais perdu mon père. J'avais alors ramassé mon livre que j'avais laissé tomber et l'avais ouvert là où je m'étais arrêtée, mais je fus obligée de le refermer quelques secondes plus tard, les pages trempées de larmes.

- Bonne année Professeur Tennequin !

Elodie Miscard, major de promotion, se tenait devant moi, les joues rougies par l'alcool et l'euphorie, un sourire ravi aux lèvres. J'en esquissai un de mon mieux et la lui souhaitai à mon tour, puis m'excusai et sortit de la salle surchauffée qui m'étouffait pour me réfugier sous la neige. Je n'étais pas d'humeur pour des salamalecs et des expressions forcées ce soir-là, et encore moins pour les regards de pitié qui m'étaient adressés depuis un an. C'était par « compassion pour mon épreuve psychologique » que les membres de la commission m'avaient récemment accordé la charge d'un projet qui m'intéressait malgré mes résultats désastreux des derniers mois. Le prix de la chercheuse émérite de l'année 1993 m'avait été décerné, à nouveau, par commisération. C'était comme si je n'inspirais que cela.

Je me sentais l'âme d'un chiot abandonné à qui l'on aurait donné des croquettes et des caresses parce qu'il faisait de la peine. Je serrai les dents. Oui, me lever tous les matins me demandait un effort surhumain. Oui, voir les grands titres dans les journaux qui montraient les progrès archéologiques auxquels mon père ne pourrait plus jamais participer me faisait piquer des accès de rage sans pareils. Oui, il était parti trop tôt et oui j'étais rentrée dans une dépression sans fond depuis. Mais rien de cela ne leur donnait le droit de me dévisager comme ils le faisaient, de me juger et de prétendre me comprendre. Ils n'avaient tout simplement pas le droit.

« Mlle Tennequin ? Professeur Eva Tennequin ? demanda une voix féminine derrière moi, me sortant de mes pensées. »

Je me retournai et vis deux femmes vêtues de noir, l'air réjoui. Je ne les avais jamais rencontrées auparavant, mais la vue de ces silhouettes qui se découpaient sur la neige me donna une sensation de malaise et envie de vomir. Sur la défensive, je questionnai :

- Qui la demande ?
- Ministère de l'enseignement supérieur et de la recherche, dit la deuxième femme en me montrant un badge, département scientifique.

Je ravalai soudainement mon agacement et mes souvenirs insupportables et tendis une main que je voulus franche et décidée :

- Enchantée. Que me vaut ce plaisir ?
- Vos supérieurs nous ont parlé de vous, de vos grandes compétences et de vos différentes récompenses, prononça la première femme en me serrant la main, d'un ton qui se voulut sans doute admiratif mais qui me fit davantage penser à quelqu'un qui cacherait quelque chose.

Nous serions très intéressés pour que vous fassiez partie de notre équipe dès la fin de l'année.

- Votre… votre équipe ? Mais en quoi cela consisterait-il ?

- Nous vous assignerons à une branche particulière, reprit la seconde, celle où les meilleurs scientifiques en nouvelles technologies reprennent des projets considérés comme infaisables. C'est un immense défi pour vous, mais aussi une opportunité sans pareille.

- Je… je ne sais pas quoi dire…

- Vous n'avez pas à nous donner de réponse immédiatement, mais nous aimerions nous entretenir avec vous dès que possible, me coupa celle qui venait de parler. Voilà nos coordonnées, rappelez-nous avant la fin de la semaine si vous êtes intéressée.

Elle me donna une carte de visite plastifiée sur laquelle figurait le logo du ministère et le nom des deux femmes qui se tenaient devant moi, ainsi qu'un numéro de téléphone, un email et une adresse postale. Emilie Dutral et Charlotte Longiman. La femme qui m'avait parlé en premier me tendit la main et je la serrai, intimidée et ébahie, ne sachant pourquoi des personnes du ministère se déplaceraient en personne un premier de l'an pour me demander de rejoindre leur département.

- Une dernière chose professeur, me dit-elle sans desserrer ses doigts. Ne parlez pas de cet échange à qui que ce soit. Si vous y tenez, vous vous contenterez de dire qu'on vous a offert un nouveau travail. C'est tout.

Je hochai la tête, médusée par ce qui venait de m'arriver et elles tournèrent les talons, me laissant plantée là les yeux fixés sur le morceau de plastique, sous la neige qui tombait drue désormais. Lorsque je relevai les yeux, elles avaient disparu, aussi vite qu'elles étaient apparues.

Les heures suivantes furent très agitées. Je ne tenais plus en place, excitée par cette chance et enchantée de l'honneur qu'on me faisait en me la proposant. Au fond de moi, il y avait tout de même une petite voix qui me disait de me méfier, que cela semblait trop beau pour être vrai, mais je la fis vite taire, trop comblée par ce qui m'arrivait. Dès que je réussis à me calmer, je composai le numéro de Julien, mon mari depuis cinq ans maintenant, qui passait Noël en famille avec notre fille de quatre ans. Après quelques sonneries, il décrocha en chuchotant et me dit qu'elle dormait juste à côté de lui et qu'il ne voulait pas la réveiller. Je lui expliquais sans attendre qu'une occasion de toute une vie m'était proposée et que j'allais accepter. J'omettais consciencieusement de préciser mon futur employeur et la nature de ce qui m'attendait, mais je parlais trop rapidement pour le laisser demander plus de détails.

Nous restâmes à discuter quelques minutes, imaginant ce qui pourrait bien m'attendre l'année prochaine, puis je fus rappelée à l'intérieur par une collègue. Je raccrochai et la suivis pour assister au toast annuel du doyen, un sourire immense plaqué sur la figure, laissant pour le temps de la soirée, dans un coin neigeux de ma mémoire, la mort de mon père.

Le deux janvier à la première heure, je sautai sur mon téléphone, trop impatiente pour attendre un jour de plus et la femme au bout du fil se présenta comme Charlotte Longiman. Je m'introduisis à peine car, dès l'instant où j'eus prononcé mon nom, elle me dit qu'elle voyait très bien qui j'étais et qu'elle allait immédiatement fixer une date de rendez-vous. Surprise, mais trop heureuse pour le rester, j'acceptai un entretien pour la fin de la semaine et raccrochai en la remerciant mille fois. J'occupai les jours qui suivirent à relire tous les livres que j'avais étudiés depuis le début de mes recherches, passant en revue tout ce que je connaissais, toutes les découvertes mêmes infimes que j'avais pu faire et en oubliai presque de dormir et de manger. Le vendredi arriva sans que je m'en aperçoive et je sortis de l'entretien avant même d'avoir l'impression d'y être entrée. Cela m'avait semblé presque trop simple.

Après quelques questions techniques pour évaluer mon niveau, ils m'avaient simplement demandé mes disponibilités. Suivit un interminable interrogatoire administratif, portant aussi bien sur ma situation familiale que sur mes assurances, mes revenus de l'année précédente et ma domiciliation. Mais le plus étrange restait encore à venir. Ils m'avaient longuement expliqué que je m'engageais dans un contrat absolument confidentiel et qu'il allait falloir me créer un faux métier aux yeux de mes proches. Nouvel intitulé, nouvelle feuille de paie, nouveaux horaires et lieu de travail. En aucun cas, il n'allait falloir que je parle de mes travaux à qui que ce soit en dehors des laboratoires. Je pourrais conserver mon nom et mon identité personnelle mais le reste devait demeurer strictement secret. J'avais hésité l'espace d'une seconde, me demandant si je serais capable de mentir à tous ceux que j'aimais, puis m'étais décidée, ne pouvant laisser passer une telle opportunité. Après de nombreuses signatures sur de nombreux papiers, ils m'avaient demandé si j'avais une préférence pour la profession factice. Ma réponse avait été simple et immédiate : membre d'une équipe d'archéologie, comme mon père. L'homme qui me faisait face avait souri, et avait entré l'information dans sa base de données. Quelques minutes plus tard j'étais sortie, effarée par la rapidité de l'embauche. Je rentrais chez moi la tête fourmillant de questions et d'informations mais radieuse comme je ne l'avais jamais été. Ce soir-là, je pris Violette dans mes bras et embrassai mon mari tendrement, sans me douter que dans un an, j'allais accepter le projet qui changerait à jamais le cours de nos vies, et qui ferait de ce rêve un cauchemar.

8

Vous êtes-vous déjà demandé si vous aviez une bonne étoile ? Une sorte de personne qui veillerait sur vous quand vous dormez, qui prendrait soin de vous constamment sans que vous le sachiez ? Parfois, je me demande si la mienne n'est pas constituée de toutes les personnes qui me sont chères, unies pour me protéger, comme des anges gardiens. D'autres aiment à penser qu'il s'agit d'un de leurs proches défunts qui, depuis son départ du monde des vivants est capable de les protéger. Et puis il y a ceux qui ne croient en rien, qui pensent qu'ils sont seuls au monde. Ceux-là sont les plus malheureux, car ils perdent toute la part de bonheur qui vient avec la croyance. Ce n'est pas une question de religion, ni de foi. Les incrédules n'auront tout simplement jamais la même espérance, le même petit quelque chose qui les fait continuer leur route. Le plus beau cadeau qu'on puisse leur faire est de leur donner cet espoir, cette étincelle, car une fois ce feu allumé, plus rien

185

ne peux l'arrêter. Un peu comme l'amour, oui… exacte-
ment comme l'amour.

Assise sur le banc, elle n'avait rien entendu, ne se dou-
tant pas le moins du monde de ce qu'il venait de se passer.
Je me relevai, encore tremblante de ce que j'avais fait et
me mis à chercher une solution pour le corps sans connaissance qui se trouvait à mes pieds. Il pouvait reprendre
conscience à tout moment et elle ne semblait pas prête à
partir, trop visible à mon goût de là où l'on se trouvait. Il
fallait donc que je le transporte dans un endroit où il serait
incapable de la voir. La réponse me parut tout à coup évidente et je ris en silence. J'attrapai ses poignets et me mis
à le tirer, ses jambes trainant dans la terre et se cognant aux
racines. Après quelques mètres à peine, je fus obligée de
faire une pause, tant mes bras me lançaient, mais je m'obligeai à continuer sans me laisser vraiment le temps de me
reposer, de peur qu'il n'ouvre les yeux et me voie. Epuisée,
j'arrivai enfin à l'endroit espéré, de longues minutes plus
tard.

Le cabanon était flambant neuf. D'un vert éclatant, les
planches étaient clouées les unes aux autres et un écriteau
indiquant « Peinture fraîche » était pendu à la poignée.
Tout était comme dans mes souvenirs, ce qui voulait dire
qu'ils l'avaient terminé et qu'ils ne reviendraient plus de
ce côté. Je posai ses mains et tirai le battant vers moi. Des
sacs de terre étaient empilés dans un coin et les outils jonchaient le sol, n'attendant que l'arrivée du futur jardinier
qui s'occuperait du square une fois les travaux finis. Pour

l'instant, il fallait que je fasse de la place pour l'occupant actuel. Je poussai en silence toutes les pelles, râteaux, pioches et bêches contre un des murs et déplaçai les sacs de terre sur le côté. Quand j'eus fini, je le trainai à l'intérieur, l'allongeant dans l'espace que j'avais dégagé et refermai la porte derrière moi, le laissant seul dans ce qui lui servirait de maison pour les prochains mois.

Je restai assise derrière la cabane pendant plus d'une heure, attendant d'entendre du bruit, signe qu'il se serait réveillé et quand le soleil eut presque disparu je l'aperçus, sortant de l'abri, se massant la tête, regardant autour de lui. C'était le moment pour moi de m'éclipser. Elle n'était plus assise sur le banc et j'en conclus qu'elle avait dû s'en aller. Il fallait que je trouve un endroit où dormir. Je n'y avais pas pensé une seule seconde, concentrant mon énergie sur lui et sur le bon déroulement des évènements, mais il n'était pas question que je rentre chez moi... puisque j'y étais déjà. Un hôtel une étoile qui ne payait pas de mine éclairait le trottoir de l'autre côté de la rue, et je décidai d'y poser mes affaires le temps de réfléchir à la suite.

Quelques minutes plus tard, j'étais face au réceptionniste qui somnolait, la tête baissée et je dus l'interpeller à plusieurs reprises avant qu'il ne réponde. Je demandais une vue sur rue et, une fois seule dans la chambre, je constatai avec bonheur que je pouvais voir de ma fenêtre ce qui se déroulait dans le square. Je me laissai tomber sur le lit, épuisée par la journée que je venais de passer. Tout ce qu'il me restait à faire dans les prochains mois me donnait le vertige. Personne ne m'aiderait, personne ne devait même connaitre mon existence. Je venais de faire la réservation à un autre nom, et j'allais devoir être vigilante à ne laisser aucune trace de mon identité. Je soupirai. Je détestais mentir, me cacher et surtout je ne pouvais supporter de le voir à quelques mètres de moi tout en sachant que je ne pourrais jamais lui signifier ma présence. Une tristesse monstrueuse m'envahit, et j'aurais donné tout ce que je possédais pour me raccrocher à quelque chose de familier. J'eus un besoin irrépressible de revoir ma mère, mon père, et l'ambiance qui régnait chez moi quand rien de tout cela n'était encore arrivé. Rien qu'un regard, pas plus. Je me levai, récupérai mon sac et fermai la porte de la chambre à clé, me retrouvant en peu de temps dans l'air froid de la nuit. Une quinzaine de minutes plus tard, j'y serais.

Les fenêtres déversaient sur le jardin une lumière jaune. C'était l'heure du dîner. Je m'approchai encore, me fondant dans la pénombre d'une obscurité sans lune. Derrière la vitre de la cuisine, je pouvais les voir tous les trois, attablés devant des assiettes fumantes. Ma mère la regardait d'un air attentif pendant qu'elle racontait sa journée, et mon père souriait de temps à autre, sans doute au moment où elle devait faire ces apartés qui les faisaient tant rire tous les deux. Ils étaient heureux. Ils étaient surtout tous les trois, ensemble, et rien n'avait l'air de pouvoir les séparer. *Si seulement ils savaient ce qui les attendait…* Dehors, la température baissait et bientôt il se mit à pleuvoir. Pourtant je restai là, sans bouger, les cheveux dégoulinants et les vêtements trempés, ne pouvant me résoudre à quitter cette vision qui m'avait tant manqué. Ils se levèrent de table peu après et je la vis remonter dans ma chambre, laissant mes deux parents discuter en rangeant la vaisselle. Mon père finit par laisser ma mère devant une tasse de thé et sortit à son tour de la pièce. Elle était proche, et pourtant tellement inaccessible… La rancœur que j'avais à son égard depuis deux ans semblait s'être évaporée soudainement, laissant place à une immense mélancolie de ces moments dont je n'avais pas suffisamment profité.

Ma main me démangeait et je mourus d'envie de toquer pour me jeter dans ses bras. Il ne fallait pas, et je le savais pertinemment. Je voulais juste entendre le son de sa voix, rien qu'une fois. Je m'étais approchée de l'entrée, le doigt levé, prête à sonner mais ne pus me décider à le faire. Je reculai, de peur de faire quelque chose que je regretterais par la suite, et fis tomber un pot en terre cuite de la petite colonne sur laquelle il était posé. *Forcément.* J'aperçus ma mère se lever et disparaitre de mon champ de vision. Ses pas se rapprochaient. Mais j'étais déjà sortie du jardin lorsqu'elle ouvrit la porte, et je courais déjà sur le trottoir, les larmes se mêlant à la pluie qui ruisselait sur mes joues au moment où je l'entendis demander :

« Qui est là ? »

Les jours et les semaines se succédèrent et je finis par prendre mes habitudes. Tous les matins, je partais en quête de victuailles à déposer à l'entrée de la cabane, puis je rentrais à l'hôtel et attendais le soir pour l'observer en contrebas. J'avais réussi à dénicher un vieux matelas et deux coussins que j'avais transportés jusqu'au cabanon, espérant qu'il ne chercherait pas un autre endroit pour rester si je le traitais suffisamment bien. Pour ma part, mes économies baissaient à vue d'œil et je voyais arriver le moment où je ne pourrais plus payer mes nuits. A l'exception de ces moments d'inquiétude, rien de spécial n'était venu troubler mon quotidien pendant plus d'un mois. Puis il y eut cet après-midi d'avril où j'étais restée bien au sec dans ma chambre, une pluie torrentielle s'étant abattue sur la ville quelques heures auparavant.

Le nez collé à la vitre, j'avais attendu de voir si elle viendrait tout de même, et j'avais regardé les parapluies passer, pressés, se croisant dans la rue sans s'arrêter. Au moment où je m'étais apprêtée à m'allonger sur le lit, lassée par ce spectacle morose et répétitif, j'avais été témoin d'une scène que personne ne m'avait racontée. Ma mère était arrivée devant les grilles, d'un pas rapide et s'était arrêtée soudainement, les yeux rivés sur une feuille qu'elle tentait de protéger de la pluie. Elle était restée là quelques secondes sans bouger, sans manteau ni parapluie sous le déluge, et avait fini par tourner son regard vers le square. Elle s'était écroulée brusquement sur le trottoir, et n'avait plus bougé pendant de longues minutes où je m'étais demandé ce qu'il pouvait y avoir de si affreux sur ce papier. J'avais été convaincue d'une chose : c'était la première fois qu'elle revenait voir le lycée, ou du moins ce qu'il en restait depuis qu'elle avait posé la machine. C'était la seule raison qui pouvait expliquer qu'elle eut été si troublée en voyant l'endroit. Elle avait fini par se relever, lentement et était repartie, la tête basse et les vêtements trempés. Ce soir-là, je ne dormis pas. Ce n'était pas seulement sa vision, si impuissante et désemparée qui m'avait empêchée de trouver le sommeil. Une semaine plus tard, il allait *la* rencontrer. Pendant toute la nuit, je m'étais repassé en boucle le premier échange qu'ils auraient et que j'avais déjà eu avec lui, deux ans auparavant, et je souris rien qu'à y songer :

- Repartons à zéro. Bonjour, moi c'est Violette.
- Bonjour Violette, dit-il en me serrant la main doucement, je m'appelle Guillaume.

EVA

Impossible. C'était un mot qui m'avait toujours rassurée. Lorsque quelque chose m'échappait, lorsque je n'avais plus le contrôle d'une situation ou que je ne voulais pas croire à ce qui était en train de se passer, je me disais simplement que c'était impossible. En un quart de seconde, mon cœur rattrapait son rythme normal et mon incrédulité me sauvait d'une panique folle. Un des avantages de la science. Vous rationnalisez tout tellement vite que vous n'avez pas le petit soupçon de terreur qui traverse ceux qui pensent que tout est possible. Certains diront que ma vie est morne, qu'elle est terne sans les belles couleurs d'une once de magie ou de songe, mais je me porte très bien ainsi. Je ne suis pas une rabat-joie, seulement clairvoyante. Je sais tirer de mes cauchemars les plus horribles les leçons nécessaires pour que ma vie ne se déroule pas ainsi ; je sais que mes rêves les plus fous ne se réaliseront jamais et je ne m'y accroche pas comme à *une promesse. Je sais qu'ils sont impossibles, tout simplement impossibles et ma certitude me suffit pour me créer un monde apaisant autour de moi, aux proportions vraisemblables. Nous humains sommes si stupides à nous raccrocher désespérément à ce pouvoir qu'on pense tenir entre nos mains quand nous avons une certitude, que nous ne voyons pas arriver ce qui la fera voler en éclats. Si quelqu'un m'avait dit qu'un jour mon rêve le plus fou et mon pire cauchemar viendraient se mêler dans un univers où plus rien n'est sûr, je n'y aurais pas cru et je lui aurais ri au nez, certaine que c'était impossible. Un mot que je n'utiliserai plus, jamais.*

Je la dévisageai, stupéfaite. J'étais arrivée dans ce monde quelques minutes auparavant, et j'avais déjà rencontré deux personnes que je n'aurais jamais cru revoir de ma vie. La première n'était autre que mon père. Mon père qui était mort plus de dix ans auparavant, mon père que j'avais pleuré des années durant, mon père à qui j'avais fait hommage en prenant son métier comme identité factice. Mon père. Je n'en revenais pas. D'ailleurs, j'étais persuadée de rêver. Cela ne se pouvait tout simplement pas. La deuxième n'était pas moins surprenante et je n'en croyais toujours pas mes yeux. Ma fille était devant moi, un sourire sur le visage, me disant qu'elle était contente de me voir. Et moi donc ! Mais cela n'en rendait pas la chose plus réelle. Quelque chose me gênait : elle ne ressemblait pas tout à fait à la Violette que je connaissais, comme si elle avait… vieilli. Mon cœur manqua un battement. Il n'y avait qu'une explication à cela, mais il était hors de question que je l'admette. Je m'approchai, espérant qu'au moment où je l'effleurerais, elle s'évaporerait comme un mirage, mais lorsque je posai ma main sur sa joue, elle referma ses doigts sur les miens, et je pus clairement sentir la chaleur de sa peau. Mon père était amusé, simplement, comme si cela allait de soi. A vrai dire, je semblais la seule étonnée dans cette histoire. Réitérant ma tentative pour vérifier que je ne rêvais pas, je voulus le toucher également, mais mon bras passa au travers du sien. Je reculai vivement, le cœur au bord des lèvres. Il me dit tendrement, d'une voix que j'avais oubliée depuis trop longtemps:

- Ne t'inquiète pas ma chérie. Je ne suis pas matériel ici, du moins pas toujours, ce n'est qu'une projection de moi que tu vois, dirigée depuis le monde réel.

J'ouvris des yeux hallucinés. Il y avait trop d'informations que je n'arrivais pas à assimiler dans la phrase qu'il venait de prononcer. Si sa *projection* comme il l'appelait, arrivait à interagir avec nous, cela voulait dire que quelqu'un le commandait. Etait-ce lui-même ? Serait-il encore… vivant ? Et où étions-nous ? Quel était ce « ici » dont il avait parlé ?

- Je n'ai pas beaucoup de temps, prononça Violette d'une voix pressée, coupant le flot ininterrompu de questions qui déferlaient dans ma tête. Vous aurez plus d'un mois pour comprendre les choses, mais il faut que vous m'écoutiez et que vous reteniez tout ce que je vais dire. La vie de l'homme que j'aime en dépend. La mienne aussi par la même occasion, mais c'est un détail. L'important c'est de le sauver.

J'échangeai avec mon père un regard surpris. Ma fille n'était pas celle que j'avais laissée à la maison, en pleines vacances d'été, redoutant sa rentrée en classe de seconde. C'était une jeune femme mature, réfléchie et prête à se sacrifier pour quelqu'un. C'était une Violette amoureuse qui se tenait devant nous, et je n'avais pas la moindre idée de quel homme elle parlait.

-   Maman, reprit-elle, il va falloir que tu me croies. Je sais que tu ne démords pas des chiffres et des calculs, mais il faut que tu laisses l'impossible te paraitre probable, je t'en prie. Si tout réussit, tu pourras te débarrasser de la culpabilité qui te rongera dans quelques temps et quitter ce travail que tu hais tant. Grand-père, il faudra que tu aides ma mère, autant que tu le peux et ne t'inquiète pas, dans trois ans, tu seras libre et tu retrouveras ta famille. En tous cas, si tout se passe bien.

Elle marqua un temps d'arrêt, nous laissant le temps d'intégrer ce qu'elle venait de dire, mais aucun de nous ne put se défaire de l'air effaré avec lequel nous la fixions. Tout le temps du monde n'y aurait rien changé. Elle venait de nous décrire des choses que nous n'avions encore jamais vécues ou ressenties, corroborant ma théorie que j'espérais fausse. Violette venait du futur.

- Dans un mois jour pour jour, continua-t-elle sans se soucier de nos réactions, un garçon va arriver. Il s'appelle Guillaume et il a quinze ans. Maman, tu l'accueilleras comme si c'était ton propre fils, et Grand-père, dit-elle en se tournant vers mon père, tu lui expliqueras tout ce que tu sais sur ce monde et tu l'aideras à se souvenir de comment il est arrivé ici.

Nous avions le souffle coupé. Elle nous dictait nos actions du mois prochain avec une facilité déconcertante. Ce n'était décidemment plus la Violette timide et indécise du monde réel. Nous avions devant nous une personne si fougueuse et sûre d'elle-même que nous n'osions pas intervenir.

- Vous aurez un peu moins de trois ans pour tout lui dire, affirma-t-elle comme si elle venait d'énoncer une banalité, car le 7 juin 2008 vous devrez faire en sorte de m'amener dans ce monde. La version de moi que vous avez devant vous va disparaitre dans peu de temps car ce que je vais vous dire va modifier le cours du futur, futur où je n'aurais aucune raison de revenir ici. C'est donc la Violette de dix-huit ans que vous devrez faire atterrir ici. Ce que je vais vous dire maintenant, il ne faudra jamais en parler à Guillaume, sous aucun prétexte. S'il l'apprend, cela pourrait tout changer, et avoir des conséquences monstrueuses.

Je me tournai vers mon père, espérant le voir aussi désarçonné que moi, mais il avait simplement les paupières closes et les sourcils froncés, comme s'il se concentrait sur quelque chose d'extérieur à tout cela. Violette l'observait tranquillement et son regard disait clairement qu'elle savait ce qu'il faisait. J'eus la désagréable impression d'être la seule à ne rien comprendre. Quelques instants plus tard, il rouvrit les yeux et elle reprit ses explications, me laissant à ma totale incompréhension.

-    Pour m'amener ici, vous devrez simuler un accident de voiture et pour cela, maman tu devras contrôler les actions de ton double réel. Ne t'inquiète pas, dit-elle gentiment en voyant mon air ahuri, grand-père t'expliquera comment faire. Il faudra que tu crées un sédatif puissant, suffisamment pour me plonger dans un coma prolongé, puis tu devras me renverser pour de faux, m'injectant alors le produit que tu auras préparé. C'est la seule solution pour me faire rejoindre ce monde sans passer par ta machine, et sans éveiller de soupçons. Une fois que je serais arrivée, vous m'expliquerez tout. Puis vous me présenterez Guillaume qui n'aura aucune idée de ce qui se sera passé, et c'est là que les choses se compliquent.

Elle reprit son souffle, et inspira de grandes goulées d'air, comme si ce qu'elle allait dire lui coûtait terriblement. Elle resta silencieuse une seconde puis déclara sans marquer de pause :

-    Vous leur direz que le double de Guillaume va mourir. Un accident de voiture, mais un vrai cette fois, juste devant l'hôpital, le 29 juin 2008 dans l'après-midi.

Elle nous sourit légèrement, comme soulagée de s'être libérée de ce poids, puis elle reporta son regard sur sa main qui devenait de plus en plus transparente, presque évanescente. Elle avait dans les yeux une sorte de résignation heureuse, un air d'abandon total et prononça d'une voix apaisée :

- Je compte sur vous.

Et, se désagrégeant en milliers de petites poussières lumineuses, elle disparut.

ARTHUR

8

Toute ma vie, j'ai pensé que les mensonges me détrui-
saient. Ils ont commencé par m'enlever mon identité, rem-
plaçant celui dont j'étais fier par un imposteur qui me ren-
dait malade, puis ils m'ont pris ma famille, petit à petit,
avant de m'ôter ma propre vie. Chaque fois je m'étais juré
d'arrêter avant qu'il ne soit trop tard, de ne plus me lais-
ser tenter par ce tiraillement qui ne demande qu'à vous
simplifier la tâche. Alors, au moment où j'avais tout à y
perdre, au moment où tricher m'aurait sauvé, je choisis la
vérité, fidèle aux promesses que je m'étais faites. Tout
l'univers que j'avais bâti d'hypocrisies s'écroula et je me
retrouvai avec comme seule fierté d'avoir été, l'espace
d'un instant, l'homme dont j'avais toujours rêvé. Ce ne fut
que plus tard que je réalisai ma terrible erreur, que je
compris que face à des individus profondément mauvais,
je ne pouvais pas être pourvu de principes. Luttant contre
ma raison qui me hurlait de ne pas y replonger, j'avais

traité le mal par le mal et m'étais remis à mentir. Seulement ce n'était pas pour me défendre, ni même pour sauvegarder les apparences, non, c'était pour protéger celle qui m'étais la plus chère dans ce monde. Ce que je n'aurais cependant pas pu imaginer, c'est que ces mêmes mensonges allaient sauver la vie de nombreuses personnes et faire de moi l'homme que je n'aurais jamais pu rêver être.

L'horloge digitale de mon ordinateur indiquait 19h45, mais mes yeux se fermaient déjà. Je passais mes journées devant un écran à voir défiler des chiffres, des lignes de codes, des messages d'erreur, et cela me donnait un mal de tête du tonnerre. Le nombre d'années depuis lequel j'étais là n'aidait pas vraiment à me donner de l'énergie à cette heure, et mon âge avancé non plus. Je baillai. Encore un quart d'heure, et j'aurais fini pour la journée. Au moins je n'aurais pas beaucoup à marcher pour rentrer « chez moi », puisque j'habitais là où je travaillais.

J'avais ce que l'on appelle des quartiers, aménagés par mon employeur, où j'étais nourri et logé en échange de quoi je faisais de la recherche non rémunérée. Tout m'était fourni, des vêtements neufs au matériel informatique, en passant par les traitements et soins médicaux. Cela aurait pu ressembler à un bon arrangement si je n'avais pas été là contre mon gré. Disons que l'on m'avait… enfermé là il y a quelques années et que j'étais retenu dans ces locaux depuis, sans pouvoir en sortir. On pourrait appeler cela une prison si l'on veut. La légalité en moins, et la torture mentale en plus. Pour faire court, j'avais été kidnappé.

C'était pendant l'hiver 1993, un peu avant Noël. Cela faisait plus de dix ans que je m'occupais d'un projet que l'on m'avait confié et je venais de découvrir des résultats affolants. La machine que j'avais réalisée était hautement dangereuse, et mortelle dans un nombre non négligeable de cas. J'étais horrifié. C'était le ministère de l'enseignement supérieur et de la recherche lui-même qui avait mis sa construction entre mes mains et ils m'avaient dit en me donnant les instructions : « Faites-la marcher, peu importent les conséquences. » Ils allaient la faire tester, j'en avais eu la certitude et cela sans se préoccuper des personnes qu'ils mettraient en danger. Jamais ils ne devaient la récupérer, sans quoi j'aurais été celui qui avait mis au point ce qui pouvait détruire l'humanité.

Alors, contre toute attente, en oubliant les centaines d'heures que j'y avais consacrées, les mensonges et les manipulations qui m'avaient amené à sa création, j'avais brûlé tous les plans, supprimé tous les fichiers informatiques et réduit l'invention en poussière. J'avais su pertinemment ce à quoi je m'exposais, quelles seraient les retombées et ce que je risquais, mais ma vie m'avait semblée purement insignifiante en comparaison avec l'étendue des dégâts qu'ils auraient pu faire. Quelques heures plus tard, ils étaient venus me chercher et sans un mot, m'avaient emmené à cet endroit que je ne quitterais plus. Ils avaient tout arrangé pour que l'on me croie mort. Le faux métier d'archéologue qu'ils m'avaient attribué pour cacher ma vraie profession au reste du monde leur servit de prétexte pour simuler un « accident de travail ». Ils avaient organisé des vraies funérailles, avec une vraie prière, une vraie réception et de vrais invités que je connaissais réellement, et qui m'avaient vraiment pleuré. La seule chose qui avait manqué était un vrai corps. Le cercueil était resté fermé car selon eux ma dépouille était dans un état que personne ne devrait supporter de regarder, et tout le monde n'y avait vu que du feu. Dès lors, je n'existai tout simplement plus. J'avais même eu le droit à une pierre tombale et à un emplacement au cimetière. Ils étaient embêtés cependant. Plus personne n'était assez qualifié pour reprendre le flambeau, et ils ne pouvaient pas me forcer à en créer une autre. Plus précisément, ils auraient pu, mais ils ne trouvèrent pas le châtiment approprié. Alors ils m'avaient infligé la punition la plus atroce à laquelle ils auraient pu penser : ils avaient confié le projet à ma fille.

Le destin avait voulu qu'elle fasse des études scientifiques poussées et qu'elle devienne une chercheuse talentueuse dans la faculté dont elle avait été diplômée. Après quatre ans, elle avait fait des découvertes incroyables, dont j'aurais été moi-même incapable. Elle était arrivée à l'apogée de son succès quand j'étais mort. Tout son monde avait simplement arrêté de tourner. Aussi merveilleux que l'avait été son mari, il n'était pas parvenu à la sortir des abîmes dans lesquelles elle était restée cloitrée. Pendant ce temps, les sbires du ministère l'avaient observée et avaient pris un malin plaisir à me raconter en détails son désespoir. Douze mois s'étaient écoulés pendant lesquels elle avait commencé peu à peu à retrouver l'envie de vivre et le courage de continuer ses travaux. Et le jour du nouvel an 1994, elle s'était faite avoir, de la même façon que moi. L'opportunité était trop belle, l'occasion unique, la vie trop courte. Je connaissais par cœur toutes les raisons qui m'avaient poussé à accepter ce poste, vingt ans auparavant, survolté et fier comme un coq que l'on m'ait choisi. Elle n'avait pas hésité une seconde, m'avaient-ils rapporté avec arrogance. « Tel père telle fille » avaient-ils rajoutés, un sourire malsain aux lèvres. J'étais hors de moi. Ils n'avaient fait que l'utiliser pour atteindre leur objectif et moi-même par la même occasion. Dévouée et aimante comme elle l'était, il avait fallu qu'elle choisisse comme profession factice celle qu'elle avait cru que j'avais pratiquée toutes ces années.

J'aurais tout donné pour lui dire de fuir, de ne pas commettre la même erreur que moi. Elle allait devoir mentir, tricher, se cacher auprès de tous ceux qu'elle aimait, et pire que tout, elle allait finir par détester ce travail qu'elle avait tant voulu avoir. Ils lui avaient confié quelques missions pour évaluer son niveau et lui donner envie d'aller plus loin, puis ils lui avaient présenté ce satané projet. « Elle était emballée, vous auriez dû la voir ! m'avait dit un de mes gardiens avec une insolence qui me donna envie de lui coller une droite. Elle avait la gloire dans les yeux, elle en était aveuglée ! » Il était parti avec un rire qui m'avait donné envie de vomir, et à cet instant je m'étais fait la promesse que je lui viendrais en aide, coûte que coûte.

Les yeux rivés à l'horloge de mon écran je vis un message d'alerte s'afficher soudain, me sortant de ces souvenirs qui me faisaient si mal, et je me jetai sur ma souris. C'était arrivé. Quelqu'un avait testé la machine. Je cliquai sur la fenêtre que j'aurais voulu ne jamais avoir à toucher, et me retrouvai face au quai sur lequel se trouvait un homme immobile, dos à moi. Je posai sur mon visage et mon corps des capteurs et me levai de ma chaise. Il se leva à son tour. Ma projection était prête. J'attendis quelques secondes avant de voir dégringoler sur mon écran un aigle affolé qui atterrit piteusement devant mes pieds, reprenant son apparence originelle. Je me reculai violemment de mon ordinateur et retins un hurlement. La personne qui venait de se matérialiser sur le quai, à quelques centimètres de ma projection n'était autre que ma fille. Mon Eva.

Elle semblait aussi tétanisée que moi. La connaissant, je m'étais certes attendu à ce qu'elle se risque à l'expérience elle-même, mais je n'en revenais tout de même pas. Son choc devait être cependant bien plus grand que le mien : pour elle, je revenais tout droit d'entre les morts. Il fallait que je l'emmène dans un endroit qui lui serait familier, qui la rassurerait. Alors, sans un mot, je lui fis signe de me suivre et elle obéit, ahurie, incapable de comprendre ce qui lui arrivait. J'ouvris une des portes en fer forgé qui se découpaient dans le mur, voulant lui montrer la pièce que j'avais recréée juste pour elle, et m'enfonçai dans l'obscurité du couloir, attendant le grincement du battant se refermant derrière elle. Au lieu du bruit prévu, j'entendis un bruissement venant du quai, et je revins sur mes pas aussi vite que possible, me demandant avec inquiétude ce que cela pouvait être. Eva me regarda repasser dans l'autre sens sans broncher, visiblement trop désorientée pour me demander quoi que ce soit. Ce que je découvris en arrivant me laissa sans voix. Une jeune femme venait d'atterrir, se débarrassant de ses plumes noires et s'étirant légèrement après cette transformation. Elle semblait sereine, comme si elle était déjà venue, et eut une expression satisfaite en regardant autour d'elle. Ce n'était pas n'importe qui et j'aurais reconnu cet air parmi tous. Pourtant, je ne l'avais pas vue depuis plus de dix ans, mais son sourire n'avait pas changé, illuminant son visage comme il le faisait autrefois. Je fis signe à ma fille d'attendre en retrait. La nouvelle arrivante se tourna vers moi, plissant les yeux pour discerner mes contours, et me reconnut. Je lançai, tentant, quelque peu déconcerté, de faire preuve de légèreté :

- Tu as sacrément grandi depuis la dernière fois que je t'ai vue !
- Je ne peux pas dire la même chose pour toi, dit Violette d'un ton amusé, à ton âge, une ou deux rides ça ne se voit pas comme ça, tu sais.

Je me mis à rire en silence, et derrière l'écran de mon ordinateur, bien trop intrigué par tout ce qu'il venait de se passer, je n'eus soudainement plus sommeil.

GUILLAUME

⸹

J'ai toujours adoré les univers fantastiques. Quand j'étais plus petit, c'étaient les contes qui me faisaient rê- ver, me laissant croire, pour le temps d'une histoire, que j'allais enfiler les bottes d'un chat ou sauver une princesse en péril. Puis j'ai grandi, et les romans puis les films ont peu à peu remplacé ces mondes fictifs que j'adulais. L'im- pression d'être le héros était plus forte, plus palpable à mesure que je me plongeais dans des mondes complexes traversés d'histoires incroyables. Je me prenais pour un sorcier qui devait combattre le mal, un scientifique fou qui créait des chimères fabuleuses ou encore un petit humain choisi pour réaliser une quête qu'il était le seul à pouvoir mener à bien. La tête pleine de rêves et l'imagination dé- bordante, je fus très vite celui qui n'avait pas sa place dans la réalité. Poussé de tous côtés, malmené parce que j'avais eu envie de croire en autre chose que la rationalité et la logique, je finis par élire domicile dans les méandres de mon esprit, entre les fioles et les lions à trois têtes. Pourtant, sans m'en apercevoir, plus les années passèrent, moins je trouvais attrayante l'idée de vivre réellement une des aventures qui m'avaient bercées depuis toujours. Ce que les contes, les romans ne disaient pas, ce que les personnages maitrisaient sans difficulté apparente, me semblèrent soudainement insurmontables. J'avais compris que je n'avais pas l'étoffe d'un héros. Peu à peu, j'avais alors refermé les livres, éteint les films, et fait taire les voix qui me racontaient toujours les maisons de pain d'épice et les ogres affamés au fond de ma tête. J'étais tristement et simplement devenu raisonnable et réaliste. Ainsi, lorsque je me retrouvai moi-même l'élu d'un monde digne de ceux que j'avais encensés, j'eus envie de vomir.

Elle me sourit d'un air tendre. Elle avait une expression qui me réchauffa le cœur, comme si elle pouvait me protéger par son seul regard. Serrant ses doigts autour des miens, elle me saisit fermement le poignet et me hissa sur le sol. Je la dévisageai en lui souriant à mon tour, le souffle trop court pour la remercier en parole et elle me tendit une main franche :

- Je m'appelle Eva, ravie de faire ta connaissance Guillaume.

Je la serrai sans un mot, ne comprenant pas comment elle pouvait connaitre mon prénom. J'eus beau la détailler plusieurs fois, je fus sûr que je ne l'avais jamais vue auparavant. Les cheveux coupés court, elle avait cette manière de vous dévisager qui intimidait et rassurait en même temps. Je lui aurai donné une quarantaine d'années, mais sa silhouette fine et élancée rendait l'estimation difficile. J'eus à peine le temps de reprendre ma respiration qu'un homme arriva et, se plantant devant moi avec une expression réjouie, il se présenta. Il s'appelait Arthur, était le père d'Eva et le créateur de cet endroit. En un instant, il avait commencé à m'expliquer des choses, répondant à des questions que je n'avais même pas eues le temps de me poser :

- Il faut que tu saches, m'annonça-t-il après m'avoir souhaité la bienvenue, que tu n'es pas mort…et que tu n'es pas vraiment ici non plus. Ton corps, tes souvenirs et tout ce qui te constitue a été dupliqué au moment où tu es arrivé, créant ainsi deux versions de toi. L'une se tient devant moi et l'autre est dans le monde réel, sans la moindre idée de ton existence. Nous sommes dans un lieu que j'ai construit de toutes pièces pour les personnes comme Eva et toi. Toutes celles qui, le voulant ou non, ont défié le cours du temps et sont passées par les rayons d'une machine absolument atroce.

J'ouvris des yeux effarés. Je n'avais pas compris un traître mot de ce qu'il venait de me raconter. Une seule chose résonnait encore dans ma tête, comme pour m'en convaincre. Je n'étais pas mort. Dans un sens, cela me rassurait grandement, mais d'un autre côté, une inquiétude grandissait en moi. Où étais-je dans ce cas ? Qui étaient ces personnes qui semblaient me connaitre ? Et de quelle machine parlait-il ? J'en avais le vertige. Toutes ces interrogations sans réponses m'affolaient, et cet endroit entier m'oppressait. Arthur et Eva m'observaient, souriants, mais rien qu'à les voir j'avais envie de vomir. Tout sonnait faux. Je voulais m'enfuir, loin de tout cela. J'eus alors une pensée qu'aurait eue un petit enfant qui se serait égaré, un de ceux de mes contes préférés : je voulais rentrer chez moi. J'avais l'impression d'être perdu au milieu d'un univers qui connaissait trop de choses sur moi et dont j'ignorais tout. Je me sentis terriblement vulnérable. Eva s'approcha de moi, l'air inquiet et voulut poser sa main sur mon bras.

Je reculai, farouche. Un éclair de tristesse passa dans son regard, comme si cela lui faisait tout simplement mal que je doute d'elle. Je mourais d'envie de la laisser me guider et ses yeux immenses remplis d'une apparente bonne volonté ne m'aidaient pas à me l'interdire. Pourtant, mon corps entier se hérissait à l'idée de m'ouvrir à ces personnes. Ils semblaient savoir que j'allais arriver, comme s'ils l'avaient prévu. Peut-être que c'était eux qui m'avaient amené ici, mais alors dans quel but ? Et pourquoi moi ?

-   Guillaume, s'il te plait…. commença Eva, suppliante en faisant un pas vers moi.

-   Ne m'approchez pas ! Remballez vos sourires et vos demandes et fichez-moi la paix ! Je suis sûr que tout est votre faute.

Hors d'haleine, je me détournai, les laissant, médusés, fixer mon dos. Il fallait que je m'en aille. Vite. Deux possibilités s'offraient à moi : le vide des ténèbres qui s'étendait sous mes pieds à l'infini, ou l'une des deux portes que j'avais remarquées en arrivant. Mon choix fut vite fait. D'un pas décidé et sans leur jeter le moindre coup d'œil, je me dirigeais vers celle de gauche, me défaisant d'un mouvement d'épaule de la main qui s'y était posée pour me retenir. J'entendis Arthur murmurer quelque chose, et personne ne tenta de me suivre. Les gonds grincèrent lorsque je poussai le battant, me plongeant dans un couloir sombre, et j'entendis quelques instants plus tard le métal claquer derrière moi. La seule lumière qui m'éclairait venait du quai et elle s'estompa à mesure que j'avançais.

Les parois étaient relativement proches et, laissant mes paumes glisser sur les murs froids, je marchai à l'aveugle. Le silence et l'obscurité m'enveloppaient, me laissant à la merci de l'inconnu, mais étrangement, je n'eus pas la même sensation oppressante que lorsque j'étais à l'air libre, face aux deux occupants de ce lieu. Cet espace confiné me rassurait presque, comme si rien ne pouvait m'arriver tant que je restais entre ces deux murs. Soudain, dans un bruit sourd, je me cognai violemment contre une cloison verticale qui s'était soudainement dressée devant moi, sortie de nulle part. J'avais parlé un peu vite. Etourdi, je tendis les bras devant moi et senti à tâtons une surface rugueuse. Du bois. Je tentai de discerner ses contours quand mes doigts rencontrèrent un objet dur et froid, accroché à droite. Une poignée. Avec un peu d'appréhension, je la tournai, et fus aussitôt ébloui par une vive lumière. Une fois que mes yeux se furent habitués, j'entrai dans la pièce, abasourdi. Il n'y avait rien, tout simplement rien. Ni murs, ni sol, ni plafond, juste une étendue blanche interminable. Je me risquais à faire un pas, puis deux, et constatai que je tenais parfaitement en équilibre sur... le vide. J'en eus le vertige. Où que je me tourne, il n'y avait que du blanc, pur et étincelant. Seule la porte était d'un brun foncé, rude et irrégulière, se détachant sur ce fond immaculé en une tache sombre. J'eus envie de courir, toujours plus loin, dans cet océan de clarté, sans jamais me retourner, laissant la folie et l'incohérence de ce monde étrange. Je finirais bien par arriver quelque part. N'importe où plutôt que de rester là.

– Tu es chez toi ici, dis la voix d'Arthur derrière moi, me faisant sursauter. Cet endroit est le tien, fais-en ce que tu veux. Tiens, quelle est ta couleur préférée ? Bleu ? Rouge ? Partons sur un beau vert, cela te va ?

Il n'attendit pas ma réponse et je le vis pianoter dans le vide un instant, comme s'il y avait eu un clavier. En un instant, des murs se dressèrent autour de nous, délimitant l'espace en une salle rectangulaire de grande taille, et je les vis s'enduire de vert comme par magie. Stupéfait, je m'approchai de l'un d'entre eux et y posai ma main pour vérifier leur existence. Je sentis bel et bien une matière dure et lisse, glissante, comme une couche de peinture que l'on aurait posée peu de temps auparavant. Je me retournai vers

Arthur qui, un sourire aux lèvres, s'amusait de ma réaction. Il se remit à faire courir ses doigts sur des touches imaginaires et, sous mes yeux émerveillés, je vis une chambre prendre forme en quelques minutes. Un grand lit apparut le long d'un mur, recouvert de draps blancs unis, suivi d'une table qui s'installa au milieu de la pièce, accompagnée de quatre chaises sur lesquelles se posèrent délicatement des coussins. Une commode se construisit dans un coin, et les tiroirs vides grands ouverts se remplirent de vêtements de toutes sortes au fur et à mesure, me laissant sur la figure une expression pareille à celle d'un petit enfant qui observerait Mary Poppins et son sac sans fond.

Après avoir rajouté quelques décorations, accessoires et posters au mur, Arthur fit apparaitre une chaine Hi-fi, calée entre un gros fauteuil en cuir et le lit et mit un vieux rock en musique de fond. J'en avais le souffle coupé. Certes, cet assemblage complètement hétéroclite avait un air de caverne d'Ali Baba, mais cela n'enlevait rien au caractère incroyable de sa création.

- Je me suis un peu laissé emporter, déclara-t-il d'un ton qui trahissait le plaisir qu'il venait de prendre. S'il te manque quelque chose, tu n'as qu'à demander, d'accord ?

Je hochai la tête sans cesser de contempler cette apparition. L'étendue blanche infinie avait disparu et tout était bien concret, comme si elle n'avait jamais existé. Sans un bruit, Arthur sortit, me laissant contempler son travail, et j'allai me jeter sur le matelas, épuisé par tout ce qui s'était passé depuis mon arrivée. Le regard fixé sur le plafond, je découvris qu'il avait reconstitué le système solaire avec des petits autocollants phosphorescents. *Comme quand j'étais petit...*

Je me réveillai d'un sommeil sans rêve, noir et profond comme ceux qui suivent les grandes émotions. Arthur était assis à côté de moi, l'air tranquille et en voyant que j'avais ouvert les yeux, il me sourit. Encore engourdi de fatigue, je redécouvris le décor incroyable dans lequel je m'étais endormi et me remémorai les évènements récents. Je m'en voulus. Je m'étais laissé prendre au piège, tel le personnage découvrant une maison de pain d'épices et de bonbons, trop excité pour exiger la moindre explication. Je soupirai. J'étais d'une naïveté irrécupérable. Arthur toussota légèrement, me faisant sortir de mes pensées et, quand je tournai la tête vers lui, il me fit signe de le suivre. Lentement, je m'exécutai, espérant qu'il m'emmènerait à un endroit où je comprendrais davantage de choses.

Après être sortis du couloir plongé dans le noir, nous empruntâmes la deuxième porte en fer que j'avais découverte en arrivant. Peu de temps plus tard, nous arrivâmes au beau milieu d'une chambre de jeune fille et après quelques regards vers les photos accrochées au mur, je devinai qu'il s'agissait de celle d'Eva lorsqu'elle était plus jeune. Un grand lit double trônait au fond de la pièce, recouvert d'une couverture fleurie et surplombé par une lampe qui diffusait une lumière tamisée. Deux ou trois commodes étaient installées le long des murs, sur lesquelles étaient posées des trophées, des articles de journaux encadrés où une jeune fille dans une blouse blanche tenait un prix dans les mains, l'air ravi. Sur sa table de chevet une photo d'elle et d'un jeune homme qui tous deux semblaient parfaitement heureux était ornée d'un cadre en forme de cœur. Je ne me sentais pas à ma place. Plus précisément, je me sentais extrêmement mal à l'aise. Elle avait l'âge d'être ma mère, et j'avais l'impression de faire intrusion dans un passé qui ne me concernait pas. Arthur me désigna les deux ouvertures ornées de rideaux en voile blanc et écarta les pans de tissus de l'une d'entre elles :

- Ici, m'expliqua-t-il, tu peux suivre en temps réel les actions de ton double resté dans l'autre monde. Tu vois, si Eva ouvre cette fenêtre, elle devrait être capable de suivre chaque mouvement de son autre elle, à condition qu'il soit présent dans la réalité au moment où elle tente de l'observer. Tu me suis ?

Je ne le suivais pas du tout. Où serait le double, comme il l'appelait, s'il n'était pas dans la réalité ? Pourquoi personne n'était capable de m'expliquer clairement ce qu'il se passait ? J'eus envie de hurler, de le secouer pour qu'il me dise enfin quelque chose de sensé. Je serrai les poings, furieux contre lui et contre moi-même de ne pas réussir à m'insurger. Il n'avait pas le droit d'arriver avec ses grands sourires et ses explications bancales et d'essayer de me mener en bateau. La porte grinça derrière moi, et Eva arriva sur ces entrefaites, accueillie par un regard soulagé que lui adressa Arthur, comme s'il espérait qu'elle réussisse mieux que lui à m'ôter de la figure mon air obstiné.

-   Par exemple, continua-t-il malgré tout, il ne va rien se passer si elle essaie maintenant, car son double n'est pas encore… arrivé, si l'on peut dire, dans le monde réel. C'est seulement dans un peu moins de trois ans normalement qu'elle pourra voir sa vie par ce moyen.

Comme pour illustrer ses propos, elle posa les doigts sur la poignée, la tourna et écarta les battants, découvrant une grande surface noire et mate derrière les vitres. Elle se retourna vers moi comme pour dire « tu vois ! », et s'apprêta à refermer la fenêtre quand l'écran se brouilla, affichant peu à peu une image floue. Nos trois regards se fixèrent soudain dessus, et ce que nous découvrîmes me souleva le cœur. Devant nous, assise au milieu d'une salle à manger, se tenait une jeune femme qui ressemblait en tous point à Eva, un journal daté du 5 septembre dans les mains. Sur la couverture, il y avait une photo de moi sous laquelle une phrase choc était écrite en lettres rouges capitales : UN GARCON DISPARAIT MYSTERIEUSEMENT DE SON ECOLE.

Les minutes qui suivirent ne furent que cris horrifiés, Arthur et Eva étant dans un état d'affolement total. Pour ma part, j'étais resté debout, pétrifié, fixant d'un air vide la femme de l'écran se lever, froisser le journal d'un geste rageur, et essuyer d'un revers de manches ses joues qui brillaient légèrement. Je ne prêtai aucune attention à ce qu'elle ou aucune personne de cette pièce pouvait bien être en train de faire, car un flot de souvenirs m'avait soudain assailli. Je me revis toquer à la porte de ma salle de classe, puis courir dans un couloir inondé et enfin tomber de tout mon long au milieu des toilettes de l'étage. Je n'avais pas la moindre idée de ce qui avait bien pu m'arriver, mais tout cela était réel, bien trop réel.

VIOLETTE

Juin 2008

Rien n'est plus délicat qu'une promesse. On la fait avec légèreté et assurance et on la brise aussi facilement si l'on n'y prend garde. Même pétri des meilleures intentions, la curiosité des autres et notre propre désir indestructible de partager ce que l'on sait, nous fait commettre l'erreur irréparable de dire ce qu'il ne fallait pas. On le regrette à l'instant où les mots franchissent nos lèvres mais il est déjà trop tard. On s'en veut, on tente de s'excuser auprès de l'autre, mais le mal est fait et les dommages, irréversibles. Brisez un serment en une seconde, et il vous faudra des années pour regagner la confiance de l'autre, morceau par morceau. Elle est fragile comme un pot de terre cuite, et précieuse comme la relique familiale que l'on se transmet depuis des générations. On a tous déjà cassé quelque chose qui ne nous appartenait pas. Cela se passe en un clin d'œil et on a beau tenter de recoller au mieux, rien ne remplacera l'objet intact, ni tous les souvenirs qui y étaient rattachés. Le pardon finit par arriver, un jour ou l'autre, sans que l'on s'en aperçoive vraiment. Sauf si l'on n'arrive pas jusque-là. On ne sait jamais de quoi la vie est faite, alors je vous donne un conseil : ne brisez jamais une promesse. Jamais.

Les jours avaient passés et je revoyais chaque soir M Livardent. *Guillaume, il m'a dit de l'appeler Guillaume.* Je souris. J'avais encore du mal à m'accoutumer à l'amitié d'un vieil homme qui pourrait être mon grand-père. Enfin, d'après ce qu'il m'avait dit, il serait davantage l'un de mes camarades de classe. Le premier soir où il m'avait emmenée dans son abri avait été particulièrement perturbant. D'un côté, je n'avais demandé qu'à le croire et de l'autre je m'en étais méfiée comme de la peste. Puis, j'avais eu l'idée de le tester, et cela avait marché. Trop bien même.

Je l'avais fait pleurer. Jamais je n'aurais cru, avant de le voir, qu'un individu pareil se mettrait dans cet état parce qu'une jeune fille comme moi l'aurait... réprimandé si l'on peut dire. Tout s'était heureusement bien terminé, et il m'avait raconté son histoire, du moins ce dont il se souvenait. Je n'avais pas très bien compris le rôle qu'il voulait que j'aie, mais il semblait surtout avoir besoin de se confier à quelqu'un. Alors je l'avais écouté de bout en bout, sans l'interrompre, sans lui poser les millions de questions qui me brûlaient la langue, et quand il eut fini, je n'avais rien osé dire. J'avais eu besoin de temps pour réfléchir, seule. Je lui avais seulement fait comprendre que je reviendrais, et il n'avait rien répondu. Sur le chemin de retour, et pendant les trois jours qui suivirent, j'avais pensé à ce qu'il m'avait confié, tentant d'apporter réponse à mes multiples interrogations. Ses derniers souvenirs le plaçaient dans une école à sa rentrée de seconde... dans des toilettes pour garçon. Il avait été incapable de m'expliquer comment il était arrivé là, ni par quel tour de passe-passe il avait pris quarante ans et avait atterri dans un square en travaux.

Il avait vaguement en mémoire le nom de l'établissement, le lycée privé Victor Hugo, et j'avais décidé de chercher l'adresse le soir même. J'étais tombée sur une première impasse. Il n'existait plus. C'était comme s'il avait été rayé de la surface de la terre. A moins qu'il ne se fut trompé ou n'ai oublié plus qu'il ne pensait, hypothèse qui m'avait paru la plus probable. Pour ce qui était de son identité, aucun Guillaume Livardent qui pouvait raisonnablement être lui ne semblait avoir jamais vécu. J'avais jugé important de lui montrer la photo du garçon qui avait les mêmes yeux que lui pour voir si cela lui rappelait quoi que ce soit, mais quelque part j'espérais que ce ne soit pas le cas. La coïncidence serait trop immense. Je l'avais trouvée chez moi, il y a plus de trois ans et elle aurait un rapport avec lui ? Non, je préférais ne pas y croire. Je détestais vraiment trop les coïncidences pour cela.

Puis, il y avait cette mystérieuse personne qui lui amenait de quoi survivre. Il ne l'avait jamais vue, ne savait même pas si elle existait ou s'il s'avérait que sa cabane servait d'entrepôt. Encore une piste que je ne pouvais pas explorer. Le reste des informations qu'il m'avait données n'étaient que des bribes de souvenirs sans lien entre elles, et rien n'était suffisamment précis pour que je puisse me pencher dessus. Je l'avais écouté, attentivement, mais à mesure que le temps passait, j'avais commencé à croire que le coup dont il m'avait parlé lui avait un peu trop tapé sur la tête, et que c'était un simple vieil homme qui se remémorait laborieusement son passé et sa jeunesse.

Mais j'avais finis par tenir ma promesse, et avais toqué à sa porte après trois jours. Nous n'avions échangé que quelques mots au moment où je sortis la photographie de ma poche. Il s'était soudainement arrêté et m'avais demandé où je l'avais découverte. Je lui avais raconté que je l'avais ramassé un matin, quelques années auparavant sur le sol de ma cuisine. Il l'avait alors saisie, et dit ces deux mots qui m'avaient laissée sans voix : « C'est moi ». Dès lors, j'y étais retournée chaque soir, m'habituant peu à peu à cette étrange relation basée à la fois sur l'intimité du secret, et sur une gêne si grande que nous avions toujours du mal à parler d'autres choses que de sa condition.

Peu à peu, nous avions fini par assembler certains morceaux de son puzzle sans pour autant que cela ne nous avance grandement. Ce soir-là, nous avions conclu que la meilleure piste restait l'image de lui. Je lui promis de faire des recherches, sans savoir moi-même comment j'allais pouvoir m'y prendre. Cela faisait plus de deux heures que j'étais plantée devant mon ordinateur, mes notes étalées devant moi, son portrait trônant au milieu. J'avais lancé toutes les recherches possibles, les liant à son prénom, à son âge présumé, mais rien n'y faisait. Je n'en pouvais plus.

Cela faisait des semaines que je m'étais occupée de son cas, mettant mes révisions de côté alors que j'étais censée passer le baccalauréat à la fin du mois. Je jetai mon stylo sur mon bureau et tapai du poing sur la table. Peut-être que mes études étaient en jeu mais c'était sa vie entière que je tenais entre mes mains. J'enfermai ma tête entre mes doigts, exténuée et prise d'un sentiment d'inutilité profonde. Ma mère choisit ce moment pour passer une tête dans ma chambre, alertée par le bruit que j'avais fait :

-   Violette, tout va ...

Elle s'arrêta. Son regard fixait la photo. Je posai ma main dessus, aussi naturellement que possible, mais elle l'écarta et s'empara du cliché. Je tendis le bras pour le lui reprendre :

-   Rends-moi ça maman, ça ne te regarde pas.

Elle ne tourna même pas la tête vers moi.

-   Où... où l'as-tu trouvée ?

Je ne répondis pas et me levai pour la lui récupérer. Elle se recula vivement et la tendit loin de moi.

-   Où l'as-tu trouvée ?!

Elle me regardait désormais, avec des yeux déments, et sa voix ne ressemblait pas à celle que je lui connaissais. J'explosai :

-   Dans la cuisine ! Rends-la-moi !

Je me tordis pour atteindre son poignet et la lui arracha, la glissant dans ma poche arrière de pantalon. Elle me fixa un instant, avant de me gifler. Je posai la main sur ma joue endolorie, et l'observai, offensée :

- Tu es complètement folle...
- Donne-la-moi, répéta-t-elle en baissant d'un ton. Immédiatement.

Je la dévisageai, abasourdie. Ce n'était plus ma mère devant moi, mais une complète étrangère. Elle se tenait dans l'ouverture de ma porte, les poings serrés et l'air déterminé. Je me redressai, la rage au ventre et les yeux humides. Je devais sortir de là. D'un geste vif, j'attrapai mes notes et la poussai sur le côté. Je dévalai les escaliers, et laissai les larmes couler, me picotant quand elles passaient à l'endroit où elle m'avait frappée. Je me retrouvai dehors avant de comprendre ce qui m'arrivait, et entendis mon père crier mon nom dans mon dos. Je me mis à courir, n'ayant qu'une idée en tête, me réfugier là où elle ne viendrait pas me chercher.

Essoufflée, je m'arrêtai devant sa porte, et il l'ouvrit avant que je n'aie le temps de toquer. L'expression qui déforma son visage me donna envie de le serrer dans mes bras. C'était un mélange de grande tristesse et de fureur, comme s'il s'efforçait de souffrir à ma place. La tendresse qui l'habitait me consola un peu, mais me mit subitement mal à l'aise, lorsque je compris qu'elle ressemblait davantage à de l'amour. Je secouai la tête pour chasser cette idée déplacée et ne lui laissai pas le temps de demander :

- Ma mère... Elle a vu la photo et elle est devenue... folle.

Je la lui tendis, tremblante, mais il ne la prit pas. Son visage avait changé. Dur et triste, il avait l'air de l'animal qui revient dans sa maison pour voir qu'on l'a remplacé par un autre. Je ne compris que trop tard. Il se sentait trahi. De nombreuses fois, il m'avait fait promettre de ne jamais en parler à qui que ce soit, et je n'avais pas respecté ma parole. Il finit par la saisir sèchement, et l'espace d'un instant je crus qu'il allait la déchirer. Il la fourra dans la poche de sa veste, et prononça les mots qui allaient tout changer :

- Va-t'en.

Quelque chose s'était brisé. Quelque chose d'irréparable. Je le dévisageai, tentant de croiser son regard qui fixait résolument un point derrière moi. Les lèvres pincées et le visage impassible, je compris qu'il ne changerait pas d'avis. Je me baissai alors, déposant le paquet de notes sur le seuil, et tournai les talons sans un coup d'œil en arrière. Je sursautai en entendant la porte claquer dans mon dos et, ne pouvant supporter un instant de plus l'atmosphère du square qui m'oppressait désormais, je me mis à courir. La vue brouillée par les larmes j'écartais violement les branches qui me griffaient le visage et butais sur les racines que je connaissais pourtant par cœur. Je me sentais stupide, terriblement stupide. Je ne comprenais pas comment j'avais espéré trouver refuge auprès de lui alors que j'avais brisé le seul serment que je lui avais fait. Ce qui me mettait le plus hors de moi, c'était le comportement délirant de ma mère. Tout était de sa faute. Qu'est ce qui avait bien pu lui passer par l'esprit ? Je n'y comprenais rien mais refusais obstinément de croire à la coïncidence ultime, celle où ma mère connaîtrait le jeune homme sur la photo.

Un crissement de pneus me tira de mes pensées. Je tournai brusquement la tête, et aperçus les phares aveuglants d'une voiture. L'espace d'une seconde, le temps semblait s'être ralenti, puis il reprit soudainement son cours et elle me percuta de plein fouet. J'eus l'impression de voler un instant, puis je m'écrasai lourdement dans la rue, mes bras retombant lamentablement le long de mon corps. J'avais mal à en hurler, mais la seule chose qui sortit de ma bouche, fut un liquide épais et visqueux, qui coula le long de ma joue avant de se répandre sur le sol. Ma tête tournait et j'apercevais des images floues de personnes affolées qui criaient et appelaient au secours, sans savoir qu'il était trop tard. Guillaume. Il me verrait mourir par sa faute. C'était bien fait pour lui. Et, avant que mes paupières ne retombent définitivement, j'aperçus un corbeau, perché sur ma main inerte.

GUILLAUME

25 mars 2008

‿

A toi que je ne connais pas encore, et que je ne connaitrai peut-être jamais,

Je ne sais absolument pas ce qui m'a poussé ce soir à prendre un stylo pour écrire, surtout pour m'adresser à quelqu'un dont j'ai appris le nom il y a quelques jours à peine. Peut-être que j'espère qu'en te destinant cette lettre, cela me rapproche un peu de toi et de ma vie dans le monde réel par la même occasion, ne serait-ce que le temps de l'écrire. Je ne sais rien de toi, et pourtant je sens déjà que j'ai mille choses à te dire. Cette feuille est la seule confidente que j'ai eue depuis des années, et je me demande même comment je n'ai pas eu l'idée avant. C'est toi qui me l'a donnée, je crois, qui m'a inspiré. Dieu sait pourtant que la première fois que je t'ai vue, je ne te portais pas vraiment dans mon cœur. C'était plutôt le contraire, même. Notre rencontre avait été plutôt brutale, autant physiquement que psychologiquement. Toutefois, je t'avais revue un soir, puis deux, puis trois et chaque fois je voulus que tu restes quelques secondes de plus. Mais tu partais toujours trop tôt, me laissant avec une douce mélancolie au fond de moi, mêlée à la peine immense de savoir que je ne pourrais jamais t'adresser la parole, et à l'incompréhension totale de ton comportement paradoxal. Il y a tant de choses que je ne comprends pas, tant de questions qui restent sans réponse ! Mais la plus importante, je l'ai posée à ta mère alors que je ne savais pas encore qui tu étais, il y a plus d'une semaine, lorsque j'ai tout découvert. Voici comment les évènements se sont déroulés et surtout, comment je t'ai rencontrée....

Les mois et les années étaient passés, laissant loin derrière nous l'animation qui avait entouré le moment de mon arrivée, et les explications arrivèrent peu à peu, m'éclairant sur ma situation et celle d'Eva et d'Arthur. Quand je sus enfin tout, je me mis à regretter amèrement le moment où j'étais encore naïf, ignorant, et que tout cela me semblait être un immense rêve. Les premières journées où j'avais profité de cette semi-liberté, me transformant à loisir en cet étrange oiseau qui semblait faire désormais partie de moi, et goûtant à l'insouciance la plus totale, étaient déjà loin. Désormais, dans ce monde où nous ne ressentions rien d'habituel et où nous n'avions aucune notion du temps qui passait, je n'avais comme seule occupation que de patienter jusqu'à ce moment dont on m'avait tant parlé. Souvent, j'avais pensé à me laisser tout simplement mourir, écourtant pour toujours cette attente qui me donnait l'atroce impression que je pourrais rester là pour le restant de ma vie. Je m'étais alors heurté à la désagréable pensée qu'un corps qui n'avait besoin de rien, était sans doute immortel. Après tout, je ne m'étais senti ni grandir, ni vieillir, comme si les années glissaient sur moi sans aucune influence. Accablé et désespéré au plus haut point, je m'étais donc résigné à espérer, encore et encore. Juste espérer, trois ans durant. Chaque matin, espérant sans trop y croire voir quelque chose apparaitre, je m'étais installé devant ma fenêtre, tirant les rideaux et actionnant le mécanisme, me retrouvant chaque fois devant un écran abominablement noir. Chaque fois, Arthur m'avait posé une main sur l'épaule, l'air désolé, et chaque fois je l'avais repoussée, mais de moins en moins fortement, à mesure que l'énergie et l'énervement étaient remplacés par une immense tristesse.

Pourtant, ce jour-là, ce fut avec une joie incommensurable que je me plaçai, debout, face à ces voiles blancs que je connaissais par cœur. J'allais enfin pouvoir vivre ma vie. Enfin, presque. J'allais pouvoir observer mon autre moi profiter d'une vie qui aurait dû être la mienne, mais ce compromis m'apparaissait comme salvateur à la lumière de ce que j'étais dans ce monde. Arthur derrière moi, je mis doucement les doigts sur le métal de la poignée, et la tournai légèrement. Fébrile, j'ouvris les vitres en grand, découvrant comme pour la première fois cet écran qui m'avait tant déçu. En une seconde, l'image floue commença à apparaitre, lentement tout d'abord, puis de plus en plus nette, et très vite je me retrouvai face à une scène étrange, dépourvue du moindre son, comme un film muet.

Un vieil homme était allongé, au milieu de racines, de feuilles et de branches mortes, sous des arbres qui filtraient la lumière du soleil. Son visage était caché par un de ses bras et malgré mes efforts, il m'était impossible de le discerner. Je n'arrivai pas à déterminer s'il dormait où s'il était inconscient, mais il se releva soudainement et se mit à tousser violemment, un poing devant la bouche. Après s'être calmé, il l'ouvrit, découvrant, au creux de sa paume une pâte marron qui me sembla être de la terre. Il s'arrêta un instant, retournant dans tous les sens sa main qui en était recouverte, comme s'il remarquait pour la première fois les rides qui la recouvraient. D'un geste brusque, il s'arracha quelques cheveux dont la couleur blanche le terrorisa immédiatement, et se leva, avançant en claudiquant jusqu'à un bassin. Il chassa les lentilles d'eau de la surface et attendit, agrippé au rebord, que son reflet se stabilise. Je laissai échapper un juron pendant qu'il frappait l'eau de rage.

Ce que venions de voir tous les deux, miroitant devant nous n'était autre que l'image d'une personne qui me ressemblait, trait pour trait. Ce n'était ni mon père, ni mon grand-père, ni aucune personne qui aurait pu avoir un air de famille. C'était moi, avec quarante ans de trop. Arthur semblait aussi bouleversé que moi, comme s'il s'attendait à autre chose, et Eva arriva, alertée par mon cri. Elle vit l'individu par ma fenêtre et s'immobilisa, le souffle suspendu. Elle resta quelques secondes ainsi et nous, tout aussi tétanisés qu'elle, nous contentâmes de le regarder s'enfuir sous les arbres, boitillant. Il se retourna soudainement, revint sur ses pas et s'écroula de tout son long sans crier garde. Juste avant que l'image ne se brouille, nous eûmes le temps d'apercevoir, debout devant le corps inerte, une jeune fille tremblante, une planche à la main.

Le noir revint, désespérant et atroce comme toujours, nous laissant plantés là, sans un mot. Peu à peu, Eva et Arthur commencèrent à chuchoter, ne se préoccupant pas de moi, les yeux fixés sur cet écran que j'eus envie de détruire à grand coups de batte de base-ball. Je ne saurais dire combien de temps passa avant que je ne détourne le regard, mais le conciliabule entre eux avait cessé et ils me posèrent une main compatissante sur le bras. *Comme si cela peut suffire à me faire me sentir mieux.* Aucun des deux n'eut l'air de vouloir m'expliquer pourquoi j'avais cet âge-là, ni pour quelle raison une femme m'avait assommée. Quand je tentai de demander à Eva pourquoi celle-ci lui ressemblait un peu, elle haussa les épaules en jetant un regard inquiet vers son père.

J'eus la désagréable impression qu'ils me cachaient des choses, m'empêchant de comprendre ce qui s'était réellement passé. Je me sentis comme le petit garçon à qui les parents ne veulent pas avouer qu'ils n'ont plus un sou, ou qu'ils vont divorcer. Ils me regardaient comme si j'étais fragile, comme s'il fallait me protéger de ce que je brûlais de savoir : la vérité. Ils me fixaient depuis quelques minutes, pleins d'une compassion qui m'horripila, quand je craquai. Je me mis à hurler, leur disant qu'ils n'avaient pas le droit, que c'était leur faute si je me trouvais ici, que la moindre des choses serait des explications claires. Je leur lançai qu'ils étaient fous, qu'ils allaient finir en prison pour m'avoir fait subir des expériences scientifiques foireuses à ce point et que lorsque je sortirais de là, ils feraient beaucoup moins les malins. Je marquai un temps d'arrêt, profitant de leur face déconfite, puis je continuai, les larmes aux yeux, répétant indéfiniment la question qui me démangeait depuis le début : « Pourquoi moi ? » Eva me prit alors par les épaules, doucement, comme elle l'aurait fait avec son propre fils, et nous nous assîmes sur le lit.

Elle commença par s'excuser, articulant encore et encore ces mots qui semblaient lui faire mal : « Je suis désolée, vraiment désolée. » Elle m'expliqua que ce n'était pas ma faute, que je n'y étais pour rien, que je n'avais rien fait pour mériter cela et qu'elle était une personne atroce. Elle me promit qu'il y avait une solution, que je pourrais très vite reprendre ma vie normale et laisser tout cela loin derrière moi. Le regard embué, elle finit en me disant qu'elle comprendrait si je ne pouvais jamais lui pardonner, que ce ne serait pas grave, mais qu'elle ferait tout pour se racheter auprès de moi. Puis elle m'expliqua. Quand elle eut terminé son discours, elle me laissa là, seul au milieu de cette chambre, à me répéter encore et encore cette interrogation qui me hantait depuis mon arrivée et à laquelle seul le destin aurait pu répondre : « Pourquoi moi ? Pourquoi est-ce moi qui ai subi cette satanée machine à avancer dans le temps ? »

EVA

∞

Tous les parents rêvent d'être fiers de leurs enfants. Certains n'aspirent qu'à leur gloire, leur réussite profes- sionnelle et sociale, là où d'autres espèrent davantage les voir amoureux, heureux et épanouis, faisant ce qui leur plaît. Pour ma part, je n'ai en aucun cas poussé ma fille dans une direction particulière, la laissant trouver au gré des méandres de la vie, le chemin qui lui convenait. Elle- même ne semblant pas désireuse de s'écarter d'une bonne conduite, pleine de sagesse et de décisions réfléchies, je ne m'étais pas fait de soucis. J'avais presque été étonnée de ne pas la voir passer par la phase rebelle que connaissent tous les adolescents de son âge et je m'étais régalée de la complicité que nous avions. Aucun parent n'aurait pu en- visager une meilleure relation avec son enfant, et je me sentais extrêmement chanceuse. Puis le pire arriva. Tout était de ma faute et je ne me le pardonnerai pas. D'une entente sans pareille, nous passâmes à une relation froide, distante et terriblement douloureuse. Elle m'exécrait, et je

237

ne pouvais que la comprendre. Le contraire aurait été preuve d'une charité que je ne méritais pas. Pourtant, je l'avais rarement autant admirée. Indépendante, obstinée et persévérante, elle ne démordait pas de l'objectif qu'elle s'était fixé, allant jusqu'à accepter mon aide qui la révulsait tant. Étonnamment, j'avais encore sur elle une certaine autorité et, lorsque je lui disais quoi faire, elle s'exécutait sans sourciller, redevenant l'espace d'un instant la petite fille qui avait bu mes paroles et mes conseils autrefois. Aussi désespérée que je l'étais par la haine qu'elle me vouait désormais, je n'avais pu m'empêcher de la trouver grandiose. Je ne savais pas encore qu'elle allait faire quelque chose qui me rendrait plus fière d'elle que je ne l'avais jamais été. Elle allait me désobéir.

J'eus l'impression qu'un troupeau enragé traversait ma tête de part en part. La bouche sèche et pâteuse, je déglutis difficilement. Je clignai plusieurs fois des yeux, tentant de m'habituer à la lumière brutale qui m'assaillait. Les mains posées bien à plat sur le sol froid et carrelé, je découvris au-dessus de moi la même cuisine que j'avais laissée quelques instants auparavant. Je souris faiblement. Rien n'avait changé en cinq ans. Lentement, je me relevai, massant mes tempes pour tenter d'atténuer la douleur qui m'élançait. Je repris peu à peu mes esprits, et jetai un coup d'œil rapide à l'horloge murale. 18h30. Elle devait être partie depuis moins de cinq minutes si tout s'était passé comme prévu. Je m'approchai de la sortie, voulant la suivre au plus près, mais au moment où je m'apprêtai à partir, j'entendis une cavalcade dans l'escalier. Quelqu'un descendait en catastrophe. Je me jetai dans la pièce voisine, espérant qu'il n'y ait personne, et collait mon œil à la serrure. Une seconde plus tard, une silhouette passa devant moi, un sac à dos que je reconnus immédiatement jeté sur l'épaule. C'était elle. J'attendis d'entendre la porte se refermer, et je me précipitai sur ses pas. Tout se déroula ensuite comme planifié. Je la vis arriver devant le lycée, y entrer, puis je m'engageais derrière elle jusqu'au couloir du deuxième étage, et m'arrêtai à l'angle, épiant ses moindres mouvements. Collée contre le mur, à moins d'un mètre de l'ouverture des toilettes, elle ne bougeait pas, attendant de ne plus rien entendre pour y pénétrer à son tour. La scène dont je fus ensuite témoin me donna envie de vomir.

Je distinguai le bruit qui m'avait fait cauchemarder des années durant, suivi de sons étouffés et désordonnés dont je ne me rappelais que trop bien. Des pas affolés se rapprochèrent de la sortie, rendant imminent le moment où elles se verraient. Dans quelques instants il y aurait un coup de vent qui ferait claquer le battant. Une ombre se découpa dans l'entrebâillement, et je vis avec horreur la main de celle que je surveillais se poser sur la poignée. Elle la tira violemment, luttant de toutes ses forces contre celle qui voulait tant sortir, tourna la clef dans la serrure, puis se recula. Les yeux fixés sur le morceau de métal, elle restait immobile, choquée par son propre geste. J'étais à la fois impressionnée par la force morale dont elle venait de faire preuve, et bouleversée par l'acte qu'elle avait commis. Elle avait tout simplement enfermé sa propre mère sous les yeux de... eh bien, de sa propre mère. Pourtant je ne pouvais pas lui en vouloir. Elle avait eu la présence d'esprit de prendre une initiative dont peu auraient été capable. J'eus envie de la prendre dans mes bras, et de lui dire qu'elle avait fait la seule chose qu'elle pouvait et qu'elle devait. Des cris s'échappaient de la pièce, déchirant le silence et mettant ma résistance à dure épreuve. Quelques secondes passèrent ainsi avant qu'elle ne brise son immobilisme pour aller plaquer une oreille contre la porte. Elle la poussa et entra en prenant une grande inspiration. Je me rapprochai un peu, la remplaçant à son poste d'observatrice, le dos collé au mur, jetant de temps à autres des coups d'œil dans les toilettes. Elle glissa la main dans la fente du carrelage, puis jetant un coup d'œil au plafond, elle s'aperçut que le système incendie s'était arrêté et s'approcha des lavabos dont elle ouvrit les robinets au maximum.

Elle semblait déterminée, comme si elle avait tout planifié depuis une éternité, mais rien de ce qu'elle faisait ne correspondait à ce que nous avions prévu. Je n'avais pas la moindre idée de ce qu'elle pouvait bien vouloir mettre en place, mais je manquai de hurler quand je la vis se positionner dans l'alignement du filet lumineux et fermer les yeux. Quoiqu'elle pensait faire, elle risquait de ne jamais pouvoir revenir, ou pire encore. Je ne pouvais pas la laisser risquer tout pour lui. Seulement, en intervenant je risquais de faire se produire une catastrophe inimaginable. Elle remplaça sa concentration par un sourire immense, un de ceux que je n'avais pas vu depuis longtemps. C'était le moment ou jamais. *Que la personne qui s'y oppose parle ou se taise à jamais*. Elle soupira d'aise et, à l'instant où j'allais franchir le seuil pour l'empêcher de commettre l'irréparable, elle s'écroula et disparut.

Les minutes qui suivirent furent assez confuses. Tétanisée, je restai à contempler la pièce vide, fouillant en vain les moindres recoins dans l'espoir de la voir réapparaître. Je refusais pertinemment de croire qu'elle avait fait cela. Un vague clapotis interrompit mes pensées paniquées, et je remarquai que mes chaussures trempaient désormais dans quelques centimètres d'eau. Les robinets. Si je ne les fermais pas, l'étage entier finirait…inondé. Cinq ans auparavant, je m'étais réveillée dans ce même endroit, des flaques tout autour de moi, et j'avais traversé les couloirs trempés jusqu'aux escaliers. Je m'en souvenais comme si cela avait été la veille.

Je souris et une immense vague de chaleur me traversa. Je n'avais jamais réfléchi à ce qui avait bien pu créer une telle quantité de liquide, ou plus précisément, l'hypothèse du seul détecteur d'incendie m'avait parue dérisoire. Elle, cependant, avait des informations que j'ignorais, elle savait toutes les choses qu'il lui avait racontées. Même si je n'avais pas la moindre idée de ce qu'elle préparait, et même si cela me tordait l'estomac d'inquiétude, une sensation douce et apaisante m'envahissait sans que je puisse la chasser. J'étais fière. Malgré les années de mensonges,

les fausses promesses qu'elle m'avait faites et la désobéis-
sance extrême dont elle venait de faire preuve, j'étais gonflée d'orgueil. Ma fille, ma Violette, était prête à mettre sa
propre vie en péril pour sauver celui qu'elle aimait, ce dont
j'aurais moi-même été parfaitement incapable. Je secouai
la tête. Il ne fallait pas que je reste là, à m'émerveiller devant ce qu'elle venait de faire. Si elle comptait recréer le
passé et n'en changer que l'instant fatal, il était nécessaire
que je n'interfère pas. Alors, malgré les démangeaisons
qui agitaient mes mains devant cette fente, je partis sans
me retourner, laissant la machine là où je l'avais moi-
même placée. Cependant, elle ne ferait pas une victime de
plus, c'était fini. Dans un mois, jour pour jour, je viendrais
l'enlever et je l'éteindrais définitivement.

La tête bouillonnante, je sortis du lycée désert sans la
moindre idée de l'endroit où je pourrais aller. Je n'étais pas
censée être là, je n'étais même pas censée exister à l'instant présent. J'étais censée officiellement être partie depuis
quelques minutes, et si je réapparaissais, cela pourrait
avoir de graves conséquences. Dieu sait que ce n'était pas
l'envie qui me manquait. Je désirais plus que tout rentrer
chez moi et retrouver mon ancienne vie, revoir mon mari
à l'époque où je ne le répugnais pas encore, diner encore
une fois à table avec ma famille unie et heureuse. Ce n'était
pourtant pas comme cela que cela devait se passer, et je
risquais fortement de dérégler le… Je ris en silence,
m'amusant toute seule de ma bêtise. Je n'avais pas disparu.
Je n'avais jamais disparu un mois durant. Personne n'avait

constaté mon absence. C'était… brillant. Certes j'avais cinq ans de trop, des rides et des cheveux blancs supplémentaires, mais j'avais la preuve que cela avait fonctionné puisque le futur me l'indiquait. Je savais exactement ce qu'il me restait à faire. J'allais retourner au laboratoire la tête haute, expliquant que le test avait fonctionné mais que l'appareil était resté en lieu sûr pour que personne ne commette la même imprudence que moi, et qu'il fallait continuer à essayer de résoudre les problèmes qu'elle posait. Ainsi, quand je réapparaîtrais réellement, j'atterrirais en pleines recherches, comme dans mes souvenirs.

Il y avait une chose, une seule que j'aurais voulu modifier. Rien qu'une petite décision. Cela ne se verrait presque pas, mais mon existence en serait transformée du tout au tout pour mon plus grand bonheur. Je soupirai. Je me voilais complètement la face. Bien sûr que cela changerait les données de l'équation, et pas qu'un peu. Il fallait que j'arrête de penser à moi. Je n'étais pas là pour refaire mes choix stupides ou tenter de réparer des désastres de mon passé, mais pour modifier le futur de ceux que j'aimais. Alors non, je n'allais pas démissionner du métier qui avait détruit ma vie car je mettrais en péril tout ce que ma fille avait tant risqué. C'en était fini de l'égoïsme déplacé. Violette avait su être si mature, si extraordinairement altruiste…

J'allais faire face à ce que j'avais le plus redouté, mais cela ne me faisait plus peur désormais. Je serais une scientifique ratée dont on pourrait se moquer, mais je serais celle qui rirait le plus fort. Je serais celle qui connaîtrait la vérité.

Je levai les yeux, me sortant de mes réflexions et me mordis la lèvre. J'étais arrivée devant cet endroit que je haïssais tant, et toute mon assurance s'envola à tire d'aile, me laissant seule avec le désespoir de devoir revenir cinq ans en arrière. Crispée sur la poignée, je m'enfonçai les ongles dans la peau, sentant les petites incisions rouges se former, mais j'étais incapable de simplement pousser le battant. Toutes mes belles paroles résonnaient encore dans ma tête, me laissant au fond de moi le goût amer du courage dont je n'arrivais pas à faire preuve. Je me demandai d'où ma fille tenait son immense capacité à oser, à faire les choses les plus dangereuses en dépit de tout pour sauver celui qu'elle aimait alors que je n'étais qu'une lâche qui n'avait pas le cran de faire face à mon mensonge. Pourtant, je savais bien que dans un mois tout serait fini et que je pourrais abandonner tout ce que j'avais toujours voulu laisser loin derrière moi. Trente jours. Trente pauvres jours et j'étais incapable d'entrer. Je me haïssais.

Je sentis le sang perler au bord des entailles que je m'infligeais. Je lâchai prise, la main engourdie et douloureuse, et soupirai. J'étais une peureuse, tout simplement. Comme pour me donner raison, la porte s'ouvrit soudainement et je me retrouvai face à une de mes collègues qui se pétrifia à ma vue. Elle savait ce que j'étais partie faire. Tous devaient le savoir. Elle n'osa pas me poser la moindre question et moi, la paume meurtrie serrée entre mes doigts et l'orgueil au fond des poches, je prononçai d'une voix sourde :

- Elle marche.

Les quatre semaines qui suivirent passèrent affreusement lentement, et seuls les moments en famille me permettaient de tenir. Lorsque j'étais rentrée à la maison, le premier soir, j'avais retrouvé une Violette qui ne tenait plus en place et qui m'avait raconté sa journée dans les moindres détails sans même se rendre compte que je n'étais pas la même personne qu'elle avait embrassée quelques heures auparavant. Julien, lui, m'avait regardée d'un œil protecteur et m'avait ordonné d'aller me coucher tant je semblais fatiguée. Vieille, pas fatiguée, avais-je pensé en souriant. Etrangement, je n'avais pas eu à m'expliquer tant que cela, et les différentes personnes au laboratoire m'avaient plutôt remerciée d'avoir osé la tester et félicitée de son fonctionnement.

Je m'étais alors mise à revoir à nouveau tous les plans que je connaissais par cœur, mettant à peine en pratique les recherches que j'avais déjà finies une première fois dans le futur. Je ne devais pas obtenir de résultats trop vite, cela aurait été louche. Alors j'avais simplement attendu que le mois s'écoule, interminable et désespérant, ne tenant plus en place dans les derniers jours. Et presque sans m'en apercevoir j'étais arrivée là, devant ces grilles en fer que je connaissais trop bien, le matin de la rentrée scolaire. Je n'arrivais pas à croire que tout serait fini si peu de temps après.

C'était presque trop beau pour être vrai. Impatiente, j'attendis que les élèves rentrent tous et que les portes se referment pour m'introduire dans l'établissement, comme je l'avais déjà fait. Cette fois était différente cependant. Cette fois serait la dernière. Arrivée dans la cage d'escalier, je me cachai dans le renfoncement d'un mur, sachant pertinemment ce qui allait se produire. Quelques minutes plus tard, j'entendis les marches craquer, et je vis une femme vêtue d'une longue blouse blanche descendre en chancelant. Le monde semblait ne plus avoir aucune existence matérielle, et elle se cogna à plusieurs reprises contre la rambarde. Une fois arrivée en bas, elle porta une main à sa tête et ferma les yeux un instant. Le vertige, je m'en souvenais parfaitement. A cet exact instant, elle avait l'impression de tomber, encore et encore, comme si le sol se dérobait sous ses pieds, mais elle allait se remettre en route et, à mesure que je formulais cette idée, elle se mit à tituber vers la sortie.

J'eus la désagréable impression de revivre une deuxième fois la scène, et je me forçai à détourner les yeux, ne pouvant contempler sa démarche que je connaissais si bien et que j'avais eue dans ces mêmes escaliers, cinq ans auparavant. J'attendis d'entendre la porte se refermer derrière elle pour monter quatre à quatre les étages qu'elle avait tant peiné à descendre, et je m'arrêtai une minute plus tard, les chaussures plantées dans une flaque d'eau, face à cette pièce qui hantait mes cauchemars les plus noirs. Un pas après l'autre, j'allai lentement m'enfermer dans une cabine, recroquevillée sur le couvercle de la cuvette pour qu'on ne puisse pas me voir de l'extérieur. J'avais un peu moins de deux heures à attendre, et les fourmis engourdissaient déjà mes jambes, mais rien au monde ne m'aurait décroché le sourire qui se formait sur mes lèvres à mesure que les minutes passaient. C'était presque fini. Je n'avais pas pu fermer l'œil de la nuit, secouée par une excitation sans pareille. Une dose de tristesse m'empêchait de trouver le sommeil, puisque je savais que je ne reverrais plus ma famille ainsi. Même si tout réussissait et que je revenais dans mon présent, plus rien ne serait comme avant. Alors j'avais serré ma fille dans mes bras fort, trop fort sans doute et j'avais embrassé Julien comme si je n'allais plus jamais le revoir. Tous deux m'avaient lancé des regards d'incompréhension complète et je m'étais bien gardée de leur laisser voir les larmes couler sur mes joues quand ils avaient franchi le seuil de la maison. Ce n'était pas la peine de compliquer encore davantage des au revoir qui ne devaient pas y ressembler…

Une sonnerie puissante me vrilla les tympans et je sursautai, manquant de glisser et de tomber sur le sol trempé. Je m'étais endormie comme une imbécile. Paniquée d'avoir raté le moment de son arrivée, je jetais un coup d'œil à ma montre et vis que je m'étais réveillée juste à temps. Je soupirai, m'énervant à m'affoler pour chaque imprévu et je collai mon œil à la serrure. Il ne devait plus tarder. Je restai ainsi quelques minutes, installée dans une position particulièrement inconfortable et je finis par l'entendre arriver, haletant. Je ne pouvais pas voir ce qu'il faisait, mais je perçus des sons d'éclaboussures, il soupira d'aise et je pus l'entendre déplier un papier. Rien ne semblait indiquer qu'il était face à la machine, ni même qu'il allait l'être. La sonnerie retentit à nouveau, suivit d'un cri de surprise et d'un bruit sourd accompagnée d'une gerbe d'eau qui vint jusqu'à mes pieds. Puis plus rien.

Le silence revint en un instant, pesant et anormal. Je me risquai hors de ma cabine et le découvrit, allongé par terre, la tête penchée sur le côté. Il s'était évanoui, et je n'avais pas le moindre indice qui aurait pu me dire s'il avait été touché par les rayons avant de tomber. Il fallait absolument qu'il se fasse transporter, d'une manière ou d'une autre, ou les conséquences seraient catastrophiques. Alors, enjambant son corps inerte, je glissai mes doigts dans la fente, tirai un coup sec et récupérai la machine avec précaution. Je me positionnai au-dessus de lui, tournant le faisceau lumineux vers ses yeux et, en quelques secondes, un flash blanc l'enveloppa tout entier. Immobile, fixant son corps qui se dématérialisait peu à peu, je déglutis avec difficulté.

Soudain, le bruit d'une course affolée et de jurons me tirèrent de ma contemplation, et je bondis hors de la pièce, me précipitant dans la direction opposée, la machine dans les bras. *Ne pas regarder en arrière, surtout ne pas se retourner.* Je m'arrêtai à l'angle, le souffle court et les mains tremblantes, ne prenant pas encore conscience de ce que je venais de faire. J'entendis les garçons qui avaient accouru, s'enfuir en criant des toilettes en appelant à l'aide. Leurs pas s'éloignèrent peu à peu, et je repris ma respiration, ayant la désagréable impression d'avoir été en apnée depuis des heures. Il fallait que je m'en aille, et vite. Personne ne devait me trouver là. Ni moi, ni la machine. La machine. Je ne savais absolument pas ce que j'allais pouvoir en faire. Je devais la cacher, la mettre dans un endroit où personne n'irait chercher… Un endroit que moi-même je ne connaitrais pas ! Après tout, lorsque le lendemain je penserais comprendre le titre de la une du journal et que j'avouerais à mes supérieurs la vérité sur le garçon, personne ne retrouverait la machine ! Le directeur général me reprocherait de ne pas avoir donné la bonne position, et m'obligerait à en construire une nouvelle, mais ne cesserait jamais les recherches. Le lycée fermerait pendant les investigations, et finirait pas être détr…

Des voix se rapprochèrent soudain et je reconnus celle d'enfants accompagnés d'une femme. Je me glissai le long du mur et me dirigeai vers la sortie. Je dévalai les deux étages en silence, mais me figeai en arrivant en bas. Quelqu'un venait vers moi. C'était un homme de mon âge, l'air dur et les sourcils froncés qui parlait au téléphone. Il ne m'avait pas encore vue, mais je n'avais aucun moyen de me cacher. Le couloir s'enfonçait tout droit, sans renfoncement dans lequel j'aurais pu me faufiler. J'étais coincée. A ma gauche, les escaliers auraient pu représenter une alternative si je n'avais pas entendu les marches craquer quelques secondes auparavant. La seule issue était la porte à ma droite qui donnait sur le jardin, mais je serais alors visible depuis toute l'école, par toutes les fenêtres. Sans plus réfléchir, je tournai la poignée sans faire de bruit, et refermai derrière moi en priant pour que l'homme ne doive pas se rendre dans le jardin. Je me plaquai contre la paroi, attendant que sa voix faiblisse pour expirer tout l'air que j'avais emmagasiné en restant silencieuse. Devant moi se dressait la butte, plantée d'arbres serrés et je cherchai instinctivement du regard la cabane verte dans laquelle Guillaume s'était caché des mois durant, mais je ne réussis pas à la trouver. Elle devait être bien dissimulée par des branchages pour que je ne l'aperçoive pas d'ici. Je longeai le bâtiment principal, espérant trouver un endroit suffisamment isolé pour pouvoir m'y cacher et je me mis à grimper vers le sommet, évitant les branches basses et les racines.

Après quelques instants de marches, je trébuchai sur un petit monticule de pierres entassées en une sorte de pyramide, et je manquai de tomber de tout mon long et d'écraser la machine dans ma chute. Je repris mon équilibre tant bien que mal, et maudis en silence les élèves qui avaient dressé la sépulture d'un je ne sais quoi qu'ils avaient eu envie d'enterrer là... J'eus envie de me donner trois claques tant je me trouvais stupide. La solution était tellement évidente que je n'y avais même pas songé. Alors, cachée derrière un gros tronc d'arbre, je fis glisser mon sac à dos de mon épaule et en sortis tout le matériel nécessaire pour réparer la machine. Assise en tailleur, la boîte posée devant moi, je posai délicieusement mon doigt sur l'interrupteur et, dans un son étouffé, elle s'éteignit. Je soupirai d'aise et retirai la première vis, démontant ce que j'avais mis des années à construire.

En quelques heures, j'eus finis de la réparer, suivant à la lettre les instructions que j'avais élaborées depuis l'accident. Avoir été en contact avec le gaz et l'eau n'aggraverait plus ses anomalies de fonctionnement car elle ne dysfonctionnerait plus. Je ne me retrouverais pas dans le monde construit par mon père car une autre version de moi-même s'y trouvait déjà, bientôt rejointe par un double d'un garçon qui n'avait rien demandé de tout cela. La machine était prête à n'être plus jamais utilisée. Mon passage serait le dernier. Plantant mes ongles dans la terre, je creusai la tombe de cette horrible appareil avec délice. Précautionneusement, je l'y déposai, pressant une dernière fois le bouton marche et indiquant une dernière fois la date à laquelle je voulais aller, suivie d'une minuterie qui éteindrait la machine peu après mon départ. Je la recouvrai alors soigneusement, laissant un trou suffisant pour que le rayon puisse passer et je récupérai mes affaires. Le cœur léger et la conscience désormais tranquille, je m'accroupis et fixai avec insistance la lumière qui semblait filtrer de nulle part. En un instant, je sentis mes jambes devenir lourdes et ma tête cogna une racine lorsque je tombai au sol. C'était fini, tout était bel et bien fini. Ou du moins, c'est ce dont je fus certaine à l'instant où mes yeux se fermèrent, éblouis par cet éclat blanc que je connaissais si bien.

GUILLAUME

17 avril 2008

∞

Lettre 24

Certains me prendront pour un fou, un psychopathe ou encore un imbécile qui ne sait pas de quoi il parle. Comment est-ce possible, dirait-on, de ressentir des choses aussi fortes pour quelqu'un à qui l'on n'a jamais parlé ? Ça ne l'est pas, c'est même rationnellement impossible affirmerait-on. La seule chose qu'ils n'ont pas prise en compte, c'est qu'ici, nous ne sommes pas dans un monde rationnel, loin de là. Il n'y a pas d'explication logique ou même qui aurait le moindre sens quant à ce que je peux ressentir pour toi. C'est venu de nulle part et cela ne s'en ira pas de sitôt. Je ne connais pas tes goûts, tes peurs, les choses qui te font frémir de bonheur, je n'ai jamais entendu ta voix ni touché ta peau, je ne sais de toi que ce que je perçois de loin et pourtant tu as sur moi cet étrange pouvoir attractif que personne n'a jamais eu.

Je t'ai aperçue pour la première fois il y a un mois, jour pour jour et pourtant je te connaitrais depuis toujours, le sentiment serait le même. J'ai l'impression de tout partager avec toi alors que ce ne sont même pas mes yeux qui te voient mais le regard de mon double, de ma version restée dans le monde réel. Qu'il est chanceux de pouvoir t'entendre, te parler, même, s'il ne se contentait pas de t'observer de loin ! Perché sur cette branche comme un oiseau perdu qui aurait raté sa migration et serait resté seul, il t'examine sans jamais oser s'approcher. Je me demande s'il a plus peur de toi ou de lui-même. Parfois, je serais prêt à tout donner pour savoir ne serait-ce qu'un instant ce qu'il ressent, même si, en fait, je devrais le savoir puisque c'est le même Guillaume que celui qui est en train de t'écrire, à quelques...dizaines d'années près. Seulement, s'il pensait comme moi, il n'hésiterait pas une seconde et descendrait en courant de sa cachette pour t'adresser la parole, pour te prendre la main, pour avoir n'importe quel contact avec toi.

Même s'il est facile de le voir comme un peureux alors que je ne ferais sans doute pas mieux en ta présence, je ne peux m'empêcher de vouloir le secouer pour qu'il réalise la chance qu'il a de t'avoir devant lui. C'est bien plus qu'un écran qui nous sépare, c'est un monde entier et aucune chance d'en sortir. Parfois je me surprends à espérer que d'une manière ou d'une autre tu te retrouverais coincée ici-bas avec moi, puis je me reprends très vite, me sou-

venant de la condition déplorable dans laquelle je suis depuis presque trois ans, et que je ne souhaite à personne, surtout pas à toi. Le rêve serait de me retrouver transporté à tes côtés, de perdre rides et années de trop, au profit d'une dose de courage supplémentaire. Chaque jour je me demande quelles merveilleuses choses nous aurions à nous dire si cela devenait réalité et chaque jour, la triste pensée que tu ne ressentes pas la même chose pour moi me rattrape et me ronge. Peut-être que mon autre moi le sent, et c'est pour cela qu'il n'ose rien.

Il n'y a qu'une chose à laquelle je me raccroche de toutes mes forces, mon seul espoir quant à tes sentiments: tu ne cesses de revenir dans ce square, où tu avais commencé par m'assommer avant de disparaitre. Certes, ni ta mère ni moi ne comprenons ton geste, mais tu ne continuerais pas de t'asseoir sur ce même banc, tous les soirs ou presque, ton petit carnet à la main si tu n'avais pas une bonne raison. Est-ce moi ou simplement la quiétude du lieu, je n'en sais rien, mais si j'arrête de croire en toi, je n'aurai plus que mes ailes pour pleurer, ces satanées ailes dont la seule couleur brun sale me donne le cafard. Alors j'attends, j'attends désespérément que tu viennes vers moi ou que mon double fasse une tentative d'approche.

Cette situation commence presque à me mettre mal à l'aise, bien qu'elle me permette de te contempler et de me redonner le goût de vivre. J'ai comme l'impression de violer ton intimité à t'observer ainsi, pendant si longtemps, sans que tu en aies la moindre idée. À moins... à moins que tu le saches et que tu restes intouchable volontairement. Dans ce cas j'ai peut-être encore une chance de ne pas te laisser indifférente. Je préfèrerais mille fois que tu me manipules, que je sois l'objet d'un plan secret plutôt que tu ne veuilles rien avoir à faire avec moi. Je suis d'ailleurs devenu un peu paranoïaque, et j'espionne de temps à autre ce que font ta mère et Arthur, espérant avoir des indices ou des informations qu'ils me cacheraient. En vain. Chaque fois que je pense être sur une piste d'une manigance, mes soupçons s'envolent au dernier moment, évaporés par des preuves contradictoires.

Je crois que je deviens fou. C'est ironique, tu es à la fois la seule chose qui m'ait permis de trouver un équilibre dans ce monde dément, et pourtant c'est depuis que je t'ai rencontrée que j'ai l'impression de sombrer dans une démence sans nom. Ces lettres n'ont aucun sens puisqu'elles sont destinées à quelqu'un qui... n'existe tout simplement pas là où je suis, et malgré cela je ne me lasse pas de t'écrire, comme si j'avais l'espoir fou qu'un jour tu pourrais lire ces mots. On dit que la langue est la plume de l'âme...Et la plume ? La langue des peureux comme moi, impuissants et consumés par ce qu'ils ne peuvent pas dire. Faute de pouvoir tout te déclarer en sachant que mes paroles vont se perdre dans le vent, je me drogue à l'encre et au papier, m'injectant dans les veines une dose de l'inexplicable attirance que j'ai pour toi. Tu me prends sûrement pour un fou, un psychopathe ou encore un imbécile qui ne sait tout simplement pas de quoi il parle. Comment est-ce *possible, dirais-tu, de ressentir des choses aussi fortes pour quelqu'un à qui on n'a jamais parlé et dont on ne sait rien ? Ça ne l'est pas, c'est même rationnellement impossible, dirais-tu. Mais si j'ai appris une chose depuis mon arrivée ici, c'est que ce mot devrait être banni de mon vocabulaire.*

EVA

2009

Tout de ce monde est éphémère. Même ce qui nous semble le plus solide et inébranlable est au fond d'une fragilité monstrueuse. Inexorablement, cela finit par se briser aussi facilement que les plus délicates porcelaines. Pourtant, ce sont ces minces certitudes, celles qui nous laissent penser que certains aspects de nos existences vont échapper à ce destin funeste, qui nous permettent de vivre. Une relation est toujours plus spéciale que celle des autres, un sentiment plus fort et inimitable que les précédents, et ainsi nous nous persuadons que nous sommes intouchables. Cette douce illusion peut durer aussi longtemps que nous nous voilons la face et certains se rendent aveugles pour qu'elle dure toujours au fond d'eux-mêmes, coupés du monde réel. Une seule chose est capable de tout détruire en un souffle, un mot, un son ou même un geste, dont bien peu mesurent les immenses pouvoirs. Savoir. Rien n'est plus ténu que cette limite, que ce fil qui sépare le moment où nous ignorions quelque chose de celui où

nous savons, et lorsque nous nous en apercevons, la ter-
reur de faire une seule erreur nous envahit. Alors on ment,
on cache et on triche, on espère ne jamais dévoiler ce qui
changerait l'autre à tout jamais. Puis, sans avoir pu s'y
préparer, ce moment horrible arrive où l'on doit s'arra-
cher à ce rêve que nous nous étions construit pour fuir
cette peur du dévoilement. C'est un cauchemar qui com-
mence lorsque nous divulguons ce que nous nous étions
gardés de dire. Ce jour-là, dont j'ai oublié jusqu'à la date
tant il représente mes plus grandes terreurs, le mien était
sur le point de voir le jour.

- Assied-toi Violette s'il te plait.

Elle me dévisageait depuis quelques instants, d'un regard rempli de questions, de chagrin et d'appréhension.
Elle ne savait pas encore. Elle ne savait pas encore que
c'était ma faute, que j'étais la pire des mères possibles, ni
que j'étais prête à tout pour qu'elle me pardonne. Elle
n'était pas encore en colère contre moi, elle ne m'en voulait pas encore, mais tout cela allait venir et dès lors, plus
rien ne serait pareil. Mon mari était là aussi, les bras croisés, appuyé contre le mur, l'air suspicieux. Je leur avais
simplement dit qu'il fallait que je leur fasse part d'une
chose extrêmement importante, et au ton que j'avais employé, ils s'étaient doutés que cela devait avoir un lien avec
la récente mort de Guillaume. Cela faisait quelques mois,
et je m'étais refusée d'en parler avant, voulant à tout prix

laisser le temps à ma fille de faire son deuil avant de l'accabler de nouveau. Je n'étais en aucun cas sûre que j'aie pris la bonne décision d'attendre si longtemps, et c'était en grande partie ma faiblesse et ma lâcheté qui m'avaient amenée à ne pas me confier avant. Je tirai une chaise devant Violette et, sans me quitter des yeux, méfiante et craintive, elle s'y assit. Je restai debout, tremblante, jetant alternativement un regard à Julien et à elle, incapable de me décider à parler. Ma fille enroulait autour de son index une mince mèche de cheveux noirs, et lui tapotait sur le dos de sa main avec ses doigts. Ils étaient nerveux, sans doute autant que moi. Je me raclai la gorge, hésitante, et, sous les regards insistants de ma famille, je commençai péniblement :

- Je n'ai pas de mots pour exprimer l'état de désespoir et de culpabilité dans lequel je me trouve actuellement. Si je vous disais simplement que j'étais désolée, ce serait vous mentir. Non, je suis bien plus que cela. Ce que je vais vous dire, je ne le fais pas pour apaiser ma conscience, ni même dans l'espoir que vous comprendriez mes choix passés et que vous m'absolviez, car moi-même je n'y parviens pas. Si je vous dévoile aujourd'hui ce que je me suis gardée de vous dire pendant plus de dix ans, c'est parce que je considère que je vous dois la vérité. Entière et non retouchée.

Je marquai une légère pause pour observer leur réaction. Sans que rien ne change dans leurs yeux ni leur comportement, ils étaient soudainement suspendus à mes lèvres. Ils buvaient mes paroles, donnant à mon discours une importance qui m'étouffait. J'inspirai calmement, et repris, le cœur battant de plus en plus vite à mesure que les révélations arrivaient au grand galop :

- Commençons par le commencement. Tout a débuté il y a précisément quinze ans, lorsque j'enseignais encore à l'université. Deux femmes sont venues me proposer un poste incroyable, une opportunité comme je ne pourrais pas en retrouver beaucoup dans ma vie. Mais cela, vous le savez. J'étais passée de professeur de physique à consultante dans une équipe d'archéologie renommée, faisant votre fierté lorsque je vous l'avais annoncé. Ce que vous ignorez en revanche, c'est que ce n'était que du vent. Je ne suis pas, et je n'ai jamais été membre d'une équipe d'archéologie. Cela fait quinze ans que je suis chef de projet dans une branche secrète du ministère de la recherche, dans une section spécialisée pour les projets qualifiés d'infaisables. C'est mon équipe qui se charge de réaliser tout ce qui n'a jamais pu être fait avant.

Je déglutis avec difficulté. La première partie était faite, mais le pire était à venir et déjà leur expression m'annonçait que j'allais tout détruire. Petit à petit, à chaque mot que j'avais prononcé, je les avais sentis s'éloigner. Devant moi, il n'y avait plus ma fille et mon mari, mais la famille de quelqu'un qu'ils connaissaient de moins en moins. Les yeux écarquillés et humides, la bouche crispée par l'attente de la chute de mon histoire, ils me fixaient, à la fois horrifiés par ce qu'ils avaient entendu et apeurés par ce qui était encore à venir. Et moi, tremblante et désespérée de les voir ainsi, je tentai de ne pas paraître trop décontenancée.

- On ne m'avait pas dit cependant, ce qui m'attendait exactement en acceptant ce travail. L'excitation de la proposition et l'improbabilité qu'une telle occasion se représente l'avaient emporté sur ma raison et en quelques jours, j'avais signé un contrat qui allait mener à ma perte. Pourtant, je l'avais lu et relu, étudiant chaque terme, chaque condition, m'attendant à chaque virgule qu'apparaisse ce qui expliquerait une telle chance, sans que rien ne vienne pourtant ternir le tableau. Du moins c'est ce que je croyais. Il fallut près d'un an d'orgasmiques et incessantes recherches sur des projets qui certes n'aboutissaient que rarement, mais dont l'envergure nous faisait chaque fois frissonner de plaisir, avant qu'on ne me confie ce projet, cet affreux et incroyable projet. Si je vous donnais la lettre que je reçus à ce moment-là, vous me prendriez pour une folle, plus encore que je ne le suis réellement. C'était une idée insensée, utopique, absolument démente mais incroyablement attirante. C'était une idée dont le seul nom ferait fuir des personnes plus raisonnables que moi, plus réalistes sans doute. Mais elle fit palpiter chacune des cellules qui constituent la scientifique que je suis et que j'étais. C'était une machine à avancer dans le temps.

Je m'arrêtai, haletante. Pas un cri, pas un mot, pas un souffle même. Aucun des deux n'eut l'une des centaines de réactions que j'avais pu passer en revue chaque fois que j'avais simulé ce moment. Ils étaient simplement tétanisés, comme si je venais de leur donner de grandes claques. Violette, le regard dans le vide et la bouche entrouverte semblait être en arrêt sur image, figée dans la position qu'elle avait eue à l'instant où les derniers mots avaient franchi mes lèvres. Julien, quant à lui, se tenait toujours appuyé dos au mur, mais avait baissé la tête, ses mèches de cheveux m'empêchant de bien le voir. Incapable de bouger ne serait-ce qu'une main pour la poser sur l'épaule de ma fille, je tentais en vain de produire un son qui briserait ce silence insoutenable. J'avais à la fois envie de pleurer et de hurler à en perdre la voix.

- Tu…. Est-ce que tu te fiches de nous ? explosa mon mari sans crier gare, plantant ses yeux glacials dans les miens, désespérément désemparés. Est-ce qu'il s'agit d'une mauvaise blague ? Si c'est le cas elle est de très mauvais goût. Ça ne peut rien être d'autre qu'une plaisanterie… Non, rien… Réponds ! Est-ce que tu nous as réellement menti pendant toutes ces années ? Est-ce que la femme que j'aimais n'était…

Sa voix se brisa sans qu'il puisse finir sa phrase. Sans se dépourvoir de son extrême froideur, son œil s'était teinté d'une peine incommensurable. Pas une larme cependant. Je n'avais pas la force de répondre, pas la force de perdre définitivement ce que j'avais si durement préservé pendant plus de quinze ans. Alors, sans détacher mes yeux des siens, je hochai lentement la tête de haut en bas. Le monde sembla s'immobiliser un court instant, puis dans un long sanglot désespéré, j'entendis ma fille fondre en larmes derrière moi. Cela fit l'effet d'un poignard qu'on aurait enfoncé en moi si profondément qu'on ne pourrait le ressortir. La douleur d'entendre celle que j'aimais plus que tout souffrir par ma faute était indescriptible. Sans un mot, Julien se laissa glisser au sol, sans force. Ce ne fut plus une, alors, mais des millions de lames qui me traversèrent de toutes parts. Les gémissements de Violette se transformèrent à mes oreilles en hurlements déchirants et assourdissants, et chaque son, jusqu'à la respiration saccadée de mon mari, se muèrent en vacarme rugissant.

Tout se mit à tourner autour de moi, et je dus m'appuyer quelques instants, les deux paumes plaquées sur le bois froid de la table à manger, pour ne pas m'écrouler. Mais ce n'était pas terminé, loin de là. J'avais annoncé la nouvelle la moins bouleversante, c'était dire. Il me restait à leur expliquer que quelqu'un était mort par ma faute et qu'il s'agissait simplement de l'homme dont ma fille était tombée éperdument amoureuse. Je n'allais pas en être capable, c'était tout simplement impossible compte tenu de l'état dans lequel cette première information les avait mis. Je me redressai laborieusement et m'aperçus que les pleurs avaient cessé. Violette se tourna vers moi, un regard dur à en hurler :

-   Guillaume… commença-t-elle comme si elle avait lu dans mes pensées. Guillaume, pourquoi lui ? Pourquoi ? POURQUOI ?

Elle criait presque maintenant, mettant de côté sa voix étranglée par la tristesse. Elle avait compris sans que je ne dise rien et c'en était presque plus horrible encore. Je n'avais pas de réponse à sa question. Ou plus précisément, j'en avais une qui me donnait envie de me tailler les veines. Pourquoi lui ? Justement, il n'y avait pas de *lui* au moment où j'avais pris cette horrible décision. Ni de lui ni d'un autre. Il n'y avait que des inconnus rassemblés au même endroit et cela avait été exactement cette idée qui m'avait permis de le faire. Cela et le fait qu'ils étaient tous jeunes. Des adultes auraient davantage risqué d'être tués ou simplement de disparaitre s'ils testaient la machine. Ironie du sort qu'un de mes collègues m'avait expliquée en même temps qu'il m'avait annoncé qu'elle fonctionnait tout de même, mais dans ces conditions, quatre années auparavant.

Le risque était tel que jamais je n'aurais pu viser quelqu'un en particulier. Comme c'était hypocrite de ma part ! Ce n'était pas parce que j'étais incapable de mettre un prénom sur un visage que ça ne faisait pas de cette personne un individu à part entière dont je n'avais pas le droit de disposer de la vie. Pourtant je l'avais fait, pourtant je m'étais accordé le droit ignoble de décider du futur que j'allais accorder à l'un de ces élèves. Alors non, je n'avais pas de réponse pour ma fille et ses larmes qui coulaient sans interruption sur ses joues ne rendait que plus difficile encore la tâche de lui donner les détails. Julien ne disait rien, la tête dans les genoux, comme si elle était soudainement bien trop lourde pour tenir toute seule. Il me fallait un coup de pouce, quelque chose ou quelqu'un qui m'aiderait à finir mon récit, mais les deux seuls êtres qui avaient le pouvoir de me donner toute la force du monde étaient les mêmes qui à cet instant précis auraient eu besoin que je sois invincible. Les lèvres vibrantes de peur et les doigts crispés sur la table, je fermai une seconde les paupières, cherchant au plus profond de moi-même la puissance de terminer ce que j'avais commencé lorsqu'un bruit me fit sursauter. Quelqu'un avait sonné.

Péniblement, posant un pied devant l'autre comme si je devais réapprendre à marcher, je me trainai jusqu'à l'entrée et m'immobilisai. Il fallait que j'aie l'énergie d'accueillir qui se trouvait là, de lui parler. Le son retentit à nouveau, plus long et strident que le précédent, me faisant tressaillir comme s'il avait résonné dans chacun de mes os. Je posai faiblement la main sur le métal froid de la poignée en fer et la tournai, ouvrant la porte dans un léger grincement. Il n'y a pas de mot assez fort pour décrire ce que je ressentis à ce moment-là, lorsque je découvris debout devant moi, un chercheur du laboratoire. Ce n'était pourtant pas le problème, même s'il n'avait rien à faire là. Non, ce qui me fit reculer d'un pas en étouffant un cri terrorisé, ce n'était pas de le voir sur le seuil de ma maison, mais de découvrir ce qu'il portait. C'était une grande boîte rectan-gulaire, recouverte de boue séchée et de feuilles, sur la-quelle était estampillé en lettres rouges capitales « Pro-priété du gouvernement » suivi d'une adresse à laquelle la rapporter. Même cela aurait pu me laisser indifférente s'il n'y avait pas eu cette ouverture circulaire sur le côté, de la taille d'un œil à peine, par laquelle filtrait habituellement un mince filet de lumière blanche. Je ne savais que trop bien ce que cela contenait et j'en eus la nausée. Ce que j'ignorais cependant, c'était ce qu'elle faisait là, dans les bras de mon collègue qui, d'un air aussi ravi que médusé me dit simplement :

- Nous l'avons retrouvée.

EVA

Juin 2008

Il y a une sensation que j'ai toujours adorée. Ce petit frisson de plaisir qui fait frétiller mes veines quand je me rends compte que tout prend sens. Cela ne m'arrive pas souvent lorsque je fais mes recherches en laboratoire, mais lorsque je parviens à résoudre une équation, à trouver le composant manquant et que tout s'éclaire soudain, je n'ai qu'une envie : mettre en boite ce sentiment superbe. C'est comme si j'avais marché dans le noir des heures, des jours et des semaines durant et que j'apercevais enfin la lumière au bout du tunnel. Tout ce que je n'arrivais pas à voir, à comprendre, tout ce à quoi je m'étais heurtée dans l'obscurité et qui m'avait paru insurmontable, me semble soudainement insignifiant, comme un enfant qui découvre avec le soleil les ombres qui l'avaient terrorisé pendant la nuit. Chaque chose s'imbrique alors parfaitement, comme un casse-tête dont on parvient à assembler les pièces et qui s'avère si simple une fois résolu. On se dit pour nous-

mêmes « c'était donc cela » et on rit de ne pas l'avoir dé-
crypté avant, tant la solution nous apparait évidente. C'est
tellement gratifiant que l'on veut le ressentir à nouveau et
l'on se met à chercher la difficulté, se disant que plus
grande elle sera, plus belle sera la joie de l'avoir surmon-
tée. C'est une des choses qui m'ont fait aimer les sciences
à ce point. Pourtant, quand ce furent des morceaux de ma
vie qui s'assemblèrent pour former un puzzle infernale-
ment logique, je n'eus pas ce petit frisson. Cela me mit
même carrément mal à l'aise.

Le jour tant redouté était arrivé. Cela faisait trois ans
que j'étais là, du moins c'était ce que mon père m'avait dit.
Je n'avais plus la moindre notion du temps qui passait
puisqu'il n'y avait ni jour ni nuit, ni été ni hiver, et Arthur
seul nous servait de repère. Mon corps ne sentait pas toujours le besoin de dormir, ni celui de manger et je ne percevais aucune des sensations physiques qui traversent normalement l'organisme. J'étais dans un état où je n'avais
plus que les émotions pour me raccrocher encore à mon
humanité, et à ce moment-là, c'était un sentiment abominable qui coulait dans mes veines. Je le connaissais bien,
trop bien même. C'était une de ces pensées qui font de
nous des êtres humains, autodestructeurs et masochistes,
espérant que la pénitence que l'on s'inflige nous épargne
celle des autres. Je me sentais coupable, tout simplement.
Et je n'avais encore rien fait qui puisse me faire sentir
ainsi. Enfin, si l'on passe outre que par ma faute un ado-
lescent venait de perdre trois années de son existence dans

un univers étrange et inconnu, sans certitude qu'il puisse en sortir. Ce n'était pourtant pas cela qui stimulait ma culpabilité, pour une fois. Non, je me torturais simplement en avance. J'allais devoir renverser ma propre fille en voiture, sans la tuer, puis lui injecter de quoi endormir un cheval, et enfin m'enfuir en la laissant là, pour que personne d'autre que moi-même ne puisse m'accuser du crime. Voilà ce qui me rendait quelque peu nerveuse.

Accoudée à ma prétendue fenêtre, je regardais ma propre vie défiler en ce 7 juin 2008. Devant mon bureau, je semblais avoir oublié l'épisode de la veille où je m'étais fait concocter le sédatif à distance. Ici-bas inversement, j'étais loin d'avoir complètement récupéré de l'opération. Cela m'avait terriblement affaiblie. J'enviai mon autre moi, ignorant tout de mon état, aux prises avec des problèmes bien différents. Je la voyais penchée sur des plans de la machine, tentant pour la énième fois de trouver un moyen de la faire fonctionner, sans ce risque mortel qui m'avait poussée à la poser en cachette dans un lycée. C'est bête comme un tout petit détail peut tout ruiner.

Cette invention était absolument parfaite, à l'exception d'une chose. Plus la personne qui testait la machine était âgé, moins elle avait de chances de survivre, et elle risquait fort de disparaitre dans le processus. Je soupirai de chaque côté de l'écran. Je m'en détournai, le regardant du coin de l'œil depuis mon lit. J'avais passé le plus clair de mes journées ici à observer ce que faisait mon autre moi dans le monde réel, et ce que j'avais vu m'avais tout simplement donné envie de pleurer. Après avoir découvert par la une d'un journal que Guillaume était bel et bien celui qui avait subi la machine, je m'étais aperçue qu'elle avait dysfonctionné à deux reprises. Tout d'abord, il n'était censé avoir que trois années de plus au lieu de la quarantaine de trop qu'indiquaient les rides du vieil homme qu'il était devenu. Ensuite, après m'être faite transporter pour m'enfuir des toilettes, j'aurais dû arriver en mars 2008, et non un mois plus tard en septembre 2005. Mais ce n'était pas tout. J'avais disparu pendant trente jours et personne, absolument personne n'avait semblé le remarquer. Ni chez moi, où mon mari et ma fille s'étaient comportés avec moi comme ils l'avaient toujours fait, ni au laboratoire.

Quand j'y étais revenue, la tête basse, prête à subir les réprimandes et les sanctions dues à ma petite escapade, on ne m'avait rien dit. C'était comme si je n'étais jamais partie. A l'exception qu'à mon retour j'avais constaté avec horreur que toute mon équipe était en pleine effervescence : ils cherchaient à résoudre les problèmes de fonctionnement de la machine, et me félicitaient de mon test réussi. Je n'avais pas pu, mine de rien, continuer le processus sachant qu'une vie avait déjà été menacée par ma faute, pour risquer des résultats aussi catastrophiques. Au bord du désespoir, j'avais tendu à mon supérieur un formulaire de démission définitive rempli et signé de ma main. J'avais jubilé de la décision prise dans le monde réel. Il était temps de laisser toutes ces horreurs derrière moi et d'aller de l'avant. Cependant, mon excitation fut de courte durée, et sans pouvoir entendre l'échange qui avait lieu, j'avais observé d'un air médusé mon supérieur déchirer le formulaire et refuser mon départ. Une clause de mon contrat l'autorisait visiblement à me garder contre mon gré, tant qu'une machine n'était pas terminée et réussie. C'était simplement hallucinant. Je m'étais alors remise au travail et de mon côté, j'avais tiré les rideaux de rage, furieuse contre la bêtise et la naïveté dont j'avais fait preuve en acceptant ce poste.

Les semaines, les mois et les années avaient passé lentement, une routine s'installant entre elle et moi. Je me mettais devant cette fenêtre et l'ouvrais chaque matin quand elle ouvrait la sienne, la refermant quand elle éteignait sa lumière le soir. J'avais l'impression de vivre à travers elle, et cela me maintenait quelque peu hors de la solitude immense de ce monde isolé. Certes, il y avait mon père pour me tenir compagnie, mais je n'arrivais pas à me sentir proche de lui lorsqu'il était sous cette forme. Guillaume n'était pas non plus d'une grande compagnie. Il parlait très peu, passant toutes ses journées collé à la vitre, obnubilé par ce que devenait son autre lui. Il refusait que qui que soit ne regarde, et la seule fois où j'avais risqué un coup d'œil, il avait violemment claqué les vitres et était parti de la pièce sans un mot. Je ne pouvais pas le blâmer. Je ne me serais pas pardonnée non plus si j'avais été à sa place. Cependant, je brûlais de curiosité de savoir ce qui se passait de son côté, me demandant si ma fille avait fait une deuxième apparition depuis qu'elle l'avait assommé.

Or, lui seul pouvait observer son double et la seule fois où j'avais essayé, je m'étais retrouvée devant un écran irrémédiablement noir. Trop de choses restaient sans réponse et cela me rendait folle. Ce ne fut qu'au mois de mars précédent que tout commença à prendre sens.

Après avoir été témoin d'une crise de nerfs où j'avais mis mon bureau sens dessus dessous, j'avais découvert un papier de mise en garde pour la machine qui datait de 2005 et qui m'étais destiné, mais que je n'avais jamais reçu. J'y avais lu, paniquée, que le contact de l'eau et du gaz la déréglait. Or elle avait été exposée aux deux dans la cavité des toilettes. Je m'étais vue courir sous la pluie comme une folle furieuse en direction du lycée, voulant à tout prix savoir ce qu'elle était alors devenue. Le cœur au bord des lèvres, j'avais constaté que le bâtiment avait été détruit et que ce qui lui servait de jardin était en travaux. Je m'étais affalée sur mon lit, désemparée et prise d'une tristesse immense face à l'autre Eva tombée à genoux au milieu du trottoir. Ce qu'elle ne savait pas, c'était qu'à quelques mètres d'elle se trouvait l'homme dont elle avait, ou devrais-je dire, dont nous avions ruiné l'existence et arraché la jeunesse.

J'étais restée quelques jours allongée sur ma couverture, les yeux fixant le plafond, sans pouvoir chasser de mon esprit l'air affolé qu'elle avait eu en comprenant que son invention était perdue à jamais. Le document de contre-indications expliquait cependant les deux dysfonctionnements dont Guillaume et moi avions été victimes et j'avais pu rayer mentalement l'une des milliers de questions qui défilaient dans mon esprit sans interruption. Deux mois étaient passés sans qu'un autre incident ne survienne et je m'étais épiée toute la journée, espérant pouvoir assister par procuration au diner familial. Je m'étais vue rentrer chez moi, l'air tourmenté, et, au moment de franchir le portail du jardin, j'avais failli crier. La version âgée de Guillaume tenait ma fille dans les bras, sur le pas de ma porte discutant avec mon mari. Je n'avais évidemment rien pu entendre de derrière ma fenêtre, mais je m'étais regardée croiser ce vieil homme. A cet instant, j'avais tourné la tête vers le jeune Guillaume, assis devant la sienne, qui me fixait, effaré. C'était à cet instant que nous avions compris comment nos vies étaient liées à celle de Violette.

J'avais tenté de lui demander ce qui s'était passé pour qu'il ait besoin de la ramener, inconsciente, mais il était resté muet, comme s'il protégeait non seulement son intimité mais celle de son double également. Tiraillée entre ma curiosité immense et la peur d'interférer dans le rapport spécial qui semblait les unir, j'avais renoncé à connaitre la vérité et m'étais contentée d'observer mon propre quotidien, espérant que quelque chose dans le comportement de ma fille me donnerait l'indice que j'espérais. Et c'était ce qui arriva, plus ou moins.

C'était ce 7 juin, ce jour que j'avais tant craint et que j'avais voulu à tout prix ne jamais connaitre, que je compris beaucoup de choses et que le puzzle commença à s'assembler. Après avoir laissé se dérouler d'un œil absent le film de mes recherches vaines, je m'étais observée rentrer chez moi, m'installer dans mon canapé comme à mon habitude pour profiter du calme et me vider l'esprit. Quelques minutes passèrent ainsi, puis je m'aperçus soudainement tourner la tête vers l'escalier qui menait à la chambre de ma Violette. En quelques secondes j'étais arrivée en haut, et passait une tête dans l'embrasure de la porte, me retrouvant face à elle. Tout se passa ensuite très vite. Notre regard tomba sur une photo de Guillaume posée devant elle et malgré son entêtement à essayer de la cacher, je m'en saisis. Un échange très animé eut alors lieu et je me désespérais de ne pas entendre ce qui se disait, ne pouvant alors que constater médusée, que l'on se battait pour ce fameux cliché. Elle me l'arracha des mains et, horrifiée, je me vis la gifler violemment. Elle dévisagea, abasourdie et, ramassant les papiers qui trainaient sur son bureau, elle me bouscula et dévala les marches. Les mains plaquées sur ma bouche, je n'arrivais pas à croire que j'aie osé la frapper.

- Il est temps, Eva, prononça la voix d'Arthur derrière moi.

Je me retournai vers lui et, hochant la tête à contrecœur, je plaçai mes paumes de chaque côté de l'écran. Mon père m'avait prévenu, cela serait d'autant plus douloureux la deuxième fois et ne pourrait durer très longtemps. Il faudrait que je sois efficace, terriblement efficace. Répétant la

même opération que la veille, j'inspirai profondément, posai mon front sur la surface dure et lisse et fermai les paupières, laissant couler une larme.

Je vacillai une seconde, puis, retrouvant mon équilibre,
j'examinai ce qui se trouvait autour de moi. J'étais dans la
chambre de Violette, les doigts rougis par le coup que je
venais de donner. Il n'y avait pas une seconde à perdre.
Elle venait de partir et en me dépêchant, j'avais une chance
de réussir à la suivre. Je descendis en quatrième vitesse,
attrapant en passant mon sac qui contenait le sédatif et me
précipitai dans la rue sous l'œil stupéfait de mon mari.
Tournant la tête à droite, puis à gauche, je la vis courir et
disparaitre au coin. Je savais exactement où elle allait.
C'était presque trop évident pour être vrai. Je me ruai dans
ma voiture et démarrai en trombe. Direction le square.

En moins de cinq minutes, j'étais garée juste devant,
prête à mettre le contact dès que je l'apercevrais franchir
les grilles. Pour l'instant, il était clair qu'elle était avec
Guillaume, espérant trouver un peu de réconfort auprès de
lui. Après tout, ce n'était pas étonnant qu'elle se soit enfuie
de la sorte, j'avais été une mère indigne. Et cela n'irait pas
en s'arrangeant. Tremblante, je sortis la seringue et la vidai
des bulles d'air qui s'y étaient logées. Il fallait à tout prix
que j'ai la force de lui enfoncer l'aiguille dans le bras et de
presser le piston. Elle n'allait pas mourir. Elle allait très

bien s'en sortir. Il fallait que je m'en convainque. Un claquement soudain me fit sursauter et je la vis dévaler la pente du square à toute vitesse, le regard baissé, fixant ses pieds. Je tournai d'une main molle la clé et démarrai. 20 km heure, ce n'était pas mortel... si ? Je doutais de tout. Au moindre accroc, c'était la vie de ma fille que je risquais. Je déglutis difficilement. Violette débent sur le trottoir, franchissant les grilles en se cognant brutalement l'épaule et je pressai la pédale de l'accélérateur en allumant les phares. J'étais à dix mètres d'elle.

Arrivée au milieu de la rue, elle tourna soudainement la tête pendant que je freinais, les pneus crissant sur le béton. Plus que trois mètres. Tétanisée, elle ne put qu'ouvrir la bouche, comme pour hurler et tendit les bras devant elle comme pour se protéger du choc. Deux. Je mis tout mon poids sur la pédale de frein. Un. J'entendis à peine le bruit sourd de son corps tombant sur le sol et je me jetai hors de ma voiture. Les larmes dégoulinaient pitoyablement le long de mes joues, me brouillant la vue et je m'agenouillai à ses côtés, posant un doigt fébrile sur son cou. Je fondis en sanglots. Elle était vivante. En quelques secondes, je lui avais injecté de quoi dormir pendant quelques semaines et j'étais retournée dans ma voiture, la garant loin de là. Puis, titubante, j'avais jeté dans une benne l'objet qui faisait de moi une folle furieuse, et était retournée en courant sur la scène du drame.

On me tira en arrière violemment. Je rouvris les yeux péniblement, comme si je venais de me réveiller et découvris Arthur, un sourire aux lèvres. J'avais réussi. Je décollai mes mains de la fenêtre et je me vis, paniquée, appeler une ambulance, sans la moindre idée de ce qui venait de se passer, ni de comment j'étais arrivée là. Je soupirai. Je me sentais faible, comme si un morceau de moi-même était resté là-bas. Mais j'avais fait ce que je devais, et tout serait fini dans quelques semaines. Nos vies pourraient alors reprendre un cours normal, comme si rien de tout cela n'était arrivé, et je...

- Vous êtes des monstres. Vous l'avez... tuée.

Je me retournai vivement et vis Guillaume, à l'entrée de la chambre, fixant l'écran, horrifié. Son seul regard me suffit à comprendre pourquoi Violette avait exigé qu'il ne soit pas au courant. Tout prenait sens, et le puzzle qui était en train de s'assembler me mettait particulièrement mal à l'aise.

GUILLAUME

10 mai 2008

Lettre 47

A tous ceux qui sont amers, qui ont simplement arrêté de croire, qui pensent que la vie n'est qu'un enchainement de déceptions et de bonheurs fades, vides de sens. A tous ceux qui ne savent plus entendre le monde qui les entoure, ou pire encore qui ne s'en sont jamais donné la peine, qui naviguent dans leur existence comme un voilier dans la tempête. A tous ceux-là et à tous les autres aussi, je ne peux que leur souhaiter de faire un jour l'expérience incroyable dont j'ai été le sujet sans le vouloir. Grâce à cela j'ai enfin compris que tant qu'une chose est assez forte, assez incroyablement hasardeuse pour qu'on s'y accroche, on est sauvé de toutes les horreurs qui peuvent surgir autour de nous. Pour ma part, elle porte un prénom de fleur, un prénom que je ne cesse de répéter encore et encore tant j'aime le goût qu'il a sur mes lèvres, un prénom qui est le tien, Violette.

Je n'avais jamais eu aussi peur pour quelqu'un de toute ma vie. Le pire, était que j'avais été seul responsable dans ce qui aurait pu être le désastre de nos existences. Plus précisément, mon autre version de moi avait failli faire voler en éclat l'intégralité de ce qui me donnait encore espoir. Pourtant, tout avait commencé par ce que j'avais attendu depuis deux mois, inlassablement et que je n'aurais jamais cru voir arriver. Nous nous étions rencontrés à nouveau. C'était il y a un peu plus de quatre jours mais la sensation de terreur profonde n'a été que lentement remplacée par un soulagement et une torpeur épuisée.

J'avais cru que tu ne te montrerais pas ce soir-là tant il avait plu dans la journée. Les fleurs étaient allongées sur le côté, meurtries, et la terre s'était transformée en une pâte épaisse et glissante. Les branches s'abandonnaient au poids de l'eau, chaque feuille trempée tirant un peu plus l'arbre entier vers le sol. C'était un décor assez triste et n'importe qui de censé serait resté au sec chez soi à la place de s'aventurer dans cet endroit inhospitalier. Mais pas toi. Comme chaque fois tu étais là, à la même heure que d'habitude, avec le même petit sourire fatigué mais heureux que tu as en arrivant. Les cheveux ondulés par la pluie, tu étais encore plus rayonnante que les autres jours. Pour la première fois, je m'autorisai à te trouver belle. *Voilà c'est dit.* Tu étais belle, comme toujours et j'en étais d'autant plus désespéré. Lentement, tu poussas les battants en fer qui grincèrent légèrement et tu laissas ta main posée sur le métal quelques secondes, comme si tu redécouvrais pour la première fois ce que tu connaissais pourtant par cœur. Mon autre moi restait complètement immobile, comme figé par ton apparition, me permettant de te contempler à loisir. Tu semblais saluer chaque chose de ce square et maintenant je me demande si tu avais senti que quelque chose allait changer pour toujours ce lieu que tu affectionnais tant. Doucement, tu lâchas les barreaux et d'un mouvement presque tendre tu poussas la grille pour qu'elle se referme. Tout semblait être fait avec langueur, comme si le temps du monde t'appartenait. Tu restais toutefois dans cette humble position de celle qui admire ce que le monde a à lui offrir sans s'attendre à plus, tout en s'émerveillant que ce soit déjà ainsi. Mon Dieu comme tu étais belle.

Tu fis le tour du bassin, glissant tes doigts sur les vieilles pierres, ton regard se perdant entre les lentilles d'eau et le morceau du reflet que tu pouvais sans doute entrevoir. Paisiblement, tu t'en éloignas et allas t'assoir sur ce banc que tu avais fini par apprivoiser avec le temps. Le bois semblait trempé et un peu pourri mais tu t'en moquais. Une jambe repliée sous l'autre tu ouvris ton sac pour en sortir le carnet que je connaissais sans doute aussi bien que toi, tant je l'avais vu et revu. Jamais cependant je n'avais eu la chance d'apercevoir ce que tu faisais dessus. J'imaginais les plus beaux croquis, les dessins les plus réussis ou encore des textes magnifiques et chaque fois je chassais la paranoïa qui me faisait penser que tu rédigeais le compte rendu d'un plan machiavélique. Plus je t'observais, moins cela me semblait possible. Tu étais trop douce, trop délicate pour te salir les mains à manigancer je ne sais quelles horreurs. Et puis pourquoi le ferais-tu ? Qu'aurais-je bien pu faire pour que tu m'en veuilles ? Je me souviens de ces doutes, de ces pensées tordues qui m'avaient habité jusqu'à ce jour-là et au vu de ce que mon double s'apprêtait à faire, j'en ris maintenant. Tu ne m'en voulais pas. Pas encore du moins. L'image sur l'écran qui était bien immobile depuis ton arrivée se mit tout d'un coup à bouger et j'en eu un frisson. Mon autre moi descendait de son perchoir habituel. Pour ma part, j'étais tétanisé, ne comprenant que trop bien ce qui se passait, malgré sa vision qui ne cessait de s'agiter en tous sens. Il allait venir te voir. J'aurais pensé que l'excitation allait être absolument incroyable, ayant attendu ce moment depuis longtemps, mais c'était davantage une panique folle qui m'envahissait à mesure qu'il s'avançait entre les arbres. Le plus dur était de ne pas savoir exactement ce qu'il comptait faire et de ne pas pouvoir intervenir. Une fois en bas de son observatoire, il se mit à avancer lentement, me laissant suspendu à ses moindres mouvements. C'était la première fois que j'allais te découvrir de si près. Si seulement je pouvais croiser ton regard...

Je me rendis compte que je ne connaissais même pas la couleur de tes yeux. Je ne pouvais pas croire que j'allais enfin être capable de les contempler comme si j'étais devant toi. Il était encore sous les derniers arbres de la butte quand tu te mis à t'agiter en tous sens sans que je puisse savoir pourquoi. Il fit quelques pas de plus, sans ralentir ni accélérer et je te vis ranger tes affaires à toute vitesse. Je n'avais pas la moindre idée de ce qui était en train d'arriver et cela me rendait fou. Tu te levas brusquement et te mis à marcher vers les grilles d'un pas pressé. La douceur que tu avais employée dans le moindre de tes gestes avait désormais disparu, laissant place à une nervosité qui m'inquiétait au plus haut point. Que pouvait-il bien se passer pour que tu sois effrayée ainsi ? Est-ce qu'il avait des intentions si mauvaises à ton égard que tu le fuyais ? Ou sa présence t'inquiétait-elle? Il me semblait pourtant que tu ne m'avais toujours pas vu. C'était à n'y rien comprendre. Une fine bruine avait commencé à tomber te faisant accélérer le pas. Tout à coup tu te retournas comme si on t'avait interpelée, et ce fut le drame. Ton sac se renversa et le contenu se répandit sur le sol à ton plus grand désespoir. Tu te précipitas pour le ramasser, relevant la tête de temps à autre pour évaluer la distance qui te séparait de lui. Tu semblais terrifiée et j'en eus la nausée.

Comment avais-je pu te faire peur à ce point ? Ou plutôt, comment cet homme qui n'avait très clairement en commun avec moi que son physique et son nom, avait pu te faire peur à ce point ? J'étais révolté. Si seulement j'avais pu intervenir, les choses se seraient passées différemment, crois-moi. Je serais venu t'enlever des griffes de mon double qui semblait te terroriser. Il n'avait pas le droit. Personne n'aurait dû avoir le droit de te tourmenter ainsi. Il était arrivé à ta hauteur en quelques secondes et se baissa pour t'aider à récupérer tes cahiers. Je restai bouche bée.

C'était la première fois que je te voyais si bien. Même affolée comme tu l'étais tu restais resplendissante. Tes cheveux tombaient légèrement devant tes yeux qui le fixaient, plantant dans les miens deux iris d'un brun ambré perçant et envoûtant qui me firent frissonner. Il aurait tenté de te dévorer tu ne l'aurais pas regardé autrement. Tu avais cette crainte sauvage et féroce qui te rendait sublime et effrayante à la fois avec laquelle tu nous dévisageais farouchement. Une seconde à peine après qu'il ait posé la main sur ton premier carnet, je vis tes lèvres bouger, formulant des mots ou des cris peut-être qu'il m'était impossible de déchiffrer, puis tu te relevas brusquement et partis en courant vers la sortie. Il te suivit tant bien que mal, tenant entre ses doigts ton précieux et mystérieux travail que tu continuais chaque soir. Crispé sur les bords de la fausse fenêtre, je ne supportais pas de laisser défiler devant mon impuissance ce moment dont j'avais rêvé se transformer en cauchemar. Puis le pire arriva sans prévenir. Tu glissas sur le sol mouillé et te cognas violemment la tête contre le fer de la grille. Avant que l'autre moi n'ait pu te soutenir, tu t'étais effondrée par terre, inerte, et derrière mon écran, je criai de rage et de désespoir. Eva et Arthur arrivèrent, alertés par le bruit, et ce fut à trois que nous pûmes observer ce qui suivit, médusés.

L'autre moi se mit à te gifler, la pluie dégoulinant sur ton visage inconscient. Tu n'imagines pas la colère que j'ai pu ressentir à ce moment-là et l'envie monstrueuse de me ruer à ton secours. En quelques instants, tu avais repris connaissance et avais les yeux grands ouverts. Ils n'avaient plus le même éclat ni la même force et semblaient épuisés. Pourtant, cela ne t'empêcha pas de rouler sur le côté et de tenter de te mettre debout, paniquée par la situation. En vain. Tu retombas sur tes genoux, t'arrachant un rictus de douleur qui me fit grimacer aussi, mais tu réessayas sans broncher, sans davantage de succès. J'avais mal pour toi, j'étais en colère contre lui, contre moi, contre toute cette situation malsaine et j'eus envie de détruire ce qui était à ma portée pour calmer ce bouillonnement qui ne voulait pas cesser. Comment pouvais-je supporter de te voir souffrir sans que je puisse y faire quoi que ce soit ? C'était de la torture et je ne savais pas combien de temps encore je résisterais. C'est là que je le vis t'empoigner et te relever.

Furieux d'abord, croyant qu'il voulait t'infliger à nouveau je ne sais quel supplice tordu, je me rassérénais un peu en voyant qu'il concentrait toutes ses forces pour te prendre dans ses bras et te porter jusqu'au banc. Il t'y allongea délicatement et écarta d'un geste étrangement protecteur à la vue de ce qui venait de se passer, une mèche de cheveux de ton front. Tu avais refermé les paupières, peut-être t'étais-tu endormie, exténuée par ce qui t'était arrivé et je le vis fouiller tes affaires. Il ne manquait plus que cela, qu'il te vole après t'avoir blessée. Mais j'étais mauvaise langue car il se contenta de trouver un carnet dans lequel était marquée ton adresse. Il ramassa ensuite tes affaires, jetant ton sac sur son épaule et te souleva à nouveau pour t'emmener chez toi, du moins je l'espérai.

Je ne sais pas par quel miracle il réussit à te ramener jusqu'à ta porte, mais un homme apparut sur le seuil, un affolement sans pareil déformant sa figure au moment où il te vit. Ton père, je suppose. J'aurais donc vu tes parents avant que tu ne saches que j'existais. Ironique, me dirais-tu. J'étais dépité. Surtout quand mon double confirma ce que je pensais depuis le jour où tu m'avais assommé. Eva était ta mère. Tout simplement. Ce lien m'avait donné le vertige, accentuant l'immense tristesse que j'avais eue quand il tourna les talons ce soir-là, te laissant sans savoir si j'allais te revoir. Depuis, pas un jour n'a passé sans que j'ouvre les rideaux de ce maudit écran en espérant t'apercevoir assise sur ce banc, un petit carnet à la main et pas un jour n'a passé sans que mes espoirs ne soient déçus. Alors je continue de t'écrire, inlassablement, en me disant que c'est la seule chose qui me permet encore de tenir. Cela, et le souvenir impérissable de la dernière image de toi que j'ai eue par mon double, celle où la crainte de tes yeux s'était miraculeusement transformée en curiosité.

EVA

Juin 2008

Je crois qu'il existe plusieurs versions de moi, des sortes de doubles qui prendraient le contrôle de mon corps sans que je puisse les en empêcher, régissant mes actions et mes réactions, dictant mes émotions et mes sentiments. J'ai toujours vu la personnalité humaine comme un génome. Des milliards de copies mais une seule qui s'exprime vraiment. Le combat intérieur a lieu à notre insu, chaque possibilité de nous-même se battant bec et ongles pour tenter de faire surface. Seulement, c'est rarement la meilleure ou la plus pure qui gagne, mais la plus forte. Heureux sont ceux pour qui elles ne font qu'une mais pour ma part, c'est loin d'être le cas. Plus précisément, chez moi, plusieurs ont gagné la bataille. Du moins, c'est ce que je découvris ce soir-là, quand ma vie prit le tournant le plus inattendu et le plus atroce. Avec la désagréable sensation qu'on prenait possession de moi, j'eus l'impression d'assister à un film dont j'aurais été à la fois spectatrice et actrice principale. Seulement, au cinéma, la fin est *écrite à l'avance et ce ne sont ni les protagonistes ni le public qui peuvent la changer. Eh bien ce soir-là j'en vins à me demander si le déroulement de ma vie n'était pas aussi méticuleusement prévu que le serait un scénario ...*

Assise confortablement au fond de mon canapé, je soupirai d'aise. La journée avait à nouveau été épuisante car infructueuse et ces moments de calme à la maison étaient les rares fois où je pouvais réellement arrêter de penser à mon échec. Cela continuait à me hanter, certes, mais je réussissais au moment où je franchissais le seuil de chez moi à passer cette obsession en filigrane. Je m'enfonçai paisiblement dans l'épaisseur des coussins, me délectant de cette détente si rare et si précieuse, me demandant ce qui pourrait bien venir la briser. Les paupières mi-closes, je sombrai lentement dans une somnolence délicieuse, me sentant parfaitement en harmonie avec la température de la pièce, la douceur du revêtement en tissu et la tranquillité ambiante. Il était évident que cet état de plénitude n'allait pas durer et une minute plus tard, un bruit sourd venant de l'étage me donna raison.

Je soupirai, ouvris péniblement les yeux et me dirigeai vers les escaliers, me demandant ce qui en avait été la source. Ma fille était seule à la maison à cette heure-ci mais je ne comprenais pas ce qui aurait pu se passer, à moins qu'elle ne se soit cognée... L'inquiétude me gagnait à mesure que mon cerveau sortait de la torpeur et je me mis à monter les marches quatre à quatre. En un instant, je passai une tête dans l'embrasure de sa porte, essoufflée :

- Violette, tout va...

Je ne pus pas finir ma phrase, ayant aperçu une photo posée sur sa table, ou plus précisément le garçon qui souriait dessus. Je savais exactement de qui il s'agissait et j'en eus froid dans le dos de penser que ma fille pouvait avoir un quelconque lien avec lui. En suivant mon regard, elle comprit la raison de mon interruption subite et posa la main sur le cliché, tentant tant bien que mal de camoufler ce qu'elle aurait clairement voulu éviter que je voie.

Il y avait quelque chose qui ne tournait pas rond et il fallait à tout prix que je comprenne ce que c'était. En lui poussant les doigts, je m'emparai de la photo et malgré son geste pour la reprendre, je ne bougeai pas.

- Rends-moi ça maman, ça ne te regarde pas.

Je ne l'écoutais même pas. C'était bien lui. Les mêmes yeux bleu-vert que j'avais vus sur la couverture du journal, trois ans auparavant, me fixaient désormais, éclairés par un large sourire. Cela ne se pouvait tout simplement pas. D'un ton plus sec que je ne l'aurais voulu, je demandais à Violette, sans quitter le visage du garçon du regard :

- Où... où l'as-tu trouvée?

Elle ne me répondit pas, se levant pour la récupérer et je reculai d'un pas, l'éloignant au plus possible d'elle. Il ne fallait pas qu'elle la prenne sans me répondre. Si elle l'avait connu ou pire encore, si elle le connaissait, il était indispensable que je le sache. Il était la clé de mon échec ou de ma réussite et je n'allais pas laisser passer cette opportunité d'en savoir davantage :

- Où l'as-tu trouvée ?!

Je regrettai au moment où ces mots sortirent de ma bouche le ton que j'avais employé. Sec, dur et presque menaçant. Je plantai mon regard dans le sien qui semblait autant choqué qu'effrayé. On se dévisagea quelques instants, puis elle ne se contint plus :

- Dans la cuisine ! Rends-la-moi !

Une panique me saisit en entendant qu'elle l'avait trouvée dans la maison, me laissant complètement tétanisée. D'un geste brusque, elle m'arracha la photo, sans me laisser le temps de répondre à ce qu'elle venait de me dire. Farouche, elle la glissa dans la poche de son pantalon me toisant d'un air profondément révolté. Elle me cachait quelque chose et elle n'avait pas le droit. Pas sur ce sujet en tous cas. J'étais sa mère tout de même ! C'était impardonnable qu'elle se comporte ainsi avec moi ! La peur se muait peu à peu en colère et sans que je puisse arrêter l'énergie qui animait mon bras, je la giflai.

- Tu es complètement folle...
- Donne-la-moi. Immédiatement.

Scandalisée et au bord des larmes, elle ramassa ses affaires sans un mot et me bouscula pour dévaler l'escalier, me laissant les yeux fixés sur ma main, horrifiée par mon geste, par mes paroles et par tout ce qui venait de se passer. Le sang battait au bord de mes doigts rougis et le rythme de mon cœur semblait vouloir accélérer à l'infini. Je me sentis nauséeuse et faible, comme si toutes mes forces quittaient mon corps. Un vertige me prit soudain, m'obligeant à m'affaler contre le mur pour ne pas tomber. Ma tête me sembla tout à coup extrêmement lourde et je me retins au bord du bureau, tremblante. La situation avait certes été assez intense mais cela ne justifiait pas ce qui était en train de m'arriver. J'entendis au loin mon mari appeler le nom de ma fille, mais le son s'estompait déjà comme si un brouillard épais étouffait tout autour de moi. Mes paupières se fermaient toutes seules, me laissant l'impression que la pièce entière tournait autour de moi jusqu'à m'engloutir. Il fallait que je m'asseye avant de tomber, que je trouve la force de plier les genoux sans m'écrouler….

Des cris. Des hurlements même et des sirènes qui beuglaient. Mon crâne me faisait un mal de chien et je mis quelques secondes à reprendre mes esprits, tentant de ne pas perdre l'équilibre. Le sol semblait tanguer sous mes pieds. J'ouvris péniblement les yeux, secouée par deux bras vigoureux :

« Madame ne restez pas là ! Madame, vous m'entendez ? Je vais avoir besoin que vous vous écartiez. »

Le son résonnait contre mes tympans douloureux et m'emplissait d'un écho incessant. Je cillai quelques instants pour que la scène qui se déroulait devant moi cesse d'être floue et, lorsque je vis clairement ce qui se passait, tous mes sens se réactivèrent en même temps, me submergeant de panique et de désespoir. Ma fille était allongée là sur le béton, inerte, les lèvres entrouvertes. Les gyrophares de l'ambulance projetaient sur son corps des teintes bleues et rouges et l'infirmier ne cessait de me repousser loin d'elle. J'articulai péniblement : « Je suis sa mère…laissez-moi passer » et je me jetai au sol à ses côtés au moment où on la soulevait pour la déposer sur un brancard. J'écartai sans force tous ceux qui s'étaient regroupés là pour me frayer un chemin jusqu'au véhicule, et un bras me saisit pour m'aider à y monter. Je ne comprenais rien et les vertiges reprirent, étouffant tous les sons et ralentissant mes mouvements. Dans un effort ultime, je m'assis sur la banquette et saisis ses doigts immobiles. Elle était gelée.

Je sentis des larmes couler sur mes joues et tomber sur ses vêtements sans que je puisse les arrêter. La vue brouillée, je constatai que sa deuxième main était serrée par quelqu'un assis de l'autre côté et relevai la tête, espérant plonger dans le regard réconfortant de mon mari. Mais il n'en fut rien. Lorsque je pus voir suffisamment nettement la personne en question, je manquai de hurler. C'était un vieil homme, la peau tirée par l'âge et la fatigue, dont j'avais déjà vu à trois reprises les deux iris bleu-vert qui me dévisageaient depuis quelques instants. Tout me revint alors. La chambre, la dispute, la gifle. Violette apeurée et moi complètement dévastée par mon geste. Je n'avais aucune idée de comment j'étais arrivée là, ni de pourquoi elle s'était retrouvée dans cet état. Ce qui était sûr, c'était que le jeune garçon de la photographie était assis en face de moi, me fixant désormais de toutes ses rides et de ses soixante ans, l'air complètement affolé.

VIOLETTE

8

La peur. Chacun y fait face comme il peut, trouvant son intime manière de l'extérioriser. Certains crient, certains tremblent, certains courent se cacher. Pour ma part, quand j'étais toute petite, j'avais dans ce genre de moments une sorte de rituel qui à lui seul réussissait à me rasséréner un peu. A la moindre appréhension, je saisissais d'un geste vif la main de ma mère entre mes doigts et je serrais si fort qu'au moment où je la lâchais, elle avait cinq petites marques rouges imprimées dessus. Pourtant, elle ne se fâchait jamais à ce propos, se contentant de me sourire doucement en voyant que ma frayeur était passée. C'était notre moment à nous et elle savait très bien qu'aucune autre méthode ne m'aurait davantage rassurée. Puis les années étaient passées, balayant sur leur passage de nombreux petits détails de l'enfance, des choses que l'on ne peut emporter avec l'âge, et cette habitude disparut peu à peu. Ce n'était plus convenable de m'accrocher à ma maman de tous mes ongles quand j'étais inquiète devant mes camarades de collège. Je me convainquais donc que je n'en avais plus besoin, que son absence dans ces moments-là ne me dérangeait pas, grandissant ainsi en me forgeant un bouclier que je voulais indestructible. Seulement, quel que soit l'âge, certaines situations sont simplement terrifiantes et malgré ma force apparente, je frissonnais tout de même sous l'armure. Alors, je trouvais des substituts qui me permettaient de conserver les apparences tout en me rassurant un peu et très vite, une solution devint instinctive. C'est ainsi que, dans un moment de grande panique, je me surpris une paume dans l'autre, à inscrire sur son dos cinq petits arcs de cercle rouges. Depuis, c'était devenu mon intime manière d'extérioriser mes angoisses, mes petites craintes comme mes grands affolements, sans que personne ne puisse me juger sur mes faiblesses. Mais ce fut seulement quand je me retrouvai dans l'incapacité totale de compléter ce nouveau rituel que je pris conscience de son importance. Ce fut quand je n'eus tout simplement rien à serrer entre des doigts pour le moins inexistants que je compris ce que signifiait vraiment le mot peur.

Le vent sifflait à mes oreilles, vrillant mes tympans et hurlant dans ma tête. Je n'en pouvais plus, il fallait qu'il se taise…Je sentais qu'elle se vidait de tout contenu et de tout souvenir à mesure qu'ils étaient balayés par les rafales et j'avais l'horrible sensation d'être en train de perdre jusqu'à mon identité. Je ne savais pas ce qui m'avait amenée ici, ni même où je me trouvais, ni pourquoi je tombais à une vitesse vertigineuse au milieu d'un vide absolu, entourée des ténèbres les plus épaisses. Le pire était que je ne me rappelais plus de mon existence passée... ni de si j'existais encore. J'étais peut-être morte mais je n'en savais rien. C'était plus frustrant que terrifiant. Terrifiant... Je ne savais plus ce que voulais dire ce mot. Je doutais même d'être capable de comprendre quoi que ce soit. J'étais en train de devenir un véritable légume... Un frisson d'horreur ou que je crus pouvoir définir comme tel, me parcourut soudain. J'avais beau creuser ce qu'il me restait de mémoire, il m'était absolument impossible de me souvenir du goût d'aucun aliment.

C'étaient des connaissances profondément ancrées en moi qui s'envolaient alors, comme si mon esprit rajeunissait jusqu'à sa création. Si c'était le cas, dans quelques instants je ne serais plus capable de réfléchir de façon logique ou construite. Je me contenterais de piailler comme un bébé qui ne sait pas s'exprimer autrement. Ou peut-être que simplement je disparaitrais dans l'obscurité, comme celle dans laquelle j'étais née. Une douce chaleur m'enveloppa alors et j'eus l'impression de flotter dans une bulle isolée de tout. C'était agréable, réconfortant et je me lovai lentement sur le côté, les jambes repliées contre ma poitrine, dans un profond sentiment de plénitude....

Un bruissement me tira d'un sommeil étrange. J'ouvris les yeux pour découvrir que je n'y voyais pas mieux qu'avec les paupières closes. Une noirceur m'environnait toujours, mystérieuse et terrifiante, monstrueusement pé-

nétrante comme si chacune des pores de ma peau la laissaient filtrer à l'intérieur de moi, remplaçant jusqu'à mon
sang. Mes pensées se figèrent soudainement. Deux choses
m'avaient alertée. La première me soulageait presque : je
n'avais pas buté sur le mot terrifiant, signe que mes capacités cognitives étaient au moins partiellement revenues.
La seconde, par contre, me donna envie de vomir. J'avais
un goût âpre et sucré dans la bouche. Je passai à l'aveugle
une langue sur mes lèvres pour tenter de savoir s'il s'agissait bien, comme je le pensais, de sang, et je hurlai.

Plus précisément, je tentai de hurler. Ce n'était pas de
la chair que j'avais léché mais une matière lisse et dure
comme de l'os, qui se terminait en pointe. Un bec. Le hurlement qui sortit de moi ressembla étrangement à un croassement rauque. Son écho résonna dans chacun de mes os,
me faisant frissonner d'effroi. Incapable de voir l'horreur
que j'étais devenue, je ne pus que deviner deux masses
plus encombrantes que des bras pendre de mes épaules,
misérablement. Je m'étais métamorphosée en oiseau. En
corbeau plus précisément, compte tenu du cri étranglé que
je venais d'émettre. La peur me gagnait depuis quelques
secondes, ma cage thoracique se soulevant de plus en plus
rapidement et, instinctivement, je voulus retrouver ce petit
geste réconfortant que j'avais depuis l'enfance. Je voulus
serrer mes mains l'une dans l'autre. En vain.

Dans une pitoyable tentative, les plumes ne rencontrèrent que le vide là où auraient dû se trouver mes doigts,
s'effleurant dans le même horrible bruissement que celui

qui m'avait réveillée peu de temps auparavant. La panique qui me guettait, aux aguets, s'empara de moi soudainement, me faisant chavirer intérieurement, comme renversée par une bourrasque trop forte. Mes souvenirs n'étaient toujours pas revenus, me laissant imaginer les pires choses qui auraient pu m'amener ici dans cet état surnaturel. Avais-je été l'objet d'une sorte d'expérience scientifique ratée ? Etais-je morte et ceci était-il mon enfer personnel ? Me calmer, il fallait que je me calme.

Mon esprit me dictait une chose pendant que mon cœur marquait un rythme endiablé, et rien de ce à quoi je pus penser ne m'aida à le ralentir. L'affolement avait réellement pris possession de moi, me laissant impuissante face à la terreur qui coulait dans mes veines. D'un geste maladroit et particulièrement inhabituel, je dépliai mes ailes pour tenter d'apprivoiser ce nouveau corps et une douleur implacable traversa mes omoplates, descendant jusque dans le bas de mon dos, m'arrachant un piaillement de douleur. La résistance de l'air immobile contre mon… plumage était bien plus forte que je ne l'avais imaginée. Je fus soulagée de me dire que je n'avais pas besoin de savoir m'en servir pour l'instant puisque je semblais flotter indéfiniment dans ces ténèbres impénétrables.

Je décrispai donc mes épaules et relâchai toute la force que j'avais employée à tenter de soulever ces maudites ailes, les laissant retomber pitoyablement. Il ne me restait plus qu'à attendre et espérer que je me réveille de ce cauchemar. Mais cet endroit en avait décidé autrement et en un instant, je me remis à tomber comme une pierre, le vent s'engouffrant entre chacune de mes plumes. Ce qui m'avait semblé être de la panique quelques instants auparavant me parut tout à coup ridicule face à la frayeur sans nom qui me tordit alors les entrailles. Les ailes plaquées contre mon corps vibrant par la puissance du vent qui me pressait de tous côtés, je filais tête en avant dans l'obscure immensité à une vitesse colossale. Si même immobile j'avais été incapable de tenir quelques secondes sans flancher, ce n'était pas avec la force monstrueuse qui me tirait vers le bas que je serais capable de freiner ma chute. J'allais mourir. Recouverte de plumes noir goudron j'allais mourir, écrasée au sol en un monceau écœurant de chair animale et d'os.

En y réfléchissant bien, puisqu'il m'était impossible de discerner la moindre forme, peut-être qu'il n'y avait pas de terre ferme en dessous de moi et que je continuerais ainsi, éternellement. Le sang battait à mes tempes dans une pulsation infernale, remplissant ma tête d'un abominable concert de percussions irrégulières et affolées me donnant l'impression de me faire piétiner de l'intérieur. Le cœur au bord des lèvres je tentai dans un ultime effort d'étendre mes plumes, luttant contre l'énergie phénoménale qui les collaient à moi mais rien n'y fit. La douleur me transperça de part en part, irradiant tous mes membres et, dans un dernier croassement étouffé, je perdis connaissance.

Un choc inattendu me fit reprendre conscience. Péniblement, je tentai de comprendre ce qui avait pu me donner cette sensation et ce fut en ouvrant les yeux que je compris, horrifiée. Une lueur que j'apercevais loin devant moi m'éclairait faiblement mais suffisamment pour me laisser contempler la scène avec effroi. D'immenses griffes me comprimaient la poitrine, m'entrainant avec elles, et au vu de leur taille, je sus qu'il s'agissait d'un oiseau de proie. Un aigle peut être, me dis-je, terrorisée. Enserrée avec une force incroyable sans pour autant avoir la respiration coupée, je vis ses gigantesques éventails de plumes brasser l'air vigoureusement et nous amener en quelques instants jusqu'à la lumière. Je me tordis le cou pour tenter d'apercevoir aussi précisément que possible l'endroit d'où elle provenait et je restai sans voix.

Cinq globes étaient suspendus sur des murs en pierre blanche, étincelant paisiblement au-dessus d'une sorte de station de métro émergeant de l'obscurité. Des sièges semblables à ceux qu'on aurait vus sur un quai de gare semblaient flotter au-dessus d'un fin nuage rose qui recouvrait le sol, faisant sortir ce lieu tout droit d'un autre monde. Encadrées par les sphères brillantes, des portes en fer forgé ouvraient sur les ténèbres, dans des entrelacs métalliques surréalistes. Tout semblait attendre, immobile et silencieux. En un battement d'ailes mon ravisseur me rapprocha du sol et écarta ses serres, me laissant tomber doucement. Je me relevai aussi vite que possible, émergeant péniblement de la brume. Je frottais l'une contre l'autre mes mains meurtries et massais mon crâne qui me faisait atrocement mal. Mes mains. Je les retournais devant moi sans y croire.

J'étais redevenue humaine, campée sur deux jambes, au milieu d'un tapis de duvet noir brillant qui disparaissait lentement devant mes yeux incrédules. J'avais presque oublié qu'un rapace avait saisi mon corps de corbeau, transi de peur et de douleur, pour le transporter et me déposer ici. Qu'était-il devenu d'ailleurs ? Recouvrant mes moyens lentement, je tournai la tête en cherchant un oiseau, et manquai de hurler. À ma droite, le visage rayonnant, de grandes plumes brunes se détachant peu à peu de ses vêtements, se trouvait ma mère. Ma mère.

Se secouant un peu pour faire tomber les dernières, elle s'avança vers moi, le bras tendu comme si elle n'arrivait pas à croire à mon apparition. Le souffle court et les mots coincés au fond de ma gorge, je restai muette, incapable ne serait-ce que de remuer vaguement mes lèvres. Elle en semblait presque amusée car, bien qu'encore étonnée de ma présence, son sourire ne cessait de grandir. Cette situation me mettait mal à l'aise. J'étais sûre que si je la touchais elle tomberait en poussière ou s'enflammerait, parce qu'il était absolument impossible qu'elle soit réelle. Je ne devais pas l'être non plus vraisemblablement. Me pincer, il fallait que je me réveille de cet étrange et monstrueux cauchemar. Avant que je n'aie pu ne serait-ce qu'approcher mes ongles de ma peau, un grincement me fit sursauter. Détournant mon regard du sien pour quelques secondes je vis que quelqu'un d'autre arrivait de derrière une des portes métalliques que j'avais aperçues en arrivant. La silhouette émergea lentement de la pénombre jusqu'à se découper parfaitement dans la lumière. Mon cœur rata un battement, puis deux, puis trois et je crus qu'il allait s'arrêter définitivement. Cela ne se pouvait pas. C'était absolument inconcevable.

Devant moi, avec un air aussi stupéfait que je moi, se tenait la seule personne que je n'aurais jamais cru voir de toute ma vie. Autrement que sur du vieux papier jauni bien sûr. Pourtant, en chair et en os, il était là, bien réel, ses iris bleu-vert me dévisageant comme ils l'avaient fait des mois auparavant, avec cette fois quelques rides de moins. C'était lui. C'était lui et il était aussi jeune que sur la photo. C'était celui dont j'avais fini par ne plus croire en l'existence, celui qui m'avait donné tant de doutes et d'espoirs, celui que j'avais.... trahi. Tout me revint en un instant, me submergeant de souvenirs insupportables et insurmontables.

Ma mère, une gifle non méritée, des larmes à ne plus savoir quoi en faire, une course effrénée pour m'enfuir de chez moi et lui qui me chassait de sa vue. Le reste n'était qu'un brouillard flou où se mêlaient douleur, peur et incompréhension. Il n'y avait aucun indice dans cet amalgame de sensations qui auraient pu m'expliquer comment j'étais arrivée là et encore moins par quel tour de passe-passe il se tenait devant moi, l'air craintif. Ma mère était toujours là, immobile à côté de moi mais toute mon attention était focalisée sur lui. D'un geste un peu stupide, relevant d'une attitude qui me ressemblait peu et qui m'étonna, je remis rapidement mes cheveux en place. Son sourire s'élargit, faisant pétiller ses yeux. En un regard, tout était dit et les mots ne seraient venus qu'entacher ce moment de superflu. Il s'approcha d'un pas timide, comme s'il avait peur de briser cet instant et, un peu maladroitement, il tendit la main vers moi. Je revis instantanément la scène se dérouler à l'identique, devant le square, quand le vieil homme m'effrayait encore et une douce sensation indéfinissable me parcourut le corps. La boucle était bouclée. Il ne restait plus qu'à savoir si tout cela n'était qu'un rêve ou non. En posant doucement ma paume dans la sienne, serrant légèrement mes doigts autour, je ne souhaitai qu'une chose : ne jamais me réveiller si j'étais en train de rêver…

EVA

∞

Je n'aurais jamais pensé un jour avoir le pouvoir de bouleverser le monde de quelqu'un. Lui ôter sa liberté, son futur, et changer le cours des choses pour toujours. Seul un monstre s'accorderait le droit de décider de telles choses pour autrui. Cela ne me serait jamais venu à l'idée que je pourrais en un être un, si atroce et répugnant, allant jusqu'à diriger la vie d'un innocent dans un sens qui m'arrangerait personnellement. Malheureusement pour moi, j'ai découvert une monstruosité enfouie en moi, il y a trois ans de cela. Je ne sais pas si vous pourrez réaliser l'horreur que c'est de croiser la personne que vous avez manipulée sans qu'elle sache qui vous êtes ni ce que vous avez fait. Représentez-vous tenir entre vos mains son destin, ressentez ce frisson quand vous vous apercevez qu'elle ne peut rien y faire. Vous y êtes? Bien. Maintenant fermez les yeux et imaginez-vous après avoir volé quarante ans à un autre ainsi que sa mémoire et son identité. Vous y parvenez ? Parfait. Rajoutez une grande dose de culpabilité, une

fille dans le coma, un mari plus inquiet qu'il est possible
de l'être et enfin les aveux que je m'apprête à faire à celui
qui ne me connait même pas. Vous voyez tout cela ? Très
bien, vous n'avez plus qu'à vous mettre à ma place de ce
jour-là, à l'instant où j'étais sur le point de briser en mille
morceaux l'existence d'un homme.

« Écartez-vous madame ! »

Bousculée en tous sens par des infirmiers, des médecins et des ambulanciers, on me poussa loin du brancard qui filait à toute vitesse le long du couloir, transportant ma fille inconsciente. En quelques secondes, il avait disparu derrière les larges portes blanches du bloc opératoire et les larmes que j'avais retenues jusque-là se déversèrent en torrent sur mes joues brûlantes. Une silhouette floue accourut vers moi, les mains tendues devant elle et je me retrouvai l'instant d'après la tête enfouie dans le cou de Julien, sanglotant comme une enfant. Je le sentais secoué par les pleurs également, une peur démentielle lui tordant le ventre, saccadant sa respiration en un rythme irrégulier.

Nous restâmes ainsi un long moment, moi blottie dans ses bras et lui versant des larmes sur mes épaules nues, jusqu'à ce qu'un médecin vienne pour nous accompagner jusqu'à la chambre vide que Violette occuperait à sa sortie de chirurgie. Il nous fit asseoir sur des chaises en plastique vert clair dont le seul contact me donna envie de les envoyer par la fenêtre, dans un élan de rage, de haine et de désespoir, et nous laissa là, sans plus d'explications. Vidés de toute énergie, Julien et moi nous contentâmes de fixer le lit vide, incapable de prononcer le moindre mot, de faire le moindre geste. Les minutes passèrent, puis une heure, avant que la porte de la chambre ne s'ouvre sur le même brancard portant ma fille. Je me levai et me précipitai à ses côtés, mon mari se tenant en face de moi et les médecins la soulevèrent pour l'installer sur les draps d'un bleu pastel qui aurait rendu malade n'importe qui. Elle était pâle, presque cadavérique et seul le léger pincement de narines régulier que l'on voyait sous son masque à oxygène indiquait qu'elle était encore en vie. Je pris ses doigts entre les miens, serrant de toutes mes forces, me raccrochant à elle comme je le pouvais.

Le médecin s'adressait à Julien d'un ton grave et j'écoutais sans oser le regarder, terrifiée à l'idée que son expression ne trahisse la nouvelle qu'il nous amenait. Son état était stable, appris-je, soulagée, mais il n'y avait aucun signe qui puisse expliquer qu'elle ne se réveille pas. Aucune opération n'avait été nécessaire d'ailleurs, car aucun organe n'avait été touché de façon critique. Je levai les yeux soudainement, comme si les derniers mots qu'il avait prononcés m'avaient fait l'effet d'une décharge électrique et je le fixai, suspendue à ses lèvres. Au contact de mon regard, il baissa le sien, presque de honte de ne pas être capable de plus. Julien lui serra la main d'un air absent, le remercia, et nous nous retrouvâmes tous les deux seuls avec Violette dans cet endroit dont chaque élément me donnait envie de vomir. Qu'est-ce que cela voulait dire

« aucun signe qui explique qu'elle ne se réveille pas » ? Ils étaient médecins oui ou non ? C'était inadmissible. Je m'écroulai sur une chaise à côté d'elle et me remis à sangloter. Julien me couvait d'un air plein d'amour, incapable cependant du moindre geste pour me consoler, comme si les quelques centimètres qui nous séparaient étaient insurmontables au vu de son épuisement. Je déposai un baiser humide sur le front de Violette, posant ma tête tout contre la sienne sur l'oreiller. Tout cela n'était qu'un cauchemar. J'allais me réveiller et demain il ne me resterait qu'un vague goût amer du rêve…

Je me réveillai en sueur en entendant toquer à la porte. Je tentai un instant de retrouver mes esprits et de comprendre où je me trouvais. Je découvris avec horreur que ma fille était toujours là, allongée dans ce lit bleu aseptisé, les paupières closes. Ce n'était pas un rêve. J'étais seule dans la chambre et j'en déduis que c'était Julien qui frappait. Je bredouillai un « oui » à peine audible et reportait mon attention sur le visage serein de Violette. Elle n'avait pas repris de couleurs depuis hier et semblait presque plus fragile, comme plus translucide. Je frissonnai. Un toussotement me fit relever la tête, et je manquai de crier. Devant moi se tenait, mal à l'aise, les mains dans les poches, l'homme que j'avais tant redouté revoir. Non parce qu'il était l'un des responsables de l'accident mais parce que j'étais la seule coupable de la destruction de sa vie. Ses iris bleu-vert que j'avais reconnu s'étaient immédiatement posés sur Violette, la panique l'envahissant à mesure qu'il découvrait son état. Il transpirait l'inquiétude et la culpabilité, me jetant de temps à autre un coup d'œil effrayé et pitoyable. J'aurais voulu le rassurer, lui prendre la main comme s'il avait été mon fils mais j'étais sans doute plus désarçonnée et terrifiée que lui encore. Après quelques minutes à nous observer ainsi, il fit un pas en avant, rapprocha la deuxième chaise de lui et s'y assit avec une extrême lenteur. Il fixait Violette d'une manière dont je ne sus pas quoi penser, à la fois protectrice, profondément douce mais aussi poignante et passionnelle. Il ne me fallut pas beaucoup de temps pour comprendre la réaction de ma fille de la veille mais je n'étais pas sûre de savoir si je devais m'en réjouir ou m'en inquiéter.

Je secouai la tête. Là n'était pas la question. Il me devait des explications sur l'accident qu'elle avait eu. Puisqu'il était monté dans l'ambulance en même temps que moi, il était sûrement le dernier à l'avoir vue en vie et savait peut-être ce qui lui était arrivé. Pour ma part, tout ce qui s'était passé après que je l'aie indignement giflée était complètement flou. Je m'étais retrouvée au beau milieu de la rue, entre les ambulances et les badauds, désemparée et désespérée, tentant en vain d'assembler un puzzle d'évènements dont il me manquait la moitié des pièces. Puis il avait été là, sa main tenant celle de ma fille allongée sur ce brancard, et, avant que je puisse lui demander quoi que ce soit, il avait disparu dans les couloirs de l'hôpital sans que je ne m'en aperçoive. Mais depuis quelques minutes il était bel et bien là, assis en face de moi, les yeux brouillés par le chagrin, le front tendu par l'inquiétude et je m'apprêtai à détruire sa vie.

- Je suis… désolé, bredouilla-t-il d'une voix enrouée. J'aurais dû la retenir, ne pas la laisser s'enfuir… Je suis tellement désolé ! Tout est ma faute…

Je relevai la tête, impressionnée par le courage dont il avait fait preuve pour prendre la parole et intriguée par ce qu'il venait de dire. La retenir ? Avait-elle été le voir après s'être enfuie de la maison ? Avait-il été témoin de la scène ? Des questions se bousculaient par milliers dans mon esprit, sans qu'aucune explication ne paraisse être la bonne. Il fallait que je lui demande, je n'avais pas le choix. Prenant exemple sur lui qui n'avait pas eu peur de prendre la parole, j'inspirai profondément et osai :

- Que s'est-il passé là-bas ?

Il me fixa, presque étonné que je lui aie répondu et déversa silencieusement un torrent d'excuses. L'ineffable sentiment de pitié qui pointa en moi en croisant son regard était terriblement contradictoire avec le ressentiment que j'éprouvais à l'idée qu'il pouvait être responsable de tout cela. C'était terrible. J'étais incapable de lui en vouloir vraiment, alors que je savais pertinemment que s'il n'avait pas rencontré ma fille un mois auparavant, elle ne serait pas là. Seulement, ma propre culpabilité me rattrapait plus vite que ma rancœur envers lui, et l'idée que j'avais un pouvoir total sur ses souvenirs et sur son futur m'empêchait définitivement d'éprouver autre chose que de la peur et du regret.

- Elle est arrivée en pleurs, commença-t-il avec appréhension. Essoufflée, elle a commencé à me raconter que... qu'elle s'était disputée avec sa *mère*, dit-il en insistant sur ce mot comme s'il n'osait pas parler de moi directement. Elle me dit qu'elle, enfin que vous, aviez vu la photo et que vous aviez eu un accès de colère...

Il s'arrêta, prenant le temps de se ressaisir après avoir laborieusement trébuché sur un premier fragment d'une histoire qui me semblait déjà étrange. Pourquoi irait-elle parler de ses soucis familiaux avec cet étranger qui devait lui avoir l'air fou ? Peut-être qu'elle avait compris qui il était vraiment... Après tout, elle s'était bien retrouvée en possession de ce cliché que je n'avais vu qu'une seule fois, sur la une d'un journal, trois ans auparavant. Tout me paraissait envisageable désormais. Je me souvins alors de ce soir où il avait ramené Violette à la maison après qu'elle se soit évanouie et où je l'avais pratiquement encouragée à le revoir en le lui interdisant. Ma fille ne pouvait s'empêcher d'être d'autant plus curieuse à propos de quelque chose que lorsqu'on le lui défendait. C'était presque drôle de la voir courir ouvrir la porte qu'on avait condamnée, ou de regarder par-dessus mon épaule quand j'empaquetais les cadeaux de Noël. Mais je n'aurais pas cru qu'un simple attrait de l'interdit l'aurait embarquée dans une situation aussi terrible. Je m'en voulus alors d'autant plus. Non seulement, pour mon succès personnel j'avais mis la vie d'enfants en danger mais pour vérifier que cela avait fonctionné, j'avais délibérément envoyé ma fille côtoyer un parfait inconnu qui semblait avoir à son égard des intentions pas très claires. Pour couronner le tout, j'avais soulagé ma conscience en le lui interdisant, hypocritement, sachant pertinemment qu'elle ne m'écouterait pas et qu'elle ferait justement tout le contraire. Quelle sorte de monstre étais-je pour infliger ce genre de choses à mon propre enfant ? Je me dégoûtais.

-    J'ai eu la bêtise de la repousser, continua-t-il courageusement, m'interrompant dans des pensées qui me rendaient malade. J'ai eu peur, terriblement peur qu'elle ait trahi ma confiance et livré mes histoires de fou, me mettant à la merci du monde extérieur. J'ai été lâche et par ma faute elle…

Sa voix se brisa avant qu'il n'ait pu finir sa phrase. Misérable, il baissa les yeux comme si mon regard avait été insupportable à soutenir et je vis une goutte s'éclater sur ses genoux. Je ne savais toujours pas ce qui était arrivé à Violette et de ce qu'il m'avait dit, je ne pouvais en retirer qu'une culpabilité plus grande encore. Il fallait que je lui dise. Tout. C'en était fini des mensonges, des secrets censés m'aider et qui impliquait trop d'innocents, des manipu-

lations méprisables et intéressées. Il était temps que la vérité éclate, peu importait le prix que j'allais payer. Je pris
une immense inspiration comme si c'était la dernière que
je prenais de toute ma vie, fermai les paupières un instant
mais, au moment où je voulus me lancer, il prononça faiblement, sans relever la tête :

\-   Je suis désolé, tellement désolé si vous saviez…
Vous devez probablement me détester à l'heure actuelle
mais je tiens à ce que vous sachiez à quel point je suis désolé…

\-   Je le sais. Je le sais pour la bonne et simple raison
que je le suis bien davantage. C'est moi qui suis désolée,
tout est ma faute Guillaume.

GUILLAUME

7 juin 2008

Lettre 75

Mon Dieu comme je t'aime. Oui, je t'aime, tu n'as pas rêvé, je l'ai bel et bien écrit. Il y a quelques semaines quand j'ai cru que je t'avais perdue pour toujours, je l'ai compris, ou du moins j'en ai assumé la pensée. Mon autre moi venait de te ramener chez toi, à moitié inconsciente, après t'avoir plus ou moins traquée dans un square désert à la tombée de la nuit sous une pluie battante. Il y a mieux pour donner envie à quelqu'un de ne pas s'enfuir et pourtant, tu ne l'avais pas fait. C'est là que j'ai su que je t'aimais. On dit que l'amour rend stupide. Stupide et aveugle. Je serais l'idiot le plus complet du monde pour toi mais ne m'enlève pas la vue je t'en prie. C'est le dernier sens que je partage encore avec toi. Je suis bêtement amoureux d'une image, d'une splendide créature dont je ne connais ni la douceur de la voix, ni la chaleur de la peau et qui ne

317

m'a jamais réellement vu, mais rien ni personne ne pourrait venir gâcher cela.

C'est arrivé sans prévenir, sans que je m'y attende. Après tout, comment aurais-je pu penser que cela se produirait si vite, si merveilleusement vite ? Les gens ne croient habituellement pas à ce genre de choses. Un coup de foudre me direz-vous ? Vous ne pourriez pas vous tromper plus. Je t'ai détestée au début, crainte même. J'ai cru que tu serais mon pire cauchemar. Puis tu m'as énervé au plus haut point. Tu étais là tous les soirs, sans te sentir gênée d'envahir ce lieu qui semblait plus t'appartenir, à toi qui y passait quelques heures, qu'à nous qui y vivions toutes nos journées et toutes nos nuits, seuls comme l'ennui. Tu t'asseyais là, naturellement, comme si cela avait été une évidence, comme si ce banc t'avait attendu depuis la veille. Je haïssais tout cela, mais plus que tout, je ne supportais pas que tu me mettes dans un tel état.

Pourtant, au fil des jours et de mes lettres, cet agacement se transforma en irritation, puis en indifférence. Je me protégeais de l'étrange influence que tu avais sur moi en construisant une muraille froide et insensible, espérant que ces émotions inexplicables disparaitraient avec le temps. A mon plus grand désespoir, dont je compris plus tard qu'il relevait davantage du plaisir non assumé, cela ne fut pas le cas, bien au contraire. Les jours passaient et rien n'y faisait : j'étais inévitablement captivé par ton *image. Mes lettres se faisaient tendres, élogieuses et intriguées, me donnant envie de les brûler pour ne pas avoir à faire face à ces sentiments qui arrivaient au grand galop. Je me maudissais, je me traitais de fou, je ne voulais pas croire que j'étais capable d'une bêtise pareille. Que me réservait l'avenir que je créais ainsi ? De vivre dans l'espoir stupide de te voir autrement que sur un écran ? De lentement dépérir en comprenant qu'il n'y aurait jamais de « nous » ? Quelle que soit la bonne réponse, cela ne présageait rien de bien.*

Ma tête avait beau tenter de me raisonner, de me dire que c'était profondément vain et que cela me faisait du mal, mon cœur n'était pas d'accord. Je m'entêtais à vouloir faire de toi ma seule confidente, la seule personne à qui je pouvais tout dire sans qu'elle ne me juge puisque tu ne m'entendais pas. Inévitablement, il finit par m'arriver la seule chose que je redoutais par-dessus tout : j'ai compris que j'étais bel et bien amoureux. C'en était fini de croire que c'était de l'énervement, de me dire que cela allait passer. Il fallait y faire face et tenter de vivre avec.

J'ai alors eu une peur démente de ne pas y arriver, de ne pas tenir le choc d'aimer dans le vide. Ce fut tout le contraire. L'admettre avait été une libération incroyable et chacune de mes lettres était plus sincère, te déclarant ce que je n'aurais jamais cru pouvoir penser. Quelle sensation m'avait parcouru quand tu m'apportas une photo de… moi-même ! Un mélange d'horreur en me découvrant ainsi, d'admiration pour ta perspicacité et bien sûr, d'amour. Parfois, je me disais que ce n'était pas plus mal que tu ne puisses pas lire mes lettres, tant j'étais terrifié. Jamais je ne pourrais t'avouer en face ce que je m'apprête à t'écrire, et pourtant je le pense. Tu m'as manqué, tu sais. Pas depuis hier où je t'ai vue, ni même depuis le jour où tu as rencontré mon autre moi. Non, tu m'as manqué depuis bien plus longtemps que cela et jamais je n'aurais cru qu'un jour je te trouverais, que cet immense vide qu'était ma vie irait jusqu'à déborder de toi....

Un éclat de voix m'interrompit dans ma lettre. Je posai sur mon lit stylo et papier, me levai et me dirigeai vers la chambre d'Eva d'où était venu le bruit, curieux de savoir ce qui pouvait bien se passer. Après être passé par le quai désert, je m'arrêtai devant la porte ouverte, incapable de faire un pas de plus. Arthur était debout, les mains posées sur les épaules de sa fille assise devant sa fenêtre, immobile. Sur l'écran, je vis avec horreur, allongé sur le béton devant le square, un corps inerte que je ne reconnus que trop bien. Violette. Ni l'un ni l'autre ne semblait plus embêté que cela par la vision qui me retournait l'estomac. Je bredouillai :

-   Vous êtes des monstres. Vous l'avez… tuée.

Ils se retournèrent vers moi, constatant ma présence avec affolement et furent incapables de prononcer le moindre mot. Je ne pus détourner les yeux de la scène atroce qui se déroulait devant moi malgré les lumières des ambulances qui m'éblouissaient. C'est alors que je vis une chose, un minuscule détail qui fit battre mon cœur de nouveau. Sur la main de Violette était perché un corbeau, fier et immobile malgré les allées et venues autour d'elle. Trop immobile, anormalement immobile. L'espoir qui s'infiltra alors en moi fut terriblement destructeur. Il y avait deux possibilités. J'avais raison, ou je me trompais profondément. Dans un cas, c'était le plus beau jour de ma vie, l'accomplissement de longs mois d'attente. Dans l'autre… je ne préférais même pas y songer. Je me détachai alors lentement de cette vision que je ne pouvais pas soutenir plus longtemps et, sans un mot, je retournai devant ma feuille.

Viens on part ensemble, loin de ceux et celles qu'on aime et qui ne parviennent qu'à nous blesser, loin de ceux et celles qui n'arrivent pas à tenir le rôle qu'on aurait besoin qu'ils jouent, loin enfin, de ceux et celles qui nous rendent la vie si amère là où on désirerait qu'ils lui apportent un petit rayon de soleil sucré. Viens, je n'en peux plus. Dis-moi que tu vas venir, que tu n'es pas partie définitivement sans moi. Promets-le-moi…

Les derniers mots étaient en train de s'effacer, le papier gondolant sous l'humidité et, d'un geste gêné et désespéré, je m'essuyai mes yeux mouillés et pliai la lettre.

Juin 2008

Mieux vaut des remords que des regrets, me suis-je de tout temps répétée. A chaque choix que je fais, je me persuade que c'est le bon, le meilleur même. Je me suis toujours battue avec moi-même pour ne pas arriver au stade où j'aurais regardé ma vie passée en me disant « j'aurais dû ». Mais à force de ne vouloir jamais se faire des reproches a posteriori, la prise de décision est devenue de plus en plus dure et bientôt, j'en venais à redouter le moment de le faire. Les réflexions étaient alors de plus en plus longues, les dilemmes de plus en plus compliqués à résoudre et je ne me sentais jamais vraiment sûre de moi. Je suis arrivée finalement à un stade où la moindre chose me paraissait insurmontable à déterminer, où seulement deux options s'offraient alors à moi: oser sans réfléchir ou reculer par peur de mal faire. Seule une question de vie ou de mort m'aurait permis de savoir quoi faire rapidement. Et encore. Plus la pression était grande plus la difficulté

*me figeait, terrorisée à l'idée de me tromper et de com-
mettre l'irréparable. Dire ou cacher à la femme que son
mari la trompe, aider ou empêcher le vagabond de s'enfuir, sauver un homme au risque d'en condamner d'autres.
Étrangement, malgré qu'elle soit intenable, affreusement
pénible et douloureuse, la dernière alternative était la
seule que je sus résoudre en un instant. Leurs vies ne va-
laient rien face à la sienne, surtout pas au vu de ce qu'ils
lui avaient fait subir. C'est pour cette raison que, lorsque
je me retrouvai ce jour-là devant deux possibilités absolument terrifiantes, je n'hésitai pas la moindre seconde, convaincue que c'était la bonne. Dans la balance pesait une
existence contre plusieurs. La solution était évidente.*

Assise dans l'ombre d'un renfoncement, à l'entrée du
bâtiment, je guettai le moment opportun pour agir. Deux
hommes en costumes et chemises noirs attendaient, les
bras croisés sur leur torse bombé, que leur tour de garde se
termine, et j'étais sans doute bien plus impatiente qu'eux.
Droits et fiers, ils ne cillaient pas, ne bronchaient pas, dans
une immobilité qui aurait fait pâlir de jalousie les gardiens
d'un palais. La personne qu'ils emprisonnaient était consi-
dérablement plus importante pour moi que la vieille dame
qui buvait son thé, protégée par d'immenses lignes de
gardes rouges et noirs aux toques trop grandes. Celui qui
était derrière ces portes verrouillées méritait que je sacrifie
ma propre vie et surtout les leurs. L'un d'eux porta son
doigt à l'oreille, recevant un ordre dans son écouteur et,
d'un signe de tête entendu, il tapa le code à la porte et ils

rentrèrent tous deux à l'intérieur. Les mouvements de ses doigts sur le clavier étaient restés gravés dans ma mémoire et, à la seconde où j'entendis les pas s'éloigner dans les profondeurs, je bondis et reproduisis ce qu'il venait de composer. Un voyant vert s'alluma, dans un déclic satisfaisant et, d'un geste inhabituel, je rabattis mon t-shirt au-dessus de mon jean, collant contre mes reins le métal froid. En inspirant profondément, je posai ma main gantée sur la poignée et la tournai. Je me retrouvais plongée dans l'obscurité, au milieu d'un couloir qui semblait ne jamais finir, éclairé seulement par une série de LED courant le long du mur au ras du sol. De part et d'autre se trouvaient des portes fermées et, malgré ma vue diminuée par les ténèbres, j'en discernais déjà plus d'une dizaine. Comment savoir laquelle l'enfermait ?

J'étais partie en mission suicide sans grande chance de réussite et surtout démunie de la plupart des indices qui auraient pu m'aider. Les seules informations que j'avais dataient de deux ans auparavant, lors de mon voyage dans ce monde étrange et fantastique dont il était le créateur. Il m'avait seulement indiqué le lieu et décrit ce qu'il en savait. Il se souvenait avoir marché les yeux bandés de longues minutes avant d'être jeté dans la pièce qu'il n'avait plus quittée depuis. Il m'avait dit avoir été poussé sur sa droite et qu'il n'y avait aucune ouverture donnant sur l'extérieur à l'endroit où ils l'avaient laissé. L'accès que je cherchais était donc sur le mur que je sentais sous mes doigts, loin de l'entrée. Cela me laissait tout de même beaucoup de possibilités. Beaucoup trop. Je n'avais pas le droit à l'erreur. La main derrière le dos, j'avançais précautionneusement dans un silence glaçant. Il fut soudainement brisé par une pulsation régulière qui s'amplifiait à mesure que je progressais. Des bruits de pas. La relève arrivait pour se poster dehors et j'étais sur son chemin, sur le seul chemin. Les battements résonnaient désormais dans le couloir vide, affolant ceux de mon cœur effrayé et je voyais le moment où il y aurait suffisamment de lumière pour me voir. Il était temps de choisir. Silencieusement, je tâtonnai pour trouver la poignée la plus proche, la saisit et l'actionnai sans bruit, pointant devant moi l'arme à laquelle je me cramponnais depuis mon arrivée et qui était restée tout ce temps bien cachée sous mes vêtements. Échappant aux gardes qui arrivaient, je refermai la porte derrière moi et me retrouvai dans une pièce aussi sombre que l'endroit duquel je venais. Seule une silhouette se découpait dans le halo verdâtre d'un écran et je pus discerner un homme assis dos à moi, voûté. Je m'approchai lentement et collai le canon entre ses omoplates :

- Tournez-vous. Lentement.

L'homme soupira et dis d'une voix lasse :

- Vous voulez me kidnapper de l'endroit où vous me retenez déjà prisonnier ? Cela devient presque drôle.

Je restai tétanisée. Cette voix, c'était la sienne et je l'avais parfaitement reconnue. Je baissai lentement le pistolet que je serrais trop fort, et prononçai d'une voix faible, n'arrivant pas à y croire :

- Arthur ?

Il se retourna en allumant une lampe posée sur son bureau, me laissant voir son visage ébahi :

- Vi... Violette ?

Je me jetai dans ses bras figés de stupeur, lui déposait un baiser sur la joue puis me redressai face à lui. Je n'avais pas beaucoup de temps, il fallait que je lui expose rapidement ce qu'il avait à faire. Il me dévisageait comme s'il venait de voir une revenante.

- Tu m'avais dit que tu viendrais, dit-il, pantois. Et tu es là.

Je souris. Mon plan avait fonctionné pour l'instant puisqu'il était au courant. Mon double qui avait atterri dans le monde qu'il avait créé, lui avait bel et bien expliqué que je le secourrais. Son regard était à la fois abasourdi et plein d'une immense gratitude. Cela faisait presque quinze ans qu'il était enfermé là, caché au reste du monde et surtout aux yeux de ma mère. Je devais apparaître comme une sauveuse inespérée et je voyais bien qu'il avait encore du mal à y croire. Il se leva pour mieux m'examiner, posant une main sur moi comme s'il n'était pas sûr que je sois réelle.

Je la serrai pour le rassurer, me voulant tendre et réconfortante mais je m'immobilisai soudain, la laissant retomber lourdement. Ecartant mon grand-père d'un mouvement lent, je me plaçai face à son écran, stupéfaite à mon tour : devant moi je voyais se dérouler une scène que j'avais vécue deux ans auparavant, identique jusque dans les moindres détails. Debout sur le quai de ce monde parallèle, réduite à quelques pixels de haut, mon autre moi était là, face à *lui*, les doigts enroulés autour des siens.

Je me souvins alors que c'était à cet instant précis que j'avais compris, que j'avais réalisé ce qui se passait en moi, et que j'avais souhaité que ce moment dure toujours. Notre rencontre avait été incroyable, dans le sens où le nombre de coïncidences qu'il avait fallu pour en arriver là était tout simplement inconcevable. Mes lèvres s'étirèrent et je sentis monter en moi le plaisir de voir que *tout* prenait enfin sens. Je comprenais. Le hasard n'avait rien à faire là-dedans. C'était bien plus logique que tout cela. Je détournai mon regard, des larmes de joie perlant au coin des yeux, car je savais définitivement que tout allait fonctionner. Il ne restait plus qu'à faire s'évader Arthur. Au moment où je m'apprêtais à parler, des bruits de pas venant du couloir se firent entendre, se rapprochant dangereusement de la porte. Le souffle court, je lui confiai le pistolet :

- Prends-le et sors d'ici. Va te cacher dans la cabane à outils du square que tu trouveras à la première adresse inscrite sur ce papier. Juste une vingtaine de jours, le temps qu'ils aillent vérifier que tu n'as pas rejoint ta famille et qu'ils abandonnent les recherches. Avant le 29 juin, vas retrouver les autres à l'hôpital qui se trouve à la deuxième adresse et explique leur comment faire revenir dans le monde réel les versions des personnes qui ont utilisé la machine. Ils sauront quoi en faire. Et ne t'inquiète pas pour moi, je ne serai plus là avant même que tu t'en aperçoives.

Je me jetai sous le bureau en entendant le battant grincer, laissant mon grand-père désemparé. Au moment où il s'ouvrit, Arthur glissa l'objet derrière son dos, appuya sur la touche « échap » de son ordinateur et se leva pour faire face à celui qui entrait. La lumière de la pièce s'alluma, me laissant découvrir avec horreur la chaîne qui attachait Arthur à son bureau. J'en eus la nausée. C'était un véritable esclave au service de ces ordures, et je ne préférais pas imaginer ce qu'ils lui avaient fait faire. L'homme qui venait d'entrer avait sur le visage une expression qui me rendit malade.

La posture fière, il portait un costume couleur prune et une cravate jaune, arborant une position arrogante qui relevait du mauvais goût dont faisait preuve ses choix vestimentaires. Les mains dans les poches et le buste un peu en arrière, il s'avança vers Arthur nonchalamment, comme s'il avait tout le temps du monde devant lui. Depuis ma cachette, je vis mon grand-père trembler et je priai pour qu'il ne fasse pas tomber l'arme. L'individu était arrivé à environ un mètre de lui, le sourire bien accroché et, sans la moindre parole, il cracha à ses pieds et se mit à rire. Les doigts d'Arthur s'étaient refermés sur la crosse, posant son index sur la gâchette. Je retins ma respiration, n'imaginant que trop bien la suite des évènements. L'homme s'apprêta à faire un pas quand mon grand-père pointa le pistolet devant lui, d'un geste brusque. Il s'arrêta net, le visage déconfit, puis, voyant sa nervosité, il se ressaisit :

- Tu ne le feras pas, dit-il, dans un air de défiance. Tu le sais aussi bien que moi.
- Tais-toi, intima Arthur d'une voix sourde. Tais-toi.

Ne laissant qu'un éclair déconcerté passer dans son regard, il partit d'un rire gras et laid qui me fit froid dans le dos. Recroquevillée sous la table, je croisai les doigts pour que mon grand-père de flanche pas. Après tout, le plan entier reposait sur sa réussite.

- Tais-toi, répéta Arthur.
- Ou quoi ? dit l'homme, goguenard. Qu'est-ce que tu comptes faire exactement, hein ?
- Tais-toi, continua-t-il comme s'il tentait de se convaincre lui-même.

L'hilarité de l'inconnu s'arrêta, mais il garda cependant une attitude de défi qui me fit craindre que la rage de mon grand-père lui fasse commettre l'impensable.

- Tu sais que tu t'es fichu dans un sacré pétrin là ? se moqua-t-il. Quoique tu fasses, tu ne t'en sortiras pas et si jamais par je ne sais quel miracle, tu y arrivais, tu sais pertinemment qu'il est trop tard pour la sauver. Plus rien ne la ramènera maintenant, admets-le, tu as été un lam....

- Tais-toi ! hurla Arthur, la voix pleine de haine. Tu... tu ne sais pas ce que tu dis ! Tu n'en sais rien !

Les larmes s'étaient mises à couler sur ses joues et, après quelques instants, il s'essuya le visage d'un revers de manches, lâchant le poignet qu'il serrait pour ne pas trembler.

- Tu n'en sais rien, répéta Arthur plus calmement. Personne n'en sait rien. Mais je vais le découvrir, crois-moi, par tous les moyens possibles et imaginables.
- Qu'est-ce-que tu peux être naïf ! dit-il railleur. Tu penses qu'on t'a laissé les moyens de la retrouver ? Tu penses même qu'elle est encore en vie ? Que tu es crédule... Toutes ces années, nous t'avons fait croire ce nous voulions pour que tu continues ton travail, mais la vérité, tu veux la vérité ?! Eh bien la voilà ! Elle est morte et bien mo...

Une détonation me vrilla les tympans. Le regard de l'inconnu avait changé. Il n'était plus narquois mais terrifié et, lorsqu'il tomba lourdement au sol, une balle dans la poitrine, personne n'aurait pu croire que cette même personne avait été si dédaigneuse quelques minutes auparavant. Arthur baissa le bras lentement, tétanisé par son propre geste et me fixa, écœuré. Je voulus lui dire qu'il avait fait ce qu'il fallait, que l'homme l'avait amplement mérité, mais aucun son ne sortit de mes lèvres. Mes doigts entrelacés en signe d'espoir étaient en train de disparaitre, réduits en de milliards de petites particules, et bientôt ce furent mes bras, mon torse et mes jambes qui se désagrégèrent, me laissant comme dernier souvenir de cette vie, la vision d'Arthur tirant une seconde balle, éclatant les maillons de la chaîne. Il était libre.

VIOLETTE

Juin 2008

Je n'ai jamais accepté que de belles choses puissent m'arriver. Tout était toujours trop bien pour moi, réservé aux autres qui, dans mon esprit, en étaient bien plus dignes. Selon moi, je n'étais pas assez belle pour séduire les hommes, ni assez intelligente pour briller en société, ou assez sympathique pour plaire aux gens de mon âge. J'ai toujours pathologiquement manqué d'assurance. Comme un serpent qui va tenter de se mordre la queue, il m'était impossible de sortir de ce cercle infernal où plus je me rabaissais, moins le regard des autres me permettait de changer ma propre estime. J'ai ainsi raté d'incroyables opportunités, ne sachant pas voir que j'avais tort et que ceux qui m'entouraient étaient bien moins durs envers moi que je ne l'étais. J'avais notamment abandonné l'idée de tomber amoureuse un jour tant j'étais sûre que je ne serais à la hauteur de personne et que cela me ferait trop souffrir. Cet état d'esprit m'a aveuglée de longues années durant, m'empêchant de me rendre compte que j'étais, malgré tout ce que je pouvais penser, regardée, admirée, désirée, et même jalousée par certains. J'avais simplement cessé de croire que je pourrais avoir de l'intérêt ou de la valeur pour qui que ce soit. Le pire dans tout cela était que j'en avais parfaitement conscience, mais je n'arrivais simplement pas à me détacher de mes démons qui aspiraient l'énergie que j'usais à réhabiliter mon égo. Puis il est entré dans ma vie, chamboulant tout ce que j'aurais pu assurer quelques mois auparavant. C'était la première personne que je rencontrais qui avait besoin de moi. Ce fut la petite étincelle qui mit alors le feu peu à peu à mes doutes et mes craintes. Pourtant, le sentiment de ne pas mériter la façon qu'il avait de me regarder ne voulait pas se consumer avec le reste, me laissant naïvement croire que je n'étais pour lui rien d'autre qu'un soutien moral. Il n'y aurait pas eu cet instant-là, où le hasard nous façonna une réunion incroyable, j'aurais continué bêtement à ne pas comprendre. Mais, lorsque serrant sa main dans la mienne, je pris la peine de faire taire mes incertitudes stupides et de me noyer dans ses deux iris bleu-vert, ce fut toute entière que je m'embrasai.

Les secondes n'en finissaient pas de passer, sa peau si douce contre mon poignet. Il me dévorait des yeux, comme s'il craignait que je disparaisse avant qu'il n'ait pu mémoriser chaque minuscule partie de mon corps, et j'en faisais de même. Un frisson me parcourut alors. Il ne me découvrait pas pour la première fois. Ce fut son regard qui le trahit. Il y manquait la teinte de surprise qu'aurait eue celui qui venait de rencontrer quelqu'un. Il connaissait déjà ce qu'il examinait et ne faisait que le contempler. J'aurais sans doute dû retirer ma paume d'entre ses doigts, me détourner de lui et laisser la peur me faire prendre une décision qui me ressemblait davantage. Pourtant, aucune force en moi ne semblait être suffisamment forte pour baisser la tête, pour rompre le lien invisible qui s'était créé à l'instant où nous nous étions aperçus. Je me sentis stupide. Stupide de ne pas pouvoir résister à cette attirance presque malsaine, stupide de me laisser faire par cet homme dont je connaissais si peu de choses, stupide, enfin, d'écouter uniquement le son de mon cœur qui palpitait. Malgré les voix raisonnables qui résonnaient dans mon esprit, mes phalanges restaient irrémédiablement accrochées aux siennes et je me surpris à ne pas vouloir les en détacher. Je me sentais bien. Pour la première fois depuis longtemps, je me sentais simplement bien.

D'un battement de paupières, j'envoyai au loin les pensées qui m'ôtaient toute spontanéité et je souris. Comme s'il ne s'y attendait pas, il tressaillit et je pus sentir de petits fourmillements l'envahir et se propager jusqu'à mes ongles. Malgré sa gêne, il ne cilla pas. Il fallut que ma mère se racle la gorge, nous signifiant qu'elle était encore là, pour que nos deux mains se séparent lentement. Un homme nous avait rejoints et son visage me semblait familier. Il s'approcha de moi et me salua, me laissant sans voix. Je me souvenais de cette expression, je la voyais chaque jour chez moi. Plus précisément, je passais devant tous les matins en descendant les escaliers, dans un cadre accroché au mur qui y faisait face. Je ne me souvenais pas l'avoir vu autrement qu'en photo et voilà qu'il était devant moi, en chair et en os, cet homme qui devait être mort depuis des années.

- Tu te souviens de ton grand-père ? demanda-t-elle, d'un ton naturel et décontracté qui me laissa stupéfaite.

Je hochai la tête d'un mouvement assez confus qui ne relevait sans doute ni de l'affirmative ni de la négative et qui l'amusa. Je ne comprenais rien. Ni par quelle magie Guillaume se tenait devant moi avec soixante ans de moins, ni ce que pouvait bien faire ma famille ici, ni surtout ce qu'était cet endroit étrange. Eux trois ne semblaient pourtant pas étonnés de ma présence, comme s'ils avaient attendu ma venue et je me sentais de plus en plus étrangère à tout cela. Je me tournai vers Guillaume, espérant que je trouverais de l'apaisement dans ses yeux mais le voir si jeune, si… beau aussi, ne m'aida pas à appréhender la situation avec davantage de calme. Ma mère vint me prendre le bras, un regard plein d'empathie caressant mon visage comme pour me rassurer et prononça doucement :

- Viens, je vais tout t'expliquer ma Violette. Et ne t'inquiètes pas, tu es ici chez toi.

Paisiblement, elle m'entraina avec elle vers les profondeurs ténébreuses que renfermaient les portes en fer.

Les jours avaient passé depuis que j'étais arrivée et la peur avait disparu avec eux. J'étais désormais habitée par une impatience et une colère qui me démangeaient terriblement. Les explications de ma mère avaient mis un poids monstrueux sur mes épaules mais c'était un fardeau que j'avais accepté de porter en dépit de la fureur dans laquelle elles m'avaient mise. J'aurais très bien pu ne rien en faire et abandonner Guillaume. Cette possibilité ne m'avait même pas traversé l'esprit tant elle était inhumaine, tant elle ressemblait à ce qu'*elle* aurait pu faire. Ce qu'elle m'avait confié ? Oh, c'était très simple.

Apparemment, nous étions dans un monde parallèle virtuel créé par Arthur, mon grand-père supposé être mort depuis plus de quinze ans, pour accueillir les personnes qui avait subi le dispositif de sa fille. Là, les choses étaient devenues presque drôles tant elles étaient à s'en arracher les cheveux. Il se trouvait qu'elle avait mis au point un appareil incroyable, révolutionnaire, m'avait-elle assuré. Une invention qui avait tout de même ruiné la vie de Guillaume, et qui risquait de la lui ôter, pour le seul caprice égoïste d'une scientifique en quête de succès. C'était une monstrueuse machine à avancer dans le temps. Elle avait presque eu un air de fierté en prononçant ces termes mais s'était vite ravisée face à mon expression de dégoût horrifié. Elle tenta d'expliquer que les choses ne s'étaient pas passées comme prévu, que l'engin avait dysfonctionné et que jamais il n'aurait dû arriver si vieux, dans un monde si tardif. Si cela était censé m'avoir rassurée, elle n'avait pas vraiment compris comment on pouvait se sentir en apprenant ce genre de choses. Dévastée serait sans doute un euphémisme. Et elle avait continué son récit, apparemment imperturbable, m'annonçant successivement que Guillaume allait mourir et que j'étais la seule à pouvoir le sauver. Ce n'était pas tout. Elle avait conclu son avalanche d'explications en m'apprenant que, trois ans auparavant, j'étais revenue du futur pour lui expliquer comment éviter le drame. Et désormais, j'étais supposée sortir de ce monde dans trois semaines, me réveillant comme par magie dans mon lit d'hôpital, pour répéter à ma famille du monde réel ce qu'on venait de m'apprendre. Tout simplement.

Voilà donc où j'en étais, à peine deux jours après mon arrivée et le temps était venu que je dise à Guillaume la vérité. Comment annoncer à quelqu'un que l'on a sa vie entre nos mains ? Que son existence dépend de notre réussite ? J'espérais secrètement qu'il le sache, qu'on le lui ait expliqué depuis le temps qu'il était enfermé dans ce monde. Si c'était le cas, il me laissait sans hésiter une immense responsabilité, et sa confiance aveugle me terrifiait. Sinon, c'était à moi de le lui apprendre et je priai pour que les mots ne restent pas bloqués au fond de ma gorge, retenus par la peur de tout détruire. J'osai penser, au vu de la façon qu'il avait de me regarder, qu'il ne me rejetterait pas et qu'il comprendrait que je n'avais d'autre choix que celui de le lui dire. Garder une telle chose secrète me paraissait insurmontable et injuste, mais le courage avec lequel je m'en étais convaincue semblait soudain s'être évaporé depuis que je me tenais là. Il ne fallait pas que je recule. J'inspirai profondément, fermai les yeux et toquai à la porte de sa chambre. Il vint m'ouvrir quelques instants plus tard et me sourit affectueusement, sans se douter de la nouvelle que j'allais lui annoncer. Je restai immobile devant lui, incapable du moindre son ou geste comme je l'avais redouté. Il me dévisagea un moment avec tendresse puis, voyant que je ne me décidais pas à entrer, il se détourna, comme pour m'inviter à le suivre. Enfonçant mes ongles dans ma peau en deux poings de courage, je murmurai, d'une voix aussi basse que je le pus, espérant qu'il ne m'entende pas :

- Il parait qu'il faut que je te sauve la vie. Cela semble un peu prétentieux dit comme cela, non ?

Il tourna la tête et me rejoignit en quelques pas. Son regard n'était ni curieux, ni effrayé, ni peiné mais presque soulagé et, sans qu'il ait besoin de faire la moindre chose, tout devint clair. Il savait. Tout comme il me connaissait déjà, il était au courant et ne m'en voulait visiblement pas. Bien au contraire. Il s'approcha de moi et ne laissa plus que quelques centimètres entre nos deux corps, m'obligeant à lever la tête vers lui. *Il ne le fera pas. Je ne le mérite pas, ni lui, ni l'attention qu'il me porte, ni surtout le geste qu'il pourrait faire.* Mes incertitudes revenaient au galop, renaissant de leurs cendres comme un phénix de malheur, me rendant aveugle devant l'évidence de ses intentions

- Tu m'as manquée, tu sais, prononça-t-il d'une voix délicieuse, pesant chacun de ses mots comme s'il avait longuement réfléchi à cet instant-là.

Sans être tout à fait sûre de comprendre ce qu'il voulait dire par là, je lui souris timidement, sentant en moi mes doutes naïfs fondre en un instant. Doucement, il passa alors ses mains sous mes cheveux, entourant mon visage de ses doigts et, fouillant mon âme de ses iris bleu-vert, il posa ses lèvres sur les miennes dans un baiser que je ne pourrais jamais oublier.

GUILLAUME

⸻ 𝆕 ⸻

Personne ne devrait avoir le pouvoir de régir la vie de quelqu'un. La liberté que l'on a de choisir son futur, de changer le cours de son existence est sans doute la chose la plus précieuse que l'on possède. Être capable de se lever un matin en ayant la ferme intention d'accomplir telle ou telle chose dans la journée est une sensation absolument magique. Celui ou celle qui s'accorde le droit de nous retirer cela est un monstre. Je vous souhaite de ne jamais en rencontrer un de cette envergure-là. Malheureusement pour moi, j'ai fait la connaissance du mien il y a un mois de cela. Je ne sais pas si vous pourrez réaliser l'horreur que c'est de croiser l'individu qui a déjà manipulé votre vie, sans savoir qu'il l'a fait. Représentez-vous à la merci de quelqu'un qui serait en mesure de contrôler votre destin, ressentez le frisson de terreur quand vous réalisez que vous ne pouvez rien y changer. Vous y êtes? Bien. Maintenant fermez les yeux et imaginez que vous avez perdu quarante ans et que vous n'en avez aucun souvenir. Vous y parvenez ? Parfait. Rajoutez un petit peu de sentiments à l'égard de la fille de votre bourreau, son accident, et enfin les aveux de sa mère. Vous voyez tout cela ? Très bien. Vous êtes dans mon monde.

Je la dévisageai. Je ne savais pas si j'étais stupéfait ou en colère. Elle venait, sans le moindre problème, de m'appeler par mon prénom. Elle me connaissait. La peur que j'avais ressentie, quelques minutes auparavant, au moment de lui expliquer que j'avais sans doute été responsable de ce qui était arrivé à sa fille avait disparue. Plus précisément, elle s'était muée en une curiosité hostile. Cette femme s'était excusée pour tout. Est-ce que cela incluait ma perte de mémoire ? Mes rides de trop ? Ou pire encore, la présence de sa fille dans ce square ? Peut-être qu'elle avait tout combiné et que je n'étais qu'un pion dans un jeu qu'elle tentait de gagner envers et contre tout.

Cependant, malgré la colère qui bouillonnait en moi, je ne pouvais croire qu'elle était foncièrement méchante et calculatrice. Elle n'avait toujours pas détourné le regard, me fixant inlassablement d'un air à la fois désespéré et suppliant. Je ne pouvais pas lui en vouloir avant de savoir de quoi il s'agissait. Elle souhaitait sans doute seulement s'expliquer du comportement qui avait amené Violette à s'enfuir de chez elle. Il était tout à fait possible qu'elle sache qui j'étais puisqu'elle avait reconnu la photographie. Je me calmai peu à peu, laissant ces hypothèses semer le doute dans mon ressentiment. Elle n'était peut-être pas aussi mal intentionnée que ce que j'imaginais.

- Je ne sais pas trop par où commencer, essaya-t-elle, coupant court à mes réflexions. Des excuses seraient de rigueur évidemment, mais tu risquerais de ne pas comprendre ce pour quoi je m'en veux tant. Comme je te le disais, tout est ma faute. Ton état, celui de ma fille et possiblement celui de plusieurs autres innocents que je ne connais pas. Il me faudrait des années de bonnes actions pour que je commence à me pardonner, alors je ne préfère pas imaginer combien de temps il te faudra.

Elle reprit son souffle un instant, me laissant le temps de mesurer l'étendue des dégâts qu'elle avait pu causer. Elle avait parlé de mon état, mais que pouvait-elle en savoir ? Imaginait-elle seulement que je ne me souvenais de rien ou presque ? En quoi était-elle responsable de tout cela ? Je n'y comprenais rien.

- Je me doute que cela doit être à n'y rien comprendre pour toi, dit-elle comme si elle avait lu dans mes pensées. Sache que je répondrais à toutes les questions que tu peux te poser et à celles auxquelles tu ne penses même pas. Pour commencer, laisse-moi te dire que tu as raison. Tu n'as pas soixante ans, mais bien quinze. S'il te manque les souvenirs des trois dernières années, ou plus précisément, si la dernière chose dont tu te souviens est ta rentrée en seconde au lycée Victor Hugo, c'est ma faute également. Vois-tu, je suis profondément égoïste et pour satisfaire les besoins de mon propre plan, j'ai mis en péril la vie de tous les élèves de cet établissement et c'est la tienne qui fut touchée. Tu te souviens des toilettes des garçons de l'étage inondé ? Eh bien, continua-t-elle sans attendre ma réponse, c'est là que j'ai installé mon invention dans l'idée de la faire tester. C'était tellement stupide de ma part, je…

Elle s'interrompit, haletante, incapable de continuer sa phrase. J'étais bouche bée. Elle savait de moi des choses dont j'avais terriblement peiné à me souvenir. Le nom de mon lycée, le fait même que j'étais lycéen et mon âge. Qui était- elle à la fin? Comment pouvait-elle être au courant de tout cela ? Et de quelle invention parlait-elle ? Qu'avait-il bien pu m'arriver ? J'étais à la fois terrorisé à l'idée qu'elle me dévoile tout et pris d'une curiosité qui ne faisait qu'accentuer mon impatience à chaque seconde. J'aurais voulu la secouer, la prendre par les épaules et déverser l'avalanche d'interrogations qui me brûlaient la langue. Je me mordis la lèvre pour ne rien dire et n'eus pas le courage de la brusquer réellement, ses yeux lançant des éclairs de détresse.

J'aurais presque eu de la peine pour elle si la fureur qui m'habitait n'avait pas fait battre mon cœur si fort. Je haïssais tellement ce qui m'avait amené ici, dans cet état lamentable et cette peau de vieillard, que je rêvais d'avoir quelqu'un à blâmer. Seulement, j'aurais préféré que ce ne soit pas la mère de celle qui avait tant fait pour moi. Si je me mettais à détester cette femme, Violette pourrait ne plus jamais me regarder comme elle l'avait fait. Enfin, si elle se réveillait un jour. Il ne fallait pas que je lui fasse de reproches trop vite, ou du moins pas avant qu'elle ne m'ait donné un fait concret pour lequel je pouvais avoir du ressentiment envers elle.

- Je suis tellement désolée, murmura-t-elle, presque suppliante. Rien n'aurait dû se passer ainsi, tu sais. Je regrette chaque seconde du jour où j'ai fait l'énorme erreur de poser cette machine, chaque décision que j'ai prise, chaque idée que j'ai pu avoir. Tu n'as pas à me pardonner, juste à me croire. Je vais trouver un moyen d'arranger les choses et tout rentrera dans l'ordre, je te le promets. Bientôt, tu ne te souviendras même plus d'avoir subi cette satanée machine à avancer dans le temps.

Voilà, maintenant je pouvais lui en vouloir.

Celui qui pose des questions doit être prêt à en en-tendre les réponses. Mais la personne qui doit répondre ne l'est pas toujours. Souvenez-vous de votre enfance: « Papa, maman, comment est-ce qu'on fait les enfants ? ». Tout le monde a demandé cela, un jour ou l'autre et je crois bien que c'est à cet instant précis que nos parents commencent à regretter notre perspicacité précoce. Que répondre au petit de sept ans qui veut savoir d'où il vient ? C'est l'un des premiers mensonges que l'on entend et c'est l'un de ceux qui connait le plus de versions possibles. Mais peu importe. Duper est une chose qui se transmet de génération en génération et on nous initie très tôt à ce jeu tordu. Alors on se met à le faire pour n'importe quoi, à n'importe qui, n'importe quand. On ment pour protéger quelqu'un, ou soi-même. On ment pour tromper nos pa-rents le samedi soir quand ils ne nous laissent pas sortir. On ment à ceux qui ne méritent pas d'entendre la vérité. Et puis l'on ment pour ressentir ce petit frisson de satisfac-tion, lorsqu'on est le seul à connaitre la vérité. On le fait, encore et encore, jusqu'à tomber dans la perversion même de croire à nos propres insanités. Et c'est là que cela de-vient dangereux, si l'on n'est plus capable de distinguer la vérité, si l'on ne peut même plus savoir si notre vie est ré-elle ou non. Il y a ceux qui aiment ce vertige quand on vient à se demander jusqu'où quelqu'un nous a leurré à partir du moment où l'on découvre qu'il l'a fait une première fois. Et si son « je t'aime » était une feinte ? Après tout, qui sait discerner le vrai du faux à partir de l'instant où les deux se mêlent ?

Et voilà, on ne croit personne, on doute, on hésite, on n'accorde plus sa confiance, pas même à soi. On devient paranoïaque, et on ment. Cela devient obsessionnel, indis-pensable pour survivre, pour lutter contre l'ennemi exté-rieur qui nous trompe lui aussi. Arrive alors le moment fatidique où cela se transforme en plaisir, où l'on aime le regard de confusion de la personne qui ne sait que penser. On se retrousse les babines, on sort les crocs et on attaque. On devient bestial, à la recherche de la proie, à la chasse de la moindre cible à qui mentir. Puis il y a cette seule personne, unique, qui se fie à vous. Et là, on n'est plus ca-pable de rien. Lorsque qu'on vous attribue une honnêteté absolue, le mensonge devient superflu, barbant, sans inté-rêt.

Alors on est pris d'un terrible malaise, au moment où l'on s'aperçoit du mal qu'on a fait et auquel on ne peut plus rien. On se jure de ne plus recommencer et on se fragilise. On se transforme en victime. On subit sans riposter, ou l'on retombe dans l'hypocrisie, s'enfonçant un peu plus jour après jour, bafouant toutes les promesses que l'on s'était faites. Puis on finit par trouver l'âme sœur, la personne qui vous apaise, ou qui vous pousse plus loin dans ce travers. Mais c'est celle qu'il vous faut, elle qui va devenir votre plus grande victime au crime immonde du mensonge. Et le reste, les autres, ils peuvent aller se faire voir.

Le bonheur remplace alors doucement le vice, l'amour triomphant péniblement. On s'enracine dans une vie paisible où les tumultes du passé semblent lointains et risibles. L'innocence arrive et vous tombe dans les bras après neuf mois, sans que vous vous y soyez préparé ne serait-ce qu'une seconde. Vous devenez responsables d'une vie, plus ou moins sûrs de vous et vous êtes tellement protecteurs que vous ne voyez pas la perversité revenir lentement, tapie dans l'ombre de la candeur. La catastrophe tellement redoutée arrive alors, vous prend à la gorge et vous suffoquez comme vos parents l'ont fait bien avant vous : « Papa, maman, comment est-ce qu'on fait les enfants ? ». La boucle est bouclée, et vous lui avez fait le plus grand mal sans le savoir vraiment. Mais moi, j'en avais parfaitement conscience, et cela ne m'empêcha pas de plonger sans hésiter dans le tourbillon qui m'avait fait tant souffrir...

Je serrai mes doigts encore un peu plus fort autour du rebord du banc, m'enfonçant de la peinture verte criarde

sous les ongles. Devant moi, des enfants jouaient en s'égo-
sillant autour du bac à sable, piétinant là où il y avait eu
des parterres de fleurs autrefois. Plus loin, un toboggan
descendait d'entre les arbres, qui n'étaient plus plantés si
serrés, pour arriver à quelques mètres d'un bassin où
quelques canards nageaient dans l'eau claire. Si j'avais
tourné la tête à droite, j'aurais été parfaitement capable désormais d'apercevoir un cabanon installé sur la butte dans
lequel un homme en vert rangeait toutes sortes d'outils. Le
sang s'enfuyait de mes mains à toute vitesse, à mesure que
la tristesse et l'énervement montaient en moi, mais je ne
les décrispais pas pour autant. Je n'aurais pas dû revenir.
C'était une énorme erreur.

À mon arrivée, j'étais restée de longues minutes à chercher les grandes grilles rouillées qui avaient été remplacées par de petits portillons en bois flambant neufs. J'avais
pourtant toujours su que cela allait arriver, que cet endroit
ne resterait pas sauvage et abandonné pour longtemps.
C'était simplement trop dur de perdre tout à la fois. Moi
qui était venue là pour m'isoler et réfléchir à l'avenir et au
présent surtout, c'était raté. Je fermai les yeux un instant et
une vague de souvenirs déferla dans mon esprit. Les
quelques mois passés sans deviner sa présence, notre première rencontre, le sourire que nous avions échangé et
toutes les longues soirées passées par terre dans son abri à
recoller le puzzle de sa mémoire. Je rouvris soudainement
les paupières, le souvenir de ce jour maudit refaisant surface à nouveau. Je me levai, me dirigeant d'un pas rapide

vers la sortie du square et longeai la rue qui en partait sans
un regard en arrière. Je ne pouvais pas revivre ce moment
encore une fois, c'était juste impossible. Il ne fallait pas
que je voie cette rue, ni ces voitures, ni même cet endroit.
Tout me rendait malade désormais.

Si j'acceptais docilement le plan de ma mère, ces souvenirs insupportables seraient effacés de ma mémoire pour
toujours et je n'aurais plus à me rappeler l'avoir perdu.
Mais le problème était justement là. Il était hors de question que j'oublie tout, comme il était impensable qu'il reste
mort. J'allais donc devoir trouver un moyen de combiner
les deux impossibles pour en faire une réalité. Dommage
que ce square soit devenu infréquentable, car cela aurait
été le lieu parfait pour réfléchir posément à la façon que
j'allais avoir de modifier mon futur et le sien, le sien et le
nôtre.

Sans que je m'en aperçoive, mes pas m'entrainaient
déjà sur le chemin du retour, me ramenant à cette maison
dans laquelle j'habitais encore et qui pourtant n'était plus
chez moi depuis longtemps. Mon père avait déménagé
quelques mois auparavant, quand il avait compris que ma
mère avait causé la mort non seulement de l'homme que
j'aimais mais par la même occasion celle d'un jeune garçon innocent qui avait encore toute la vie devant lui. Tout
cela pour prouver que son invention n'était pas une véritable catastrophe qui, mise entre des mains mal intention-
nées, aurait sûrement causé un désastre d'envergure mon-
diale. Dévastée par la rupture, elle s'était vouée corps et

âme à réparer la machine qui avait été retrouvée entre temps, enterrée dans ce même square. « Je vais arranger les choses, je te le promets » répétait-elle sans cesse. Puis elle était arrivée un matin, un sourire aux lèvres, m'expliquant sa solution pour le sauver. Elle avait décelé un moyen de se faire retourner dans le passé afin d'enlever l'appareil avant que Guillaume ne soit touché. Sa machine à avancer dans le temps deviendrait une machine à voyager dans le temps, aller et retour. Je l'avais regardée en silence, et m'étais contentée de lui dire que je n'acceptais qu'à la condition que ce soit moi qui le fasse. Sentant que ma décision était irrévocable, elle n'avait pas protesté et la discussion s'était arrêtée là.

Il ne me restait qu'à attendre qu'elle ait réussi à modifier l'engin. La patience n'était pas mon point fort, loin de là. D'un autre côté, j'avais de ce fait eu le temps de réaliser que son plan avait une faille majeure. En modifiant son passé de cette manière, il ne se retrouverait pas dans ce cabanon et je ne le rencontrerais jamais. Certes il serait sain et sauf et c'était bien sûr le plus important, mais je refusais catégoriquement de devoir l'oublier pour toujours. Je n'aimais pas le penser de cette manière, mais on trouve rarement deux fois l'amour. Il était donc indispensable que je découvre une feinte pour tourner son idée à mon avantage. A notre avantage.

J'étais arrivée devant la maison, vide et froide comme depuis un an et soupirai. Je rentrai nonchalamment, enlevant mes chaussures lentement et envoyai mon manteau sur le dossier du canapé d'un geste éteint. Je montai sans énergie l'escalier qui menait à ma chambre, comme si me remémorer les derniers mois m'avait exténuée. Je m'écroulai sur mon lit, les bras derrière la tête et les yeux fixés sur les petites étoiles fluorescentes collées au plafond qui ne brillaient plus depuis longtemps. Je soupirai. J'avais grandi trop vite.

Je me souvenais encore m'être allongée de cette même façon un peu plus de trois ans auparavant, après ma rentrée de seconde, n'ayant comme seul souci celui de savoir quelle section j'intègrerais ensuite. Pauvre considération que celle-là. A l'époque, je voulais faire des sciences à tout prix, admirant ma mère, me voyant très bien chercheuse en astrophysique dans un grand laboratoire blanc aseptisé où, fière dans ma blouse longue et entourée d'assistants, j'aurais révolutionné notre vision du cosmos. A la fin 2006, je m'étais alors dirigée sans hésitation dans cette voie et avait suivi les cours avec une soif de connaissances que je n'avais jamais eue avant. Pourtant, très vite, je m'étais enfermée dans ma bulle aux proportions rassurantes, m'isolant du reste du monde et même de l'espace que j'avais tant adoré. J'avais commencé à en avoir peur, convaincue que jamais je ne pourrais embrasser de ma seule existence, toute l'étendue des choses qu'il y avait à y découvrir.

Puis ce mois de mai 2008 était arrivé, et avait tout bouleversé. Je l'avais rencontré, lui et ses secrets, sa mémoire incertaine et ses peurs, et je m'étais peu à peu désintéressée du reste. Les révélations de ma mère, quelques mois plus tard, après mon accident, le sien et sa mort, m'avaient définitivement écœurée de ce domaine. Elle que j'avais admirée, dont les réussites m'avaient donné envie et rendue jalouse, dont le travail m'avait enthousiasmée, était désormais devenue détestable à mes yeux. J'étais partie, sans inclinaison ni motivation, dans des études littéraires où je ne me plaisais pas. Rien ne m'intéressait réellement depuis un an de toutes façons. J'avais perdu goût aux petits plaisirs, aux moments simples et amusants, à la vie même.

Alors oui, allongée là, fixant ces mêmes petites étoiles dans une piqûre de rappel de ma naïveté et de ma passion perdue, je m'aperçus que j'avais grandi trop vite, trop tôt. Lui seul aurait pu comprendre cette impression de malaise, de gâchis que l'on a quand on regarde en arrière et que l'on a l'impression de ne pas avoir vécu pleinement. Après tout, il avait bel et bien perdu quarante années de son existence. Je secouai la tête pour chasser tous ces souvenirs mélancoliques. Je devais penser à la suite, trouver un nouveau plan et pour cela, il fallait que je récapitule.

Ma mère voulait que je change le passé avant qu'il ne se fasse transporter, supprimant ainsi de nombreux évènements qui en découleraient. Pourtant, il n'y avait que son accident qu'il fallait à tout prix empêcher d'arriver. La deuxième obligation était de faire croire que je suivais docilement son plan. Tout partait donc d'août 2005. A cette date-là, elle se faisait transporter comme elle me l'avait raconté, s'échappant ainsi des toilettes où elle s'était retrouvée enfermée. Un mois plus tard, elle se réveillait au même endroit, quelques heures avant que Guillaume ne soit lui-même face à la machine. Pour sa part, il était envoyé en mars 2008, ce qu'il avait pu me dire avec certitude, ayant trouvé un journal daté du jour même dans la poubelle du square le lendemain de son arrivée. En mai, je le voyais donc pour la première fois et il me ramenait chez moi après que je me sois évanouie. Moins de quatre semaines après, je me faisais renverser devant le square et étais alors propulsée dans un monde étrange où je retrouvais Guillaume à l'âge qu'il aurait réellement dû avoir, ainsi qu'un double de ma mère et la projection de mon grand-père. A la fin du mois de juin, je me réveillais d'un coma forcé pour apprendre, deux jours plus tard alors que j'étais en pleine convalescence dans mon lit d'hôpital, qu'il s'était fait renverser à son tour et qu'il était… Je soupirai. C'était cet instant là que je devais changer et aucun autre.

La complexité des faits, liés les uns aux autres, ne me donnait pas droit à l'erreur, risquant sinon un effet papillon monstrueux. A la moindre modification mal placée, je changerais définitivement le cours des choses et je ne préférais pas penser aux horreurs que cela entrainerait. Que ce soit d'ailleurs moi-même qui me charge d'éviter l'accident était plus que risqué, ne connaissant pas exactement les circonstances du drame. Devant l'hôpital, le 29 juin 2008. C'était assez vague, du moins trop pour que je tente d'interférer. Il fallait donc que je prévienne quelqu'un. Cela ne pouvait pas être lui car il risquait de paniquer et d'entraîner paradoxalement sa propre mort en tentant de l'éviter. Cela ne pouvait pas être ma mère vu l'état d'esprit dans lequel elle était alors, déterminée à tout faire pour prouver sa réussite. Cela ne pouvait pas être mon moi de l'époque pour la seule raison que je risquais de créer une immense faille temporelle en mettant face à face deux versions de la même personne. Il ne restait plus qu'une solution et je sus immédiatement que c'était la bonne. Mon cerveau se mit alors à bouillonner, des mécanismes complexes de réflexion cliquetant en tous sens. En quelques heures, un plan m'apparut et je souris. Ce n'était pas de joie d'avoir trouvé une solution, c'était de satisfaction. J'allais réussir à le sauver en prenant ma mère à son propre jeu, et elle n'en saurait rien car pour y parvenir, je manierais mieux qu'elle-même l'art de mentir. J'allais retourner dans le passé prévenir la seule personne qui pourrait tout arranger. J'allais retrouver mon grand-père.

VIOLETTE

Juin 2008

Si on m'avait demandé un jour ce que m'évoquait le mot plénitude, j'aurais sûrement eu du mal à répondre, ou je me serais contentée de bafouiller quelque chose à propos de la solitude. Je n'aurais en effet pas pu envisager un sentiment de bien-être autrement que loin du reste du monde, dans ma bulle rassurante dont je pouvais appréhender les limites. Posée à nouveau, cette question trouverait désormais une toute autre réponse. Je ne pouvais plus m'imaginer me couper de tout et de tous et ressentir un frisson de plaisir à me retrouver avec moi-même. Plus précisément, je pourrais cesser tout contact avec la planète entière, à l'exception d'une seule personne. Si on me l'enlevait, ni l'isolement le plus complet ni la foule la plus dense ne saurait remplacer le sentiment que j'avais à ses côtés. J'étais enfin importante aux yeux de quelqu'un qui voulait tout dire pour moi. Tous mes sentiments me semblaient maintenant évidents, mes doutes superflus et mes peurs, irrationnelles. Je me sentais simplement moi-même. Je n'avais pas complètement cessé de croire que je ne méritais pas une telle sensation mais c'était la première fois que je m'autorisais à la vivre. Ses yeux me défendaient le contraire, brûlant de son regard chaque hésitation qu'il lisait en moi, et faisant fondre en un instant le souffle glacé de la peur de le perdre. Désormais, j'avais la certitude absolue que le bien-être n'aurait plus d'autre signification pour moi que le simple fait d'être en sa présence. Désormais, la plénitude portait son prénom.

Un rire courut sur ses lèvres, délicieusement et plus rien autour ne compta. L'espace d'un instant, le monde étrange peuplé d'oiseaux et de revenants n'exista plus, et mon accident n'était pas arrivé. Un bras enroulé autour de ma taille et sa paume posée en bas de mon dos, il m'attira à lui et m'étreint en souriant. Un frisson descendit jusque dans le creux de mes reins. Je fermai les yeux un instant et posai ma tête sur son torse, goûtant à la chaleur de son souffle sur ma nuque. Je ne m'étais jamais sentie autant en sécurité que collée à sa peau. J'aurais pu rester ainsi une éternité. Il passa une main dans mes cheveux, délicatement et je frémis de plus belle. J'eus l'impression que tout le temps du monde, de celui-ci et du vrai, ne suffirait pas pour le découvrir, le connaître, et l'aimer.

Je passai mes mains le long de ses épaules en détaillant la moindre courbe avec un plaisir immense, tentant de tout savoir de lui et de son corps. Il me repoussa doucement, me regardant de cette manière dont je ne pouvais plus me passer, caressa ma joue, puis mon cou et, attrapant mon menton entre deux doigts, il m'embrassa longuement. La douceur de sa bouche posée sur la mienne m'avait manquée en quelques minutes à peine, et je sus qu'à l'instant où ce moment s'arrêterait, je voudrais déjà qu'il recommence. Ce n'était plus seulement de la tendresse qui nous unissait, mais une dépendance de l'autre absolument inexplicable et impossible à briser. On se serait connus depuis toujours, cela n'aurait pas été plus fusionnel. C'était... magique, magique et terrifiant à la fois. Nous savions que cela ne pouvait pas durer plus de trois semaines et que rien ne prouvait qu'on se retrouverait après. Peut-être que c'était le fait même d'avoir conscience du peu de temps qui nous restait qui rendait la relation aussi belle et intense, mais je ne voulais pas que cela s'arrête pour autant.

J'avais peur, terriblement peur de ne plus jamais le revoir, de ne plus jamais pouvoir le prendre contre moi, ni sentir son cœur battre, ni... Je ne voulais même pas y penser. C'était atroce de savoir que nous avions une sorte de date limite... Il détacha lentement ses lèvres des miennes et me sourit, innocemment, comme si aucune de ces pensées sombres ne lui traversait la tête. *Je m'inquiète trop. Tout va bien se passer, je ne le perdrai pas.* Je déposai un léger baiser sur le haut de sa pommette qui le fit rougir un peu et entrelaçai mes doigts et les siens. Je soupirai d'aise et m'apprêtais à lui dire à quel point j'étais bien avec lui quand il posa son index sur ma bouche entrouverte. Ses yeux pétillèrent en voyant ma surprise qu'il ait deviné mon intention, et murmura :

- Viens. Viens j'ai quelque chose à te montrer.

Il m'entraîna vers la porte qui menait à sa chambre, laissant la brume qui flottait sur le quai se refermer derrière nous. Le fer forgé grinça quand il tourna la poignée et nous nous retrouvâmes plongés dans l'obscurité après quelques pas. J'étais à la fois inquiète, redoutant qu'il veuille franchir le pas que je n'étais pas prête à faire mais aussi terriblement curieuse et exaltée. Il s'arrêta un instant, m'enlaça doucement, collant mon dos à la paroi et m'embrassa fougueusement. Je me débattis sans trop de conviction, plus pour jouer que par gêne et, lorsqu'il se recula de peur que cela m'ait déplu, je l'attrapai par le col et le ramenai vers moi pour l'embrasser à mon tour.

Nos rires résonnèrent alors dans le silence du couloir et, me serrant contre lui, il me renversa en arrière. En une seconde, j'étais dans ses bras, telle une princesse, revivant étrangement la scène un peu dramatique de notre rencontre dans le square. Je pouffai de plus belle, l'enlaçai, et passai mes mains autour de sa nuque, me laissant porter avec ravissement. Quelques instants plus tard, il me déposait délicatement sur son lit, une expression euphorique sur le visage qui m'éclaboussa de joie, malgré mon appréhension de ce qui pouvait se cacher derrière cette mise en scène. Qu'avait-il en tête ? Je me posai la question tout en connaissant très bien la réponse la plus probable mais je ne parvins pas à démêler l'inquiétude de l'ivresse. Me laissant allongée là, il se pencha vers sa table de chevet et ouvrit le premier tiroir. Il en sortit une liasse de feuilles attachées ensemble par une simple ficelle qu'il dénoua d'un geste presque nerveux. Je n'avais pas la moindre idée de ce qu'étaient ces documents mais je m'en voulus. Je me sentais bête de lui avoir prêté, ne serait-ce que quelques instants, des intentions qui n'étaient pas les siennes. Je me relevai et m'assis sur son oreiller en lui souriant tendrement, chassant ces idées déplacées que je lui avais attribuées à tort. Il me regardait, des sentiments indicibles au fond des yeux, et il me sembla que ses mains tremblaient un peu, serrant les papiers comme s'ils avaient été un précieux trésor. Il inspira profondément, fermant les paupières un instant et me les tendit :

- Je ne sais pas si tu voudras les lire, dit-il un peu confus, mais je voulais que tu les aies. Désormais, elles ne me servent plus puisque tu es là.

Je les pris avec précaution, comme si je m'apprêtais à récupérer des richesses inestimables, sans pour autant avoir saisi de quoi il s'agissait. Je lis les premières lignes sans me rendre compte de ce que j'avais devant moi, puis je m'arrêtai soudainement. C'étaient des lettres, des dizaines de lettres qui m'étaient destinées. La première était datée du 25 mars, un peu plus d'un mois avant que je ne rencontre son double dans le square. Le sentiment qui me foudroya à cet instant-là était indescriptible. C'était de la gratitude, de l'émerveillement, de la peur aussi, du bonheur pur et bien sûr, de l'amour. Je passai entre mes doigts les différentes pages, lentement, avec une précaution et une fascination extrêmes et m'arrêtai à la dernière feuille. Le 7 juin 2008, jour de mon accident. Sans en croire mes yeux, je lus les premières phrases :

« *Mon Dieu comme je t'aime. Oui, je t'aime, tu n'as pas rêvé, je l'ai bel et bien écrit. Il y a quelques semaines quand j'ai cru que je t'avais perdue pour toujours, je l'ai compris, ou du moins j'en ai assumé la pensée. Mon autre moi venait de te ramener chez toi, à moitié inconsciente, après t'avoir plus ou moins traquée dans un square désert à la tombée du soir sous une pluie battante. Il y a mieux pour donner envie à quelqu'un de ne pas s'enfuir et pourtant, tu ne l'avais pas fait. C'est là que j'ai su que je t'aimais.* »

Je relevai la tête, les lèvres tremblantes. Son regard, plus clair et plus beau que jamais, me transperça de part en part, et je pus y lire une inquiétude sans pareille dans l'attente de ma réaction. Je me levai, lui pris le visage entre mes doigts et l'embrassai, glissant à son oreille les seuls mots que je fus capable de prononcer :

- Moi aussi, si tu savais...

EVA

Juin 2008

∞

Je ne suis pas croyante. Ni en Dieu ni en quoi que ce soit que je ne peux pas prouver. Je ne suis pas du genre à m'extasier devant quelque chose qui parait incroyable en criant au miracle. Tout ce qui arrive dans ce monde peut trouver une interprétation rationnelle. Aucune guérison ne survient par hasard, aucun mort ne ressuscite par magie, et aucun accident n'est dépourvu d'une explication logique. Je me suis toujours mise en tête de ne pas abandonner des recherches avant de pouvoir dire « Je sais pourquoi les choses se sont passées ainsi ». Il n'y a pas de main toute puissante qui nous écrase de sa paume, nous infligeant un destin tout tracé que l'on ne peut modifier. Ce qui se passe est dû à quelque chose, quoi que ce soit. Seules les sciences sont dignes d'être écoutées et observées attentivement car elles ont dans leur essence cette poursuite de la vérité, de la preuve irréfutable qui nous permet de les croire aveuglément. Du moins, c'est ce que je pensais jusqu'à ce jour-là, où une variable a modifié les données de

l'équation, où l'impossible s'est élevé au rang du vraisem-
blable. Ce fut ainsi que je me mis à croire aux miracles.

Trois semaines. Cela faisait trois interminables semaines. Les paupières closes, les bras le long du corps, elle
semblait presque paisible allongée là dans ces draps bleus
qui donnaient l'impression qu'elle flottait dans une mer de
nuages. Elle l'était sans doute, dans son sommeil qui ne
voulait pas s'arrêter, mais pour ma part c'était loin d'être le
cas. Les vingt et un derniers jours avaient été les pires de
ma vie. J'étais malade chaque matin à l'idée d'entendre
dans la journée le son strident et continu de son cœur s'arrêtant, et je me couchais chaque soir, terrifiée de ne pas à
être à ses côtés si elle ouvrait les yeux. L'espoir avait fini
par s'affaiblir, peu à peu, rougeoyant malgré tout au fond
de moi comme la braise qui refuserait de s'éteindre une fois
le feu refroidi.

Mon mari, éternel optimiste, restait convaincu qu'elle
allait se réveiller et n'en démordait pas malgré les avis des
médecins. Ils n'avaient jamais vu un cas comme elle, di-
saient-ils, un cas où, à part quelques hématomes qui indiquaient un choc ou une chute, rien n'expliquait son état co-
mateux. Je m'étais révoltée de nombreuses fois, ne sachant
que trop bien à quel point la science était capable de tout
et qu'il suffisait d'être compétent pour savoir l'exploiter à
bon escient. *Et c'est toi qui dit ça*, raillait ma conscience.
J'avais tout essayé pour que l'on comprenne ce qu'avait ma
fille mais en vain. La transférer dans un hôpital plus spé-
cialisé était dangereux vu la situation dans laquelle elle

était, et aucun spécialiste externe n'avait daigné se déplacer, considérant que ce n'était « sans doute qu'un autre cas qui n'en valait sûrement pas autant la peine que ce qu'on en disait ». Accès de rage après accès de rage, tentative après tentative, j'avais fini par me rallier à la foi de Julien sans pour autant être aussi persuadée que lui. Pour couronner l'état second dans lequel je me trouvais donc depuis trois semaines, il y avait eu cette discussion que j'avais tant redoutée. J'avais fait mes aveux à la victime de mon expérience le lendemain de l'arrivée de Violette à l'hôpital et cela avait été… comment trouver le mot adéquat… compliqué ?

C'était le moins que je puisse dire, dans la mesure où j'avais cru qu'il allait m'assassiner du regard tant celui-ci avait été plein de rancœur et de vengeance à mesure que j'avais débité mes explications. Le pire avait été lorsqu'il avait entendu les mots « machine à avancer dans le temps ». Il avait levé un sourcil perplexe qui espérait que tout n'ait été qu'une grande plaisanterie et m'avait dévisagée de longues secondes durant, passant de l'effarement à la colère en comprenant que j'étais sérieuse. J'aurais voulu disparaitre, fuyant une dernière fois les conséquences de mes actes mais son regard ne m'avait pas lâchée une seconde. Froidement, il s'était contenté de me poser des questions par dizaines, comptant chacun de ses mots comme si un de plus l'aurait écorché et un de moins n'aurait pas permis à la réponse d'être satisfaisante. J'avais répondu à chacune, sans exception, d'un ton aussi formel et professionnel que je le pouvais en dépit de ma culpabilité qui m'avait submergée de terreur. A la fin de son interrogatoire, il s'était contenté de se lever, implacable, et était sorti sans se retourner, sans même jeter un coup d'œil à Violette.

Depuis, il revenait chaque jour, peut-être dormait-il là, choisissant pour ses visites, les moments où Julien ou moi n'étions pas dans la chambre. Il voulait m'éviter à tout prix, et je ne pouvais l'en blâmer. Après notre discussion, j'étais donc restée seule et misérable, à me morfondre dans mes fautes passées en me répétant inlassablement que je n'en ferais plus d'autres. Julien était arrivé à ce moment, l'air contrarié, pointant la porte d'un index interrogateur. J'avais oublié qu'il avait déjà vu Guillaume, lui aussi. J'avais haussé les épaules et, voyant des larmes perler au coin de mes yeux, il s'était précipité vers moi sans insister davantage et m'avait serrée dans ses bras. S'il avait seulement su pourquoi j'étais dans un tel état, il aurait probablement arboré le même dégoût qu'avait eu Guillaume et m'aurait fui à son tour, répugné par les horreurs dont j'avais été capable.

Ma culpabilité avait alors gonflé en un instant quand je m'étais aperçue que je lui mentais toujours effrontément malgré les promesses que je m'étais faites, quelques secondes auparavant. Mais les semaines étaient passées, mornes et désespérantes, et il ignorait toujours tout. Je me cachais derrière la mauvaise excuse qu'il était déjà trop accablé pour que je lui rajoute un sujet de tracas, sachant pertinemment qu'il m'en voudrait d'avoir raisonné ainsi. Faible j'avais été trois ans auparavant, faible j'étais encore, et faible je serais sûrement lorsqu'il s'agirait de tout dire à ma fille. Dans l'idée où elle se réveillerait bien sûr...

Il était six heures du matin et j'étais au chevet de Violette depuis une heure déjà. Je ne dormais plus ou peu, et passais le plus clair de mon temps assise sur cette immonde chaise en plastique vert dans cette pièce dont la seule odeur me donnait envie de vomir. J'en connaissais le moindre recoin par cœur et rien ne me donnait plus le cafard que de m'en apercevoir. Hormis des appareils médicaux en tout genre et le lit, l'endroit était presque vide. Seule une petite tablette rectangulaire était accrochée au mur. Les médecins y avaient posé les effets personnels de Violette qu'ils avaient sorti de ses poches, et je n'avais pas eu le courage d'y toucher. Parmi eux, il n'y avait qu'une liasse de papier que je ne reconnaissais pas et dont le contenu m'aurait assez intriguée pour que je les déplie si le respect de son intimité ne me retenait pas. J'avais déjà fait suffisamment de dégâts à tenter de m'immiscer dans les secrets qu'elle gardait.

Le reste n'était autre que ses affaires habituelles dont je connaissais parfaitement la disposition. Ses clés étaient à quelques centimètres de son téléphone, légèrement en oblique par rapport au mur, et son porte-monnaie était un peu gonflé, laissant deviner à travers le cuir la forme des pièces. Je soupirai. Je savais tout cela trop bien, j'avais beaucoup trop l'habitude de les voir et les revoir. Mes yeux continuèrent leur trajet quotidien, valsant entre les rares choses qui occupaient l'espace. En face de moi se trouvait cette porte continuellement entrouverte, comme si elle m'invitait à entrer, alors que rien de ce qu'elle renfermait ne donnait envie de le faire. Il y avait là-bas un lavabo d'un blanc immaculé, solidement logé au-dessus de ce placard vide dont la seule présence impliquait implicitement qu'on pourrait rester là longtemps. Les toilettes et la douche qui se tenaient côte à côte dans ce semblant de pièce qui servait de salle de bain étaient si propres qu'on n'osait pas s'en servir de peur d'amener dans cet espace aseptisé la moindre bactérie. Des pancartes étaient affichées sur les murs de la chambre, insistant en grosses lettres rouges et bleues sur le fait de se laver les mains régulièrement car, disait le slogan « Il n'y a pas que sa maladie qu'il doit craindre, mais parfois bien plus celles que vous amenez avec vous. » Je connaissais la typographie par cœur et cette mauvaise campagne de prévention me restait malgré tout en tête, me marquant par son manque d'imagination. Le clou qui dépassait légèrement du cadre protégeant ce magnifique panneau me rendait folle. Tordu et sur le point de tomber, je me disais chaque jour que j'allais le retirer et chaque jour je ne le faisais pas, craignant en dérangeant l'équilibre instable de cette pièce de rompre celui de ma fille.

Alors je restais là, à faire déambuler mon regard parmi ces choses qui m'insupportaient et me donnaient envie de hurler, les doigts de Violette serrés entre mes mains. Il m'était pourtant bien plus insupportable de fixer ses paupières indéfiniment closes, ses lèvres pâles, et sa peau presque translucide, que de détailler une énième fois la décoration inexistante. C'était une échappatoire comme une autre. C'était ce qui me permettait de déverser ma colère sur autre chose que moi-même. Mais si cet endroit me rendait folle de rage, Julien lui en avait la phobie. Chaque fois qu'il franchissait le seuil, je le sentais trembler de peur et de dégoût, ne supportant pas de la voir allongée là, inerte, et, lorsqu'il arrivait enfin à se mettre à son chevet il s'enfouissait la tête dans les mains sans pouvoir bouger. La nuit, je le sentais se relever en sursaut, trempé de sueur, et sortir du lit pour de longues heures, piétinant dans le couloir en marmonnant des phrases incompréhensibles. Au début, j'avais essayé de le calmer, de le faire revenir se coucher mais rien n'y faisait et, peu à peu, j'avais abandonné la lutte contre ses insomnies, tentant moi-même de dormir plus de trois heures.

Je me levais quand il revenait, partant pour mon supplice quotidien en sachant qu'il me rejoindrait plus tard, les traits tirés par la fatigue et l'angoisse, et les yeux gonflés par les larmes. Il venait s'asseoir à mes côtés, sans un mot, aux alentours de huit heures du matin, et restait sans bouger pour les dix suivantes. En fin de journée il se levait enfin, se dépliant péniblement, allait chercher un café dans le hall de l'hôpital et revenait, toujours en silence, avec sur les joues deux petites trainées humides. C'était son rituel, son point d'ancrage dans une habitude qui le rassurait, qui lui faisait presque croire que rien n'avait changé dans le cours normal de sa vie. Pour ma part, c'était tout l'inverse qu'il me fallait. Changer chaque fois d'horaires, d'activité à partager avec le silence, ou même de siège m'empêchait de m'imaginer qu'une routine risquait de s'installer si son état demeurait ainsi. Ce jour-là, je m'étais décidée à amener des fleurs, espérant que cela allait me distraire pour quelques minutes, peut-être quelques heures. Les bras encombrés par les bouquets, je les installais depuis mon arrivée, prenant le plus de temps possible pour effectuer chaque mouvement, ayant la conviction que cela me changerait réellement les idées. Ce fut loin d'être le cas.

Devant le lavabo, je remplissais consciencieusement un vase aux trois quarts quand un bruit me parvint de la chambre. C'était un son très doux, très feutré, comme un bruissement. Comme si les draps s'étaient frottés entre eux. Je poussai du pied la porte de la salle d'eau et levai le regard du récipient que je tenais. Tout se passa alors très vite et infiniment lentement à la fois. Face à ce que je vis en entrant, je m'immobilisai soudainement, lâchant l'objet qui se brisa dans un fracas de verre que je n'entendis même pas. Les yeux plongés dans ses iris ambrés, il n'y avait qu'une chose qui résonnait à mes oreilles depuis quelques secondes, un son que je n'aurais jamais cru entendre à nouveau. C'était la voix de Violette.

- Maman, disait-elle, Maman c'est toi…Maman…Je sais ce que tu as fait.

GUILLAUME

Juin 2008

∞

J'ai toujours adoré cette sensation particulièrement jouissive que l'on a lorsqu'on écarte lentement ses doigts et qu'on laisse couler le sable que l'on maintenait enfermé au creux du poing. Il chemine sinueusement, serpente sur nos paumes, et glisse finalement le long de nos phalanges dans une délicieuse caresse poussiéreuse. On essaie en vain de le retenir, d'en conserver un filet qui ne se serait pas échappé puis, inlassablement, une fois qu'il ne reste rien dans nos mains, on les replonge dans les épaisseurs chaudes de la plage et l'on recommence. On recherche ce petit instant si fragile, si périlleux, où cette matière que l'on gardait précieusement nous fuit soudainement et se retrouve hors d'atteinte. Cette perte de contrôle nous enivre et nous désespère à la fois, et on ne sait si l'on veut admirer encore une fois la puissance de ce qui nous rend faibles ou se détourner définitivement de ce moment où l'on ne maitrise plus rien. Me sentir démuni face à la beauté des mécanismes de la vie et de la Terre ne m'avait *jamais dérangé, bien au contraire. J'aimais savoir que je n'étais rien de plus qu'un peu de cette poussière de roche, perdu sur les rivages de l'univers, et que seul le vent me porterait. Je ne suis pas de ceux qui ont peur de se retrouver impuissants, pauvres et solitaires devant le monde extérieur qui pourrait nous faire valser ici et là d'un souffle. L'idée de ne pas pouvoir tout contrôler, et de devoir m'en remettre au hasard pour certains aspects de mon existence m'a toujours paru particulièrement séduisante. Seulement, c'était facile d'aimer ces sensations quand ma vie ne contenait encore que mon propre grain de sable. Ce fut le jour où le vent porta le sien loin de ma plage que je regrettai amèrement de ne pouvoir fermer mes doigts pour le retenir.*

Elle tenait entre ses mains la dernière lettre que je lui avais écrite. La plus belle mais aussi la plus risquée. Je lui avouais tout, dans des mots qui me faisaient moi-même peur. Tout à coup, je regrettai de les lui avoir données, m'apercevant qu'elle savait désormais des choses que je pensais ne jamais lui dévoiler. Certes, c'était initialement parce que j'étais sûr de ne pas pouvoir le faire, n'ayant donc jamais imaginé que cela pourrait arriver. Je m'étais laissé emporter par la sensation de plénitude que j'avais eue quelques instants auparavant, sa tête posée contre mon torse, ses mains enlacées par les miennes, et je lui avais confié mes pensées les plus intimes. *Et maintenant. Qu'est-ce que je fais si elle s'enfuit ? Si elle m'envoie ma déclaration à la figure ?* J'attendais, tremblant et terrifié à l'idée qu'elle puisse me rejeter après de tels aveux, qu'elle finisse sa lecture. Elle ne se décidait pas et je la voyais serrer le papier jusqu'à ce qu'il se froisse. Elle ne semblait pas plus confiante que moi, et je ne sus pas si cela devait me rassurer ou m'inquiéter davantage. Elle finit par relever la tête, les yeux embués de larmes et les lèvres frémissantes, se redressa et vint entourer mon visage, doucement. En plongeant un regard brûlant dans mon inquiétude, elle m'embrassa, et je sentis que sa bouche tremblait un peu, puis elle se glissa le long de ma joue jusqu'à mon oreille. D'une voix à la fois bouleversée et merveilleusement tendre elle murmura :

-   Moi aussi, si tu savais...

Ces mots me firent l'effet d'un coup de poing dans la poitrine tant je ne les attendais pas et tant ils me transportaient de joie. Elle me fixait, pétillante et effrayée, comme si sa réponse l'avait apeurée elle-même. Son attention passait de la lettre à moi, dévorant les mots et ma figure avec la même expression de tendresse passionnée qu'elle avait eue après notre premier baiser. Bientôt, elle retourna la feuille et s'immobilisa pour finir de lire. A mesure qu'elle avançait, elle s'illuminait, et, en quelques secondes, elle était arrivée au bas de la page. Elle joignit les mains devant sa bouche, stupéfaite et émerveillée par ce qu'elle avait lu et, ne pouvant plus contenir son ravissement, elle murmura :

-   Je t'aime... qu'est-ce que je t'aime...

Elle n'avait pas lâché la lettre, fébrile, relisant encore et encore ces mots qui n'avaient jamais été destinés à quelqu'un d'autre qu'à moi-même. Désormais, ils étaient pour elle, et pour rien au monde je ne les lui aurais repris. J'étais dans un état de bonheur extatique, l'amour me submergeant, dépassant tout ce que j'aurais pu penser ressentir un jour, dans un torrent délicieusement inépuisable. Devant moi se trouvait celle dont j'avais rêvé pendant de longues semaines, celle que je n'aurais jamais cru trouver un jour, celle-là même qui me rendait plus heureux que n'importe qui. Fermant les yeux pour goûter à cette sensation nouvelle d'affection réciproque, je lui saisis les doigts et nous restâmes ainsi plusieurs minutes, dans un moment de douceur et de passion intense que je n'aurais voulu gâcher pour rien au monde. Ce n'était que le début d'une longue histoire, je pouvais le sentir.

Quinze jours passèrent ensuite, glissant sur notre relation en nous laissant l'impression naïve d'en être encore aux premiers instants, jusqu'à ce que ce moment arrive. Nous savions qu'elle n'était là que pour trois semaines, qu'elle allait repartir comme elle était venue, miraculeusement. Pourtant, cela n'en faisait pas des au revoir plus faciles. Arthur avait disparu le jour de l'arrivée de Violette, sans crier gare et surtout sans nous donner la moindre information supplémentaire sur le moment où elle s'en irait. Mon double de son côté, faisait des allers-retours, désespéré, entre l'hôpital et un endroit que je n'avais jamais vu où il passait ses nuits, probablement incapable de revenir à son abri hanté de mauvais souvenirs. Rien ni personne ne pouvait donc nous informer sur son départ. Mais nous avions compté, horriblement compté, et ce jour-là, où elle devait retourner dans le monde réel, nous vivions un supplice. Blottie dans mes bras, je l'enlaçai de toutes mes forces, espérant naïvement la retenir ainsi. Il fallait qu'elle s'en aille, je le savais, ma vie dépendait d'elle. Notre vie. J'avais seulement si peur que les choses ne se passent pas comme prévu et que nous ne soyons jamais réunis à nouveau que je préférais encore la garder ici, égoïstement. Elle ne disait pas un mot depuis quelques minutes et je sentais sa respiration régulière sur ma peau nue, chaude et rassurante. Il suffisait que ce mince filet d'air s'arrête pour que tout mon univers s'écroule en un instant. *Les choses tiennent à si peu au final…*

Le visage enfoui dans ses cheveux noirs, je revoyais tous les moments incroyables qui avaient constitué notre histoire, et pourtant j'aurais tout donné pour cesser ce film qui se déroulait sous mes paupières closes. Je ne voulais pas regarder en arrière en me disant à quel point c'était merveilleux. Non, j'avais besoin de me projeter dans le futur et d'imaginer les semaines à venir, les années même, et de m'apercevoir qu'elles seraient extraordinaires si je les passais à ses côtés. Je resserrai encore mon étreinte, ne pouvant me décider à la laisser partir et elle releva la tête, un sourire amoureux aux lèvres. C'était une de ces expressions qu'elle avait qui me faisait littéralement fondre. Je me penchai légèrement et l'embrassai lentement. Elle passa une main derrière ma nuque, la glissant dans mes cheveux avec une douceur à se damner, et me rendit mon baiser. Je la serrai aussi fort que je le pus. Je ne voulais pas qu'elle me quitte, je ne pouvais pas la perdre. Et si on ne se retrouvait jamais ? Et si c'était la dernière fois que je la sentais contre moi? Je l'étreignis de plus belle, espérant sceller ainsi notre avenir si incertain. Elle ne pouvait pas m'abandonner. C'était impossible. Une sensation affreuse me parcourut tout à coup. En quelques instants, je ne sentis plus ni sa bouche sur la mienne, ni son contact sur mon cou. J'ouvris les yeux, horrifié, pour découvrir qu'il ne restait d'elle qu'une poignée de poussière. J'hurlai son nom, serrant entre mes doigts impuissants quelques grains de sable que le vent s'empressa d'emporter. J'étais à nouveau seul, seul et désespéré.

ARTHUR

Juin 2008

Le monde nous réserve bien des coups de théâtre in-
soupçonnés. Qu'ils prennent la forme de découvertes in-
croyables ou de retrouvailles inopinées, la surprise est
renversante et la stupéfaction absolue. On pleure, on rit,
on s'exclame que c'était impossible, et en un instant, l'es-
poir disparu des années auparavant ressurgit pour se
muer en une merveilleuse certitude. C'est l'enfant qui a
égaré son jouet et qui miraculeusement remet la main des-
sus une fois adulte, c'est l'archéologue qui découvre des
trésors disparus que l'on avait considérés introuvables, et
c'est cette personne que l'on avait définitivement perdue
de vue qui réapparait soudain dans notre vie. On ne s'y
attend plus, on a abandonné depuis trop longtemps pour
recommencer à croire et brusquement, l'inattendu arrive.
Ce jour de juin, c'était un homme qui allait revenir d'entre
les morts. Ce jour de juin, le coup de théâtre serait ma ré-
surrection. Ce jour de juin, l'inattendu aurait mon visage.

Je n'en revenais toujours pas. Quinze ans, quinze ans que j'étais enfermé dans un site gouvernemental, laissant croire à ma mort aux yeux de tous ceux que j'aimais, et voilà que j'étais libre ! Libre, respirant à pleins poumons l'air extérieur, sentant à nouveau le vent sur ma peau, autant de choses que j'avais oubliées depuis trop longtemps. Le plus incroyable de tout cela était la personne qui m'avait sorti de là. Ma petite fille. Elle était devenue si belle, si forte et si courageuse ! Déjà, trois ans auparavant, elle nous avait exposé son plan brillant pour sauver Guillaume, et voilà qu'elle tenait sa promesse en venant me libérer… La détermination qui l'animait était invraisemblable. Ne serait-ce que pour mon évasion, elle avait pensé aux moindres détails, de l'arme qu'elle allait me donner, à l'endroit où je pourrais me cacher en attendant le moment opportun, en passant par l'adresse de l'hôpital où son autre elle se trouvait dans le coma.

J'avais donc suivi à la lettre toutes ses instructions et étais resté dans la cabane à outils d'un square en travaux que je connaissais bien. C'était celui où, depuis le monde parallèle, nous avions vu le double de Guillaume se faire assommer par celui de Violette et devant lequel Eva avait renversée celle-ci. Lorsque j'étais arrivé, tout était préparé comme si l'endroit m'avait attendu. Un matelas était posé par terre ainsi que quelques coussins et des boites de conserves. Etait-ce elle qui avait tout organisé ? Je ne pouvais me résoudre à y croire, tout en ne trouvant pas de réponse plus censée. Je m'étais donc installé là, espérant que personne ne m'y trouve, et avais attendu vingt jours et vingt nuits. Ce fut au matin du vingt et unième que j'eus le droit à une visite à laquelle je ne m'attendais pas, mais qui expliqua beaucoup de choses.

Malgré les années d'attente que j'avais endurées, ces trois semaines là furent les plus longues. J'aurais pu croire ne plus être à cela près, mais la promesse de mes retrouvailles avec ma famille m'avait rendu bien plus impatient que lorsque je pensais passer le reste de mes jours enfermé. Lorsque je me réveillai, au matin du 26 juin, décidé à me rendre à l'hôpital pour mettre une fin à tout cela, j'étais aussi surexcité qu'un enfant à Noël. Ce fut sans doute pour cette raison que je sursautai lorsque la poignée de la porte s'actionna et qu'un homme apparut dans l'entrebâillement.

La lumière venant de derrière lui, je ne pus discerner tout de suite son visage et je craignis le pire. Je me redressai alors vivement, saisissant l'arme que m'avait confiée Violette et lui fis face, prêt à me défendre de toutes les manières possibles plutôt que d'y retourner. L'homme recula alors en apercevant l'éclat métallique du canon et un rayon de soleil me permit de le voir. Je m'immobilisai. Tout prit alors sens. La cabane organisée, le geste violent de ma petite fille, son idée de me faire venir dans cet endroit précis… C'était simple comme bonjour. J'étais ici dans *son* abri. Je laissai tomber mon pistolet sur le matelas et me redressai correctement, tendant le bras devant moi pour me présenter :

- Je suis Arthur, le grand-père de Violette, ravi de te rencontrer, Guillaume.

Il tressaillit en entendant son prénom et s'avança vers moi, interdit. Il ne savait sans doute pas que j'étais présumé mort depuis si longtemps mais ne s'attendait probablement pas non plus à me voir chez lui. Il me serra la main, abasourdi et, sans poser la moindre question, il referma derrière lui. La situation était assez embarrassante. Nous nous tenions à moins d'un mètre l'un de l'autre, dans ce petit cabanon qui nous avait abrités du reste du monde, ne pouvant nous décider à rompre le contact. Il semblait avoir le même âge que moi alors que ma petite fille en était amoureuse. C'était plutôt dérangeant. Pourtant, je connaissais la vérité et je savais que les apparences étaient particulièrement trompeuses, surtout dans le cas présent.

Il n'avait pas l'air bien plus à l'aise que moi et les mêmes pensées traversaient sans doute son esprit. Je ne voulais pas le brusquer mais je sentais grandir en moi, de minutes en minutes l'impatience de les revoir. Eva, Violette, Julien, tous m'avaient cruellement manqué. Lâchant les doigts de Guillaume, je me baissai pour empaqueter les quelques affaires que j'avais emportées avec moi, et je pris un soin particulier pour emballer le petit appareil dont tout dépendait. Ce petit cube renfermait tous les rouages qui permettaient à l'univers que j'avais créé de fonctionner, et c'était grâce à ce même objet que j'allais faire revenir les personnes qu'il renfermait. Il me regardait faire, hébété, incapable du moindre mot ou mouvement, suivant simplement mes gestes. Je refermai le sac consciencieusement et le mis sur mon épaule. J'étais prêt à partir. Il m'observait, las et faible, se décalant pour me laisser passer.

-   Si vous allez à l'hôpital, je ne viendrai pas avec vous, dit-il d'une voix éteinte, émergeant de son mutisme et de son immobilité. Je passe jours et nuits là-bas, depuis son accident, ne pouvant me résoudre à revenir ici, au milieu des souvenirs. Mais c'est secondaire désormais, je n'en peux plus de la voir dans cet état-là.

Ses yeux lançaient des éclairs de détresse et j'eus l'impression qu'il portait sur ses épaules fragiles un poids bien trop lourd. Il semblait absolument épuisé. Epuisé de s'en vouloir, épuisé de s'inquiéter, épuisé d'espérer. Je n'osai alors pas imaginer l'état dans lequel devait être Eva, mais et l'un et l'autre devaient avoir besoin d'une dose d'optimisme. Sans vantardise aucune, je l'incarnais, ainsi que tout ce qui allait suivre.

-   Viens avec moi. Crois-moi, tu ne le regretteras pas.

Il me dévisageait, sceptique, puis, haussant les épaules, il sortit de la cabane. Même sa volonté de s'affirmer avait disparue. Je lui donnai une tape de réconfort sur l'épaule et il se mit en route d'un pas lent, me montrant le chemin qu'il semblait connaitre trop bien.

Nous dûmes marcher une demi-heure environ, peut-être plus, avant de s'arrêter face à de grandes portes blanches. Je m'arrêtai un instant avant de les franchir, ému et terrifié à la fois. J'allais les revoir, enfin. Il n'y avait que quelques couloirs qui nous séparaient désormais, quelques minutes d'attente. C'était impensable que ce moment soit enfin là. Le visage illuminé d'une joie profonde, et une folle bouffée d'espoir au fond de moi, je pénétrai dans le bâtiment et il me suivit. Les deux étages qu'il nous fallut monter me parurent interminables. Marche après marche, je sentais mon cœur s'emballer dans ma poitrine. *Sa chambre est au fond du couloir m'a-t-il dit. Il ne reste que quelques mètres, calme-toi.* Je paniquais, mais d'une bonne panique, de celle qui nous rend fou d'excitation et qui nous fait trembler de joie. Les numéros défilaient, interminablement et bientôt je pus apercevoir l'entrée de sa chambre. Arrivé devant, j'inspirai profondément, tentant de trouver le courage d'actionner la poignée quand Guillaume le fit à ma place.

Au lieu d'avancer, il se figea soudainement, balbutiant quelques syllabes dans lesquelles je pus discerner le prénom de Violette, puis se rua à l'intérieur, me laissant dans l'embrasure. Si tout ce qu'elle m'avait dit trois ans auparavant était vrai, alors elle venait de se réveiller. Assise dans son lit, le visage de ma petite fille s'illumina en effet en l'apercevant, et l'enlaça tendrement. Eva avait les larmes aux yeux, mais j'y reconnus de la joie et du soulagement qui me firent chaud au cœur. Je les contemplai pendant quelques instants, les laissant se retrouver tranquillement avant de leur annoncer mon retour. C'était si beau de les observer tous les trois, euphoriques et apaisés, retrouvant l'espoir perdu de la voir un jour ouvrir les yeux, que je n'avais pas le courage de briser ce moment. Je me décidai tout de même, après quelques minutes, à frapper trois coups légers pour attirer leur attention. Ils tournèrent la tête vers moi et leurs sourires retombèrent de surprise. Eva porta les mains à sa bouche et Violette éclata de rire. Devant leurs visages médusés et leurs cris de joie, je prononçai d'une voix amusée la phrase que j'avais tant rêvé de pouvoir leur dire un jour :

- Je vous ai manqué ?

Connaissez-vous ce sentiment délicieux que l'on a lorsqu'on sait ce que les autres ignorent ? C'est une sensation de puissance jouissive, de supériorité psychique telle, que l'on se permet de prendre son temps pour expliquer ce que l'on sait, avec ce petit peu de condescendance que l'on apprécie sans se priver. Ce n'est pas vraiment de la méchanceté, ni même une quelconque forme de sadisme, non, c'est bien moins grossier et plus plaisant. C'est la délectation du savoir, la fierté de la connaissance. Ne me jugez pas pour cela, ne vous sentez pas mieux que moi car vous avez tous déjà eu cette impression au moins une fois. Il s'agissait peut-être d'expliquer un théorème mathématique à celui qui n'a pas compris, de raconter que l'on a su briller en donnant la bonne référence au bon moment, ou bien encore de s'exclamer d'un ton faussement surpris dans un dîner mondain : « Quoi ? Vous ne saviez pas ? » Pour ma part, ce ne fut aucun de ces trois cas là mais cela n'enleva en rien ce frisson de satisfaction. Bien au contraire. Il

385

s'agissait de dire à ma mère que je savais mieux qu'elle comment réparer ses propres erreurs. Et je vous assure, au vu des misères qu'elle avait infligées autour d'elle, le plaisir serait immense.

Ses lèvres effleurèrent les miennes, doucement et je pus sentir sa peur jusque dans la façon qu'il eut de m'étreindre. J'étais aussi terrifiée que lui, sans doute même davantage, compte tenu du fait que le succès de toute cette entreprise résidait dans ma réussite. Je glissai une main dans ses cheveux, derrière sa tête et il l'enlaça avec la sienne et la serra si fort, que je sentis le sang s'en enfuir. Il m'embrassa à nouveau, plus ardemment encore et je m'abandonnai à lui, dans une douce sensation de bien-être.

J'aurais voulu qu'il ne lâche plus jamais, que cet instant dure pour toujours. *Tu t'étais interdit des mots aussi extrêmes pourtant.* Je n'y pouvais rien, c'était lui qui faisait ressortir en moi des envies aussi intenses et démesurées. Je n'avais plus peur de les formuler désormais. J'aurais volontiers dit « pour la vie » mais la sienne était alors trop incertaine pour que cette durée me suffise. S'il disparaissait, mon amour lui, était là. La pression de ses doigts faiblit alors, comme si mes pensées l'avaient effrayé, et bientôt je ne sentis plus ni son contact ni sa chaleur. J'ouvris les yeux, paniquée. Mes membres disparaissaient peu à peu, se désagrégeant en cendres lumineuses, et, en un instant, je ne fus plus que poussière. Le moment était venu. J'allais jouer mon plus grand rôle.

Une lumière violente m'éblouit et je m'empressai de refermer mes paupières, papillonnant des cils pour m'habituer doucement à mon nouvel environnement. Je me redressai péniblement dans le lit, découvrant des draps bleus
ciel, une chambre d'hôpital, et un bruit d'eau me parvint de
la pièce voisine. Je passai une main sur mon front en sueur,
tentant de me sortir de la torpeur dans laquelle j'étais plongée depuis trois semaines. Une porte grinça alors et le bruit
d'eau cessa :

- Maman ? Maman, c'est toi ?

Ma mère entra en effet dans la pièce, un vase à la main.
Lorsqu'elle m'aperçut, elle s'immobilisa, le lâchant et il
s'éclata au sol dans un fracas de verre, couvrant le bruit de
ma voix qui murmurait :

- Maman…Je sais ce que tu as fait.

Sans se préoccuper de ce que je venais de dire, elle se
jeta dans mes bras en pleurant. Faiblement, je l'enlaçai à
mon tour, posant mes mains sur son dos secoué de sanglots. Nous restâmes ainsi quelques minutes jusqu'à ce
qu'elle reprenne son souffle et qu'elle cesse de répéter :

- Tu es réveillée… mon Dieu, tu es bel et bien réveillée…

Elle relâcha alors peu à peu son étreinte et se recula
pour mieux me regarder, essuyant ses dernières larmes. Je
lui souris, malgré les pensées monstrueuses et les insultes

qui me traversaient l'esprit, et je tentai de paraître naturelle. Il fallait que je reprenne des forces avant de me lancer dans un combat avec elle. Tout était sa faute. Sans elle et son invention, Guillaume n'aurait jamais atterri dans ce monde étrange, n'aurait pas eu quarante années de trop et surtout n'aurait pas risqué sa vie à chaque instant. Je lui en voulais plus qu'il était possible de le faire, n'étant qu'à peine apaisée par l'idée que sans elle, je ne l'aurais jamais rencontré. Je n'étais pas assez égoïste pour songer ainsi, pour me dire qu'il pouvait bien supporter tous ces maux pour qu'on puisse être ensemble. Seule ma mère était capable d'un tel raisonnement. La colère qui bouillonnait en moi m'insuffla alors étrangement rapidement une énergie suffisante pour lui lancer, d'un ton chargé de reproches :

- Je sais ce que tu as fait.

Sa joie retomba instantanément, remplacé par un air horrifié. Elle s'effondra sur la chaise la plus proche et, le regard dans le vide, elle secouait la tête, accablée. Elle n'eut pas le temps de s'expliquer, ni même de s'excuser, car à ce même instant, Guillaume entra dans la chambre. Il s'arrêta net en me voyant réveillée, la bouche entrouverte, bégayant mon prénom. Il se rua ensuite pour me prendre dans ses bras et ma mère nous rejoignit pour un concert d'exclamations et de soupirs de soulagement, me laissant voir par-dessus leurs épaules, la silhouette frêle de celui que j'attendais. Une joie sans pareille s'empara alors de moi. Tout avait fonctionné comme on me l'avait dit, ce qui voulait dire que je pourrais le revoir autrement que dans le corps d'un vieil homme à moitié amnésique. Ce n'était pas que je n'aimais pas cette version-là de lui, mais tout de même... Je souris et le serrai de plus belle, heureuse de savoir qu'il allait pouvoir retrouver une existence normale. Ce fut à ce moment que l'homme qui se tenait dans l'embrasure de la porte se décida à toquer. Guillaume et ma mère tournèrent la tête pour apercevoir le nouvel arrivant et j'éclatai de rire. L'expression de stupeur sur le visage de celle qui croyait son père mort depuis quinze ans était absolument magique.

-    Je vous ai manqué ? dit mon grand-père d'une voix presque moqueuse.

Je crus qu'elle allait faire un infarctus. Elle plaqua les mains contre sa bouche pour s'empêcher de hurler, et se laissa tomber sur mon lit, médusée. Arthur entra dans la chambre et s'approcha de ma mère, l'air ravi et les yeux pétillants. Elle le suivit du regard jusqu'à ce qu'il se tienne debout devant elle, puis se leva lentement, s'appuyant sur le matelas de peur de tomber. Elle posa fébrilement ses doigts sur son visage, comme si elle ne voulait pas croire qu'il soit bien là, en chair et en os, et elle le caressa longuement. Guillaume et moi les regardions, le souffle suspendu. Mon grand-père se décida enfin et, écartant les bras dans un geste tendre, il l'enlaça. Elle resta pétrifiée un instant, les larmes suspendues, qu'un seul battement de paupières auraient fait dégringoler, puis elle fondit en sanglots d'un coup, se blottissant contre lui comme si elle avait ra-jeuni d'une trentaine d'années en une seconde. Oubliant un instant la colère qui déferlait en moi depuis mon réveil, je les enlaçai à mon tour, laissant Guillaume nous regarder d'un air attendri. *Patience, ton tour viendra de retrouver ta famille. Patience, je ne t'oublie pas.* Je me redressai après quelques embrassades et Arthur pris ma mère par les épaules pour déclarer :

- Tu sais que c'est ta fille qui m'a sauvé ? Enfin, pas elle, dit-il en me désignant, sa version plus âgée. Elle est revenue pour moi, tu te rends compte ? Tu te rends compte de son courage ?

Sa voix sonnait à la fois comme des compliments pour moi et des reproches pour elle qui n'y comprenait rien. Pour elle, son père était mort dans un chantier d'archéolo-gie. Elle n'avait aucune idée de la façon que j'aurais eue d'intervenir. Il lui manquait tout ce que savait son double, là-bas dans le monde parallèle qu'il avait conçu pour elle, et une seule chose pouvait lui permettre de tout assimiler sans que qui que ce soit le lui explique. C'était également ce qui ferait revenir Guillaume, si tout se passait bien. Ar-thur devait détruire sa création.

- Ne t'inquiète pas ma chérie, continua-t-il, tu vas tout découvrir d'ici peu, crois-moi. Il n'y a qu'une seule chose que je veux que tu apprennes de moi. Tu as eu une audace incroyable, tu sais, tu as été d'une force que je n'avais pas eue quand je me suis retrouvé à ta place. Les choix qui te rongent de culpabilité, j'ai décidé de ne pas les faire par faiblesse. Tu as été jusqu'au bout, plus loin que personne n'aurait osé et pour cela, je suis fier de toi Eva, plus que tu ne pourrais l'imaginer.

Elle le dévisageait, désemparée. D'un geste rapide elle s'essuya les joues et sourit tout de même, sans avoir saisi pour autant. Elle n'allait pas davantage saisir ce qui allait suivre et, laissant libre cours à ma rancœur, j'enchainai :

- Pas moi. Je ne suis pas fière de toi, maman. En effet, personne n'aurait osé aller aussi loin que toi, parce qu'il n'y a que toi pour être un monstre à ce point. Tu te rends compte de tout le mal que tu as causé ? De toutes les vies qui ont été bouleversées par ta faute ? Et pourquoi ? Pour combler tes petits désirs de scientifique égoïste ! Tu me dégoûtes, tu sais ? Tu…

Arthur m'avait posé une main sur l'épaule et m'observait d'un air dur. *Je sais. Je sais elle s'en veut déjà assez comme cela.* Ma mère me fixait, les lèvres serrées pour ne pas pleurer, les yeux remplis d'une peine incommensurable. Sa propre fille la voyait comme une monstruosité, comme le mal en personne. L'espace d'un instant, je regrettai presque mes paroles si cruelles et blessantes. Bien sûr qu'elle n'avait jamais voulu faire du mal à qui que ce soit volontairement. Bien sûr qu'elle avait pensé faire au mieux. Bien sûr. Mais cela ne m'empêchait pas d'avoir encore une colère immense à évacuer. Je soutenais son regard, imperturbable, l'air aussi glacial que je le pus et vis du coin de l'œil que mon grand-père fouillait dans son sac. Il en sortit un objet cubique métallique et, en quelques secondes de manipulation, il l'avait fait se déplier, dévoilant des rouages et des mécanismes incroyables. Il allait le faire.

- Attends, prononçai-je, attends j'ai encore quelque chose à faire.

La laissant à sa culpabilité, je me jetai dans les bras de Guillaume. Sans un mot, il m'étreignit à son tour, de son corps trop âgé et fragile, avec une grande tendresse. Je plongeai une dernière fois dans ses océans bleu-vert et je lui murmurai :

- A dans quarante ans, Guillaume. Ou pour toi, à tout à l'heure.

Il sourit, comprenant parfaitement ce qui allait suivre, et déposa timidement un baiser sur ma pommette, perdant en un instant ses années de trop pour redevenir un jeune homme embarrassé et rougissant. Je l'embrassai sur son front ridé et reniflai, me refusant à verser la moindre larme devant ma mère. Je lui pris la main, doucement et donnai le signal à l'attention de mon grand-père. *Ne pleure pas, ce n'est pas un adieu, juste un au revoir.*

****

Elle entourait mes doigts avec une douceur merveilleuse et son petit air triste me fit fondre. Elle m'avait promis qu'on allait se revoir et je la croyais, malgré les doutes qui me lancinaient. Et si dans quarante ans elle n'était plus avec moi ? Et si elle… était morte entre temps ? Je ne pouvais pas supporter l'idée de ne jamais croiser à nouveau son regard ambré, ni de ne plus pouvoir caresser ses cheveux, ni… Elle renifla, trop fière pour pleurer, et hocha la tête. Son grand-père manipula alors le petit objet qu'il tenait précieusement.

Je n'arrivais pas à croire que dans un cube de cette taille-là pouvait se trouver de quoi me rendre l'existence que j'avais perdue alors qu'il avait fallu une machine complexe pour me l'ôter. Je n'étais pas tout à fait sûr de ce qui allait suivre, ni de ce que j'allais ressentir en partant. Cela allait-il faire mal ? Peu m'importait si c'était pour retrouver ma famille et surtout une vie avec Violette. Je savais une chose avec certitude : jamais je ne rattraperais le temps que sa mère m'avait injustement volé. Peut-être m'en souviendrais-je, avec un peu de chance, comme on a des souvenirs du bon vieux temps. Pourtant, je n'arrivais pas à en vouloir à Eva, pour la bonne et simple raison que sans elle, je n'aurais jamais rencontré sa fille. Alors choisir entre quarante années et passer celles qui me restaient à ses côtés, le choix était vite fait. Il fallait que je me dise que mon autre moi, celui de dix-huit ans allait vraisemblablement réapparaitre au moment où je partirais. Lui les vivrait ces années, et c'était une consolation suffisante. Je glissai dans sa paume la photo de moi qu'elle avait trouvée. *Au cas où elle m'oublie.* Arthur avait suspendu son index au-dessus d'un point précis sur le cube et me regardait, confiant. Je lui souris alors, ne craignant pas ce qui pourrait suivre et, plongeant une dernière fois au fond des iris ambrés de sa petite fille, je fermai les yeux. *Tu vas les revoir très vite, ce n'est pas un adieu, juste un au revoir.*

***

Les derniers mots de Violette résonnaient encore à mes oreilles et me faisaient l'effet d'un fouet brûlant sur ma peau. Un monstre qui lui faisait horreur, voilà ce que j'étais. Si elle savait à quel point je me dégoûtais moi-même ! Pourquoi je ne trouvais pas la force de le lui dire ? Pourquoi je n'étais pas capable de demander pardon à Guillaume ? Je savais très bien pourquoi. Parce que j'étais une lâche et rien d'autre. Jusqu'au bout. Les compliments inconcevables que m'avait faits mon père avaient glissé sur moi sans me toucher. Non seulement je ne saisissais pas comment il pouvait être en vie, comment ma fille avait pu le sauver, ou encore comment il était au courant de quoi que ce soit à mon propos, mais je ne savais pas comment il pouvait se permettre d'être si élogieux à mon égard s'il connaissait tous les aspects de mon existence. J'allais bientôt tout comprendre m'avait-il dit et je n'attendais que cela, comprendre. Si, par la même occasion, je pouvais savoir pourquoi j'avais fait des choix si horribles, je n'étais pas contre. Seulement, toutes les justifications du monde ne suffiraient pas. Mon père manipulait de façon virtuose son petit cube qui devait tout résoudre. Comment avait-il pu fabriquer un tel objet ? Que faisait-il d'ailleurs ? Etait-ce une autre machine à voyager dans le temps ? Des milliers de questions me brûlaient la langue. J'allais tout découvrir dans quelques instants, il fallait que je lui fasse confiance et que je sois patiente. Guillaume avait fermé les yeux, ses mains dans celles de Violette, et Arthur donna une dernière pression du doigt dans un petit creux de son cube. Nous avions tous le souffle suspendu, dans l'attente que quelque chose, n'importe quoi se produise.

Une minute s'écoula, puis deux, puis trois et je finissais par perdre espoir quand je vis le vieil homme se désagréger en de millions de petites particules lumineuses. En un instant, il avait complètement disparu. Violette resta les bras tendus devant elle sans bouger, se contentant de sourire faiblement, une larme coulant discrètement le long de sa joue. Cela avait-il marché ? Etait-il retourné dans le futur ? Pourquoi dans ce cas n'y avait-il pas… Une douleur abominable me traversa tout à coup la tête et je hurlai, tombant au sol sans pouvoir me retenir à quoi que ce soit, le crâne serré entre mes coudes. C'était insoutenable. J'eus l'impression que quelqu'un tentait d'y pénétrer mais qu'il résistait, et qu'un réel combat se passait dans mon cerveau. Des flashs, des bribes de mots et d'images me parvenaient, fragmentés par la souffrance, puis de plus en plus clairs à mesure que je sentais mon esprit perdre pied. Je me sentais voler, dans des ténèbres les plus complètes, dans le corps d'un aigle majestueux, puis atterrir au sol sur une sorte de quai embrumé aux lumières suspendues. Je voyais mon père venir à ma rencontre et m'expliquer que cet univers avait été créé pour moi et pour tous ceux qui devaient passer par ma machine. Il me racontait que comme moi, il n'avait jamais été archéologue, et qu'il avait été recruté par les mêmes services pour mettre au point la même invention. Il continuait en me disant qu'il avait décidé de la détruire, ainsi que tous les plans qui allaient avec car il avait mesuré sa dangerosité. Le ministère l'avait alors enfermé, faisant croire à sa mort, décidant qu'il en savait trop et qu'à lui seul, il était capable d'en recréer une sous la contrainte. Il me parlait du jour où ils lui avaient annoncé que j'occupais son ancien poste et que j'allais terminer ce qu'il n'avait pas eu le courage de faire, puis de son idée incroyable de réaliser ce monde virtuel. Il avait tout fait selon ses souvenirs de mes goûts, de ma personnalité, allant jusqu'à intégrer mon rêve d'être un jour métamorphosée en oiseau. Je me souvins alors de cette journée où je lui avais dit, à huit ans à peine « Papa, un jour, je volerais dans le ciel comme un oiseau. Non, comme un aigle en fait. C'est beau les aigles. » et où il m'avait gentiment expliqué qu'un aigle était un oiseau aussi, le plus grand de tous.

J'assistais ensuite à l'arrivée miraculeuse de Violette, venue du futur pour nous prévenir de la mort de Guillaume, pour nous exposer tout ce qu'il fallait faire pour l'éviter. Je la voyais me décrire comment je devais la plonger dans un coma de quelques semaines pour la faire venir dans cet endroit, grâce à un sédatif que j'allais créer avec Arthur depuis ce monde virtuel. Puis j'étais témoin de l'apparition de Guillaume, et de la découverte du journal qui annonçait sa disparition, au travers des petites fenêtres qui permettaient qu'on observe son double. Je vivais ensuite à l'accéléré les trois années qui nous séparaient du faux accident de ma fille et je comprenais que c'était moi qui l'avait mise dans un tel état.

Le flux d'images s'arrêta peu après, quand j'observai l'univers s'écrouler sous nos corps, et j'ouvris les yeux, comme si je pouvais tout à coup reprendre mon souffle. Mon père était penché sur moi, me caressant doucement les cheveux, et je vis de l'autre côté de la pièce se matérialiser un jeune homme de dix-huit ans. Je soupirai de soulagement. Tout prenait sens. Une seule impression désagréable venait entraver ce moment de félicité. C'était la vision de mon autre moi, disparaissant dans l'obscurité pour ne se transformer qu'en souvenirs à l'intérieur de ma tête et ses derniers mots y résonnaient encore :

« Je vais revivre sous tes traits, ce n'est pas un adieu, c'est un au revoir. »

**

Une lance invisible me transperça la poitrine à l'instant où le sol se dérobait sous mes pieds. Je tombai alors, interminablement, dans les ténèbres les plus noires, entouré des fragments du monde qui se détruisait autour de moi. Malgré la douleur qui traversait tout mon corps, j'étais serein.

J'étais euphorique même, sachant que si les choses se passaient ainsi c'était qu'elle avait réussi. J'allais la revoir c'était tout ce qui comptait. J'aurais pu souffrir bien plus que ça en n'ayant comme seule certitude celle de la prendre à nouveau dans mes bras. Tout le reste m'était égal. Je fermai alors les yeux et, pour la première fois depuis que j'étais arrivé dans ce monde, j'avais foi en quelque chose. Après quelques instants, la chute s'arrêta et je m'effondrai brutalement sur un sol froid et dur. Je le repoussai pour me relever, ouvrant péniblement les paupières pour tenter de discerner ce qui m'entourait. Une lumière blanche m'aveugla un instant puis je pus apercevoir des formes floues devant moi. *Violette. Il faut que l'une d'entre elles soit Violette.* Des sons étouffés me parvenaient, dans un brouhaha incompréhensible et j'essayai péniblement d'accommoder.

« Guillaume !! »

J'aurais reconnu cette voix parmi toutes. Je me frottai les paupières une dernière fois et la vision de ses iris pétillantes m'apparut clairement. C'était impossible. Elle se tenait là, assise dans son lit d'hôpital, ses cheveux noirs tombant sur ses épaules, éblouissante. Je fis un pas, puis deux et posai une main sur sa joue pour m'assurer qu'elle était bien réelle. Une chaleur m'envahit alors les doigts, dans une sensation de vie absolument délicieuse. Je n'en revenais pas. Je lui souris, fasciné par la magie du moment, et elle m'attira à elle, posant ses lèvres sur les miennes dans un baiser étourdissant. Elle avait réussi. Je n'y croyais pas plus qu'elle, émerveillé et heureux. Je la revis alors soudain, deux jours auparavant, quand, m'enlaçant le visage, elle m'avait dit de ce ton si rassurant dont elle seule avait le secret:

« Ne t'inquiète pas, ce n'est pas un adieu, c'est un au revoir. »

*

Julien déboula dans la pièce, le souffle court et n'en revenant pas. Sa fille était bien réveillée, en train d'embrasser un garçon qui ressemblait étrangement au vieil homme qui l'avait ramenée chez elle, inconsciente, et son beau-père était revenu d'entre les morts. Je crus qu'il allait s'évanouir devant tant d'évènements improbables, mais la joie de voir Violette en vie était trop grande pour tenter de comprendre le reste. Ma main caressant les cheveux de ma fille, je me mis à rire, sans pouvoir m'arrêter, d'un rire soulagé et heureux, tellement heureux ! Julien commença par venir relever Eva, me dévisageant, estomaqué, puis, s'apercevant que Violette versait désormais des larmes de joie, il alla l'enlacer avec une force exagérée par le soulagement. Elle le serra dans ses bras à son tour, riant et pleurant à la fois. Le tableau était trop beau pour que je l'interrompe mais il fallait que je parte. Avec tous ces évènements, j'avais presque oublié qu'il y avait une dernière chose dont il fallait que je m'occupe. Les mains au fond de mes poches, je venais de sentir le papier que m'avait confié la Violette qui m'avait sauvé. Je savais que sur la face, il y avait inscrit les deux adresses auxquelles j'avais dû me rendre. C'était ce qu'il y avait marqué sur le dos qui m'inquiétait davantage. Alors, laissant les uns et les autres s'étreindre et s'enlacer, je disparus derrière la porte de la chambre, relisant une dernière fois les mots qu'avait écrits quelqu'un qui n'existait plus désormais :

« *Cher grand-père,*

Je t'en supplie, aies le courage de faire ce que je vais te demander. C'est quelque chose que tu as déjà dû accomplir par le passé et j'espère que tu trouveras à nouveau la force suffisante pour y arriver. Tu sais toi-même que cela sauvera bien des gens, bien des vies. Retourne au square après avoir faire revenir Guillaume et ma mère, et cherche sur la butte une petite bosse de terre retournée. Creuse à cet endroit-là et tu y trouveras la machine. Brûle-la, écrase-la, comme tu veux mais détruis-la je t'en supplie. Pardonne ma demande, mais je sais que tu es celui en qui je peux avoir confiance pour cela. Une fois que tu auras lu ces quelques lignes, j'aurais disparu mais n'aie pas peur pour moi, ce n'est pas un adieu, c'est un au revoir. »

GUILLAUME

Notre vie ne se déroule jamais vraiment comme on l'aurait voulu. Personne n'est le héros d'une quelconque série télé à l'eau de rose où les âmes sœurs se retrouvent au coucher du soleil pour se marier et avoir une fin heureuse. Il y a toujours des évènements, des personnes, des lieux qui nous marquent à jamais et qui changent le cours espéré de notre existence. Quand on croit avoir trouvé l'amour, il y a toujours la femme que l'on rencontre et qui met en l'air tout ce que l'on pensait savoir. Quand on a le travail de nos rêves, il y a toujours cette opportunité qui surgit et qui, au lieu d'être providentielle, détruit tout ce que l'on avait construit. Et quand enfin on est installés dans un confort qui nous suffit pour être heureux, on s'aperçoit qu'on a choisi le mauvais endroit, la mauvaise personne, le mauvais moment. Alors pour éviter de s'en rendre compte, on fait de notre mieux pour ne pas voir ce qui pourrait venir perturber notre quotidien, on se cache

401

la réalité pour mieux pouvoir vivre une existence qui pa-
rait si belle mais qui est si fausse. Le ciel bleu que l'on
s'était si soigneusement peint devant les yeux finit forcé-
ment par se charger de nuages, par éclater en un terrible
orage. Et c'est comme cela que l'on comprend que notre
vie ne se déroule jamais vraiment comme on l'aurait
voulu. Jamais.

- Oui, murmura-t-elle, un sourire illuminant son vi-sage.

- Vous pouvez embrasser la mariée, dit le prêtre en écartant les mains vers nous.

Les yeux dans les yeux, je soulevai le voile en trem-blant légèrement, et, l'enlaçant d'un geste qu'elle connais-sait si bien, je vins poser mes lèvres sur les siennes, dou-cement, scellant notre mariage dans un baiser délicieux. Je posai tendrement sa tête contre mon front, la regardai, et lui chuchotai un je t'aime. Elle eut une expression si ra-dieuse qu'elle aurait éclaboussé de bonheur instantané-ment la personne à qui elle était destinée, et m'enlaça de plus belle. Je n'entendis plus les applaudissements de la foule, ni les cris de mon père et de mes amis, assourdis par mon cœur qui battait à s'en décrocher de ma poitrine. Elle me prit la main et, lentement, on cessa de s'embrasser pour descendre l'allée, marchant sous les confettis et les pétales de fleurs que nous lançaient les invités, vers les portes grandes ouvertes. Elle me regarda, puis d'un simple clin d'œil, je sus ce qu'elle voulait faire et nous nous mîmes à courir comme des fous, sortant de l'église et sautant dans la voiture qui nous attendait. La foule nous avait suivis, amassée désormais sur les escaliers et, d'un mouvement vif, elle lança son bouquet en arrière à l'instant où la voiture démarrait. Les cheveux au vent, elle ferma les paupières un instant, profitant de la chaleur du soleil sur sa peau. Une larme coula sur ma joue. J'étais heureux, merveilleusement euphor…

- Bravo madame, c'est une fille ! s'exclama le médecin, euphorique.

Violette cligna des yeux, chassant les pleurs de douleurs qui ne cessaient de les remplir depuis quelques heures, et tendit faiblement les bras pour recevoir les draps blancs qui enveloppaient ce petit humain qui pleurait et qui criait plus fort que tout le monde. Elle le lova doucement sur sa poitrine, découvrant, tremblante, sa petite figure rouge. Elle était si petite, si fragile, si… magnifique. Je posai une main sur la sienne et ni elle ni moi ne pûmes détourner notre regard de ce visage, de ces doigts qui voulaient tout attraper. Elle était magnifique et c'était mon enfant. Notre enfant. Je n'en revenais pas. J'avais toujours cru que les gens exagéraient le sentiment d'émerveillement que l'on ressentait en regardant son nouveau-né mais à cet instant-là, je fus convaincu qu'ils l'avaient au contraire amoindri. Je vis que Violette avait sur le visage la même extase devant un miracle si parfait. Les souffrances qu'elle avait endurées quelques minutes auparavant semblaient avoir disparu, remplacées par une joie que je sentis déborder d'elle de toutes parts.

- Comment s'appelle-t-elle madame ? lui demanda le médecin, me tirant de ma contemplation.

Détournant un instant les yeux de notre fille pour les plonger dans les miens, elle dit sans hésiter :

- Elle s'appelle Eva. Comme la personne qui a permis que l'on se rencontre.

Elle me sourit et nous fondîmes en larme, des larmes chaudes et rassurantes, des larmes de joie….

- Papa, papa !

Une magnifique jeune femme courait vers moi, son regard pétillant de malice et de joie, et, s'arrêtant à quelques centimètres de moi, elle tendit devant elle une feuille dont je reconnus le tampon. Tout en bas à droite, une note était entourée par de petits lauriers mais je pus à peine la voir tant elle sautillait d'excitation. Elle se jeta dans mes bras sans me laisser davantage de temps pour discerner les chiffres, et je sentis son cœur tambouriner contre ma poitrine dans un son qui réchauffa le mien. Après quelques instants, elle se recula, un bonheur immense sur le visage, et me dit en un souffle :

- Papa, je l'ai eu, je l'ai eu, je l'ai eu !

Elle me mit le document entre les mains, et je pus enfin voir un petit un suivi d'un petit huit. Juste en dessous, une phrase dactylographiée indiquait : Baccalauréat scientifique obtenu avec mention très bien. Je la contemplai, ses cheveux noirs tombant sur ses épaules, ses yeux qui étaient les miens et souris. Ce n'était cependant ni la note, ni le commentaire qui me rendaient heureux. C'était de la voir si belle, si épanouie, débordant d'énergie. Elle aurait pu décrocher la lune que j'aurais été moins ravi. Sa mère arriva à ce moment, me prenant le papier des mains, se réjouissant avec elle en voyant le résultat et mes lèvres s'étirèrent de plus belle. Je me mis alors à rire et à rire, sans que rien ne puisse m'arrêter, comblé comme j'avais toujours rêvé de l'être, aux côtés de cette famille si merveilleuse…

- Papa, maman, je vous présente Hadrian !

Un jeune homme contemplait Eva avec la même merveilleuse étincelle que celle avec laquelle j'admirais Violette. Elle lui sourit tendrement, rayonnante, et je revis, l'espace d'un instant, sa mère avec moi. C'était magique. Je connaissais mieux que personne ce regard et Violette me jeta un coup d'œil réjoui, l'ayant reconnu à son tour. C'était en se l'échangeant pour la première fois, des années auparavant, que l'on avait compris. L'instant était d'autant plus beau qu'Eva ne s'en doutait pas un instant alors que déjà, leur futur défilait dans les yeux d'Hadrian. Alors, amusés, Violette et moi lui souhaitâmes la bienvenue dans la famille en éclatant de rire, faisant grimper le rouge au joues de notre fille, mal à l'aise et enchantée à la fois...

Les cloches résonnaient dans l'église en un concert de verre et de joie. Renversée dans les bras d'Hadrian, Eva était resplendissante, la robe de Violette lui allant à la perfection. Elle se redressa, l'embrassant fougueusement, et l'entraina avec lui, lui faisant dévaler les quelques marches aussi vite que je l'avais fait avec sa mère. Dans un bruissement de taffetas et sous les applaudissements de la foule, ils se jetèrent dans une voiture qui démarra au quart de tour, nous laissant voir disparaitre au bout de la rue leurs mains s'agitant par les fenêtres...

- Réveille-toi Guillaume, s'il te plait, réveille-toi !

Je clignais des yeux, encore étourdi par les fragments de mon passé dont je venais de rêver et vis Violette penchée sur moi. Elle pleurait. Je me redressai vivement et pris dans mes bras son corps que le temps et l'âge avait rendu si frêle, tentant de la rassurer comme je le pouvais. Secouée par les sanglots, elle balbutiait des syllabes incompréhensibles et je ne savais toujours pas ce qui l'avait mise dans un état pareil. Ce fut quand elle essuya ses joues du revers de sa main et que je vis le téléphone serré entre ses doigts que je compris. Cet appel, cela faisait des semaines que chaque jour nous redoutions qu'il arrive, la peur au ventre, sursautant à chaque fois que l'on entendait la sonnerie. Mes visions de la nuit me semblaient désormais comme autant de prémonitions monstrueuses, comme si mon inconscient avait voulu me rappeler tous les moments magiques qui constituent une vie avant que le destin n'en saisisse un pour toujours. Violette n'eut rien besoin de me dire quand je croisai son regard un instant plus tard. J'avais bien deviné, terriblement bien deviné. Il n'y avait désormais plus qu'une seule Eva dans la famille.

EPILOGUE

VIOLETTE

Juin 2010

Six milliard neuf cent soixante-treize millions sept cent trente-huit mille quatre cent trente-trois humains sur terre. Cela fait sacrément peur. On se sent d'un coup tout petit face à la multitude de personnes que l'on ne connaitra jamais parce qu'elles sont à l'autre bout de la planète, ou tout simplement parce qu'à l'instant où on y pense, des dizaines se sont éteintes, et d'autres sont nées. Comme des étoiles. J'ai longtemps eu une peur bleue de l'espace. Je crois que c'était trop grand pour moi. Me dire que la terre n'est qu'un minuscule point perdu dans l'immensité d'une galaxie, elle-même au milieu d'un univers dont les proportions sont affolantes, m'effrayait plus que tout. Mais paradoxalement, si l'immense me terrorisait, le trop petit m'étouffait. Rien ne me mettait plus mal à l'aise que lorsque deux personnes que je connaissais de deux endroits différents, se connaissaient aussi, comme si les humains que l'on chiffrait par milliards ne se comptaient plus que par poignées ridiculement petites. Les gens en riaient, ha-bituellement, de cette « coïncidence », comme ils disaient, mais je n'y croyais pas. Pour moi, tout avait une raison d'être, une explication, et le hasard, ça n'existait pas. On me disait que ma vie était d'une rationalité démoralisante et que je ferais mieux de croire à la magie tant que j'étais encore jeune. Mais moi j'appelais cela de la naïveté pure et dure, et ça n'avait rien de magique, c'était simplement une absurde crédulité. Alors le seul moyen de me sentir bien, était de m'isoler autant que je le pouvais, de me créer mon propre univers dont les proportions m'étaient rassu-rantes. Du moins c'était le cas jusqu'à ce jour, il y a deux ans de cela, où ma vie a été bouleversée. Ce soir de mai, la rencontre la plus improbable allait m'entrainer dans un tourbillon de coïncidences incroyables, me faisant jusqu'à adorer cette sensation que j'avais tant haïe, ce petit frisson troublant que l'on a lorsque le hasard joue avec nous. J'allais alors devenir sa plus grande adversaire dans le plateau d'échec de ma vie mais, au lieu de le combattre farouchement comme s'il s'agissait de mon ennemi de tou-jours, j'allais en faire mon partenaire le plus précieux. C'en était fini de rejeter magie et concours de circons-tances, d'être sceptique et froidement terre à terre. Ce jour-là, je m'apprêtai à faire le plus grand voyage pos-sible : je m'apprêtai à croire à l'impossible, à laisser s'im-miscer dans ma vie la part du hasard...

Enlacée par des bras que je ne connaissais pas, je me réveillai dans un frisson de dégoût. Ses mains posées sur mes seins nus, j'eus envie de vomir et ses caresses endormies n'y changèrent rien, bien au contraire. Malgré tous mes efforts, je ne réussissais pas à sortir de son emprise, me sentant étouffer dans ces draps brûlants qui nous enveloppaient. Les souvenirs de la soirée revenaient à toute vitesse, gluants et répugnants. Je fermai les yeux de toutes mes forces pour tenter de faire disparaitre les images de la veille, mais ce fut un film bien différent qui se déroula alors derrière mes paupières closes.

J'étais allongée dans mon lit d'hôpital, deux jours après mon réveil quand ma mère était venue frapper à ma porte, l'air sombre. En un instant elle détruisit mon monde entier en m'apprenant que Guillaume était mort en traversant la rue, devant l'hôpital. Je m'étais alors mise à hurler et à pleurer, à crier son nom pour qu'il revienne. En vain. Je venais de perdre le seul homme que je n'avais jamais aimé. Incapable de m'en remettre, j'avais cherché le réconfort auprès d'un nombre incalculable d'inconnus, voulant désespérément l'oublier et aller de l'avant, mais rien n'y faisait. Le contact moite contre moi n'était qu'un rappel amer de cette perte immense et, en un battement de cils, je brisai l'écran noir sur lequel s'étaient déroulés ces souvenirs immondes pour retrouver la triste réalité.

Je tentai de me dégager à nouveau, mêlant mes doigts aux siens pour mieux les écarter, quand je sentis soudain un liquide chaud et visqueux couler le long de ses membres jusque sur moi. Je me tournai brusquement vers lui et découvris avec effroi le visage de celui que j'aimais autrefois, du sang dégoulinant de sa bouche et suintant sur son torse dans une vision d'horreur. Bientôt, j'étais soudée à lui dans un amas de chair rouge écarlate et les draps avaient changé de couleur, imbibé par ce liquide poisseux qui s'infiltrait dans le matelas, ruisselant sur le sol en torrents pourpres…

J'ouvris les yeux, paniquée. Encore un cauchemar. Mon cœur battait à s'en décrocher la poitrine, faisant vibrer les draps de mon lit. Je pris de longues inspirations pour tenter de le calmer et, lorsqu'il eut repris un rythme normal, je me décrispai peu à peu, laissant mon corps se réveiller plus tranquillement. Allongée sur le côté, une chaleur fourmillait sur mes hanches, diffusant des frissons jusque dans le haut de ma nuque. J'y glissai mes doigts pour en connaitre la raison et découvris, posées sur mes cuisses nues, deux mains que je ne connaissais pas. Je soupirai. J'avais recommencé. Encore un dont je ne me souviendrais que de la tiédeur éphémère d'une nuit d'amour.

Il fallait que je trouve un autre moyen de l'effacer de ma mémoire que de courir les bars à la recherche d'une autre âme sœur qui, chaque soir, se trouvait être un homme différent dont je ne connaissais même pas le nom. Les matins étaient de plus en plus douloureux, et je me sentais chaque fois plus honteuse et salie. Pourtant, je recommençais tout de même, comme si je prenais un malin plaisir à me faire souffrir. Cette fois-ci, je ne me souvenais même pas de la veille et le mal de tête qui me martelait les tempes m'en indiquait plutôt clairement la raison. Je me libérai discrètement de son étreinte et enfilai sans bruit le même T-shirt trop grand pour moi que je mettais dans ces situations. Je me dégoûtais. La chambre était plongée dans le noir, m'empêchant de discerner quoi que ce soit de lui, et le drap était remonté jusqu'à son visage. J'hésitai à le réveiller puis me ravisai, n'ayant pas le courage d'affronter un regard de désir auquel je n'aurais pas su répondre. Alors je me trainai pitoyablement jusqu'à la salle de bain, ayant désespérément besoin d'une douche pour me nettoyer de toute cette souillure qui semblait faire presque partie de moi. Le miroir me renvoya une image pathétique. Les cheveux en bataille et la peau luisante, j'avais les lèvres trop rouges et les yeux trop charbonneux, une marque rougeâtre dans le cou qui me fit mal lorsque je la touchai, et mes cernes transparaissaient sous le fond de teint épais. D'un geste dégouté, j'arrangeai vaguement ma coiffure puis m'éclaboussait le visage à l'eau fraiche.

Un objet dur me cogna violemment le nez et je maudis mon habitude de porter des bagues. Je relevai la tête et m'apprêtai à l'enlever quand je me figeai soudainement. Ce n'était pas une bague, c'était la bague, celle que toutes les femmes espèrent recevoir une fois dans leur vie. Un diamant aux reflets irisés brillait légèrement, accroché à mon annulaire comme s'il avait toujours été là. Je la retirai lentement, aussi ébahie qu'effrayée à l'idée de ce que j'avais bien pu faire la veille, et la pris entre deux doigts. Soudain, comme par magie, des milliers d'images déferlèrent dans mon esprit, faisant défiler un film dont je me souvins au fur et à mesure, donnant à mon cœur une autre raison de battre que la peur.

Je revis la première fois que j'avais croisé son regard, le premier baiser que l'on avait échangé, notre première nuit et toutes celles qui avaient suivies, les journées passées à parler du futur en oubliant le présent et bien sûr la première fois qu'il m'avait prononcé ces deux mots fabuleux. Les disputes me revinrent aussi, comme de fugaces décharges électriques, douloureuses mais heureusement rares. Je me souvins de nos longues discussions dans le noir, où nous échangions si naturellement et où l'on semblait se connaitre depuis toujours, des anecdotes de nos passés que nous évoquions avec le sourire et qui avaient parfois amené les larmes. Puis, comme un rêve éveillé, je revécus la soirée précédente. Il m'avait emmenée, sans un mot, devant cet endroit que je connaissais par cœur, devant ce petit portillon en bois. Il commença à me murmurer mille mots d'amour, des promesses, et me raconta à nouveau ces souvenirs qui nous constituaient. Doucement, il vint me glisser un « je t'aime » au creux de l'oreille avant de se baisser, un genou au sol et de me présenter l'objet que je venais d'enlever. Sans même attendre la question, je me revis lui sauter au cou et l'embrasser longuement, acceptant évidemment sa demande. Il m'avait attrapé la main délicatement et m'avait passé la bague au doigt. *Comme cela, tout simplement,* me dis-je en la remettant en place. Un frisson me parcourut, comme si je réintégrais ma vraie vie pour la première fois depuis que tout avait commencé. Les cauchemars de la nuit étaient bien loin désormais, et je souris à mon reflet dans le miroir. Ce n'étaient que des mauvais rêves, rien de tout ça n'était vrai. Cet horrible accident dont j'avais cauchemardé n'était jamais arrivé et je n'avais pas sombré dans une profonde dépression soignée par des amants à ne plus savoir quoi en faire. En me levant, je n'étais simplement pas sortie de cette hallucination insupportable, me laissant penser qu'à mes côtés dormait un des multiples inconnus...

Me mordant la lèvre, honteuse d'avoir pensé de lui toutes ces monstruosités, je montai quatre à quatre les marches qui menaient à notre chambre. Si j'avais été trop maquillée, c'était pour me faire belle pour aller au restaurant qu'il avait réservé. Le T-shirt trop grand n'était autre que mon déshabillé en soie. Je m'étais laissée emporter trop loin et trop longtemps dans mon délire, et c'était presque irréel que je ne m'en sois pas aperçue avant. Comme si je n'avais plus été moi-même pendant quelques minutes me dis-je, frissonnant à l'idée que je puisse me métamorphoser à ce point. J'étais arrivée à l'étage et poussai la porte entrebâillée.

Debout dos à moi, son corps nu se découpait dans la lumière pâle du matin dans un entrelacement de formes que je connaissais si bien. Il tira les rideaux et ouvrit la fenêtre sans s'apercevoir de ma présence, et resta un instant immobile, plongé dans le rayon de soleil qui illuminait la pièce. Sans un bruit, je me glissai derrière lui, enlaçant son torse de mes bras, posant ma tête contre son dos en murmurant un « je t'aime ». Il frissonna au contact de ma peau fraiche mais je le sentis sourire doucement. En écartant délicatement mon étreinte, comme s'il s'agissait de ne pas me briser, il se tourna vers moi, caressant mes joues et plongea son regard dans le mien.

Lentement, je me noyai dans ses yeux, ses merveilleux yeux bleu-vert, me perdant dans son sourire et restai là, incapable du moindre geste. Il se baissa légèrement, déposant sur mes lèvres un baiser d'une tendresse parfaite, puis glissa ses mains le long de mon dos jusqu'à mes hanches. Un frisson de plaisir parcourut tout mon corps. J'avais l'impression de le redécouvrir comme au premier matin, n'ayant dans mon esprit que son prénom résonnant à l'infini. Guillaume, Guillaume, Guillaume… Je me hissai sur la pointe des pieds et, m'égarant dans ses éclairs bleus amoureux, je l'embrassai tendrement, ne jetant qu'un coup d'œil distrait au corbeau qui venait de se poser sur le rebord de la fenêtre. Cela ne pouvait être que le fruit du hasard, rien d'autre.

REMERCIEMENTS

Pour Eva, l'espoir est une ordure, car chacune de ses tentatives de croire en quelqu'un ou en quelque chose s'est révélée un échec cuisant. C'est pour cela que j'aimerais remercier chaudement toutes les personnes qui n'ont pas accepté que le mot 'impossible' fasse partie de mon vocabulaire, et qui ont cru en moi et en *La part du hasard*.

Je remercie Adrien, dont le soutien inconditionnel, à toute heure du jour et de la nuit, a permis à ce projet d'être mené à bien. Je remercie Camille qui a réussi, à force de persévérance et de gentillesse, à me faire croire en mes capacités. Je remercie Manon pour les visuels et pour la patience et écoute dont elle a fait preuve tout au long de son processus créatif.

Je remercie ma famille ainsi que toutes mes relectrices et relecteurs pour leur investissement et bienveillance. Je remercie également toutes celles et ceux qui m'ont conseillée, écoutée, et, il faut bien le dire, supportée, pendant ces longues années d'écriture !

Merci à vous toutes et à vous tous, ce roman est aussi un peu le vôtre !

MAIA LAZARE est née en 1996 à Paris. Après un baccalauréat scientifique, elle commence des études d'arts appliqués avant de se consacrer à la littérature. Elle s'engage alors dans une formation en lettres modernes, journalisme et sciences sociales à la Sorbonne, puis à l'ENS Ulm et à l'EHESS.

Depuis ses années de lycée, elle a été lauréate de plusieurs concours de nouvelles, notamment à échelle nationale. Elle commence à concevoir et à rédiger *La part du hasard* à l'âge de treize ans, et travaille depuis 2015 sur deux autres projets de romans.

Si vous avez aimé *La part du hasard* et que vous voulez donner votre avis dans le livre d'or, partager votre expérience, être tenu au courant des prochains évènements liés au roman, rendez-vous ici :
https://www.maialazare.fr

Vous pouvez également encourager l'auteur en laissant un commentaire directement sur la page du roman de la plateforme **Amazon.fr**

Suivez aussi Maïa Lazare sur Facebook et sur Instagram :
@maialazare #lapartduhasard #maialazare

N'hésitez pas à contacter directement l'auteur à propos de *La part du hasard* et posez-lui toutes vos questions :
lapartduhasard@maialazare.fr

Loi n° 49-956 du 16 juillet 1949
sur les publications destinées à la jeunesse
Edité par Maïa Lazare, Paris, France
Dépôt légal : février 2019
ISBN 978-2-9567254-2-8

www.ingramcontent.com/pod-product-compliance
Lightning Source LLC
Chambersburg PA
CBHW030542260626
47157CB00006B/2148